PRÄLUDIEN

Diese Übersetzung wurde vom
Dansk Litteraturinformationscenter, Kopenhagen,
gefördert.

Die Originalausgabe erschien 1989 unter dem Titel
PRAELUDIER

Printed in Austria by Welsermühl, Wels
ISBN 3-7017-0731-6

PEER HULTBERG

PRÄLUDIEN

Roman

Aus dem Dänischen
von Ursula Schmalbruch

Residenz Verlag

Für Viktor und Margot Zielen

Merkwürdig, nicht wahr, aber als ich auf die Welt kam, denk, da war ich ganz mit schwarzen Haaren bedeckt, ganz bedeckt, und als meine Mutter mich sah, war das erste, was sie sagte, nehmen Sie ihn weg, das ist nicht mein Kind, das war das erste, was meine Mutter sagte, struppige schwarze Haare, aber das dauerte natürlich nicht lange, und jetzt gibt es niemanden auf der Welt, nein, meine Mutter würde mich für nichts in der Welt hergeben.

Große rote Sonne und Duft und nicht Milch und milchig und blau und muhend und es muht und muht und große rote Sonne und blau und stehen und stütz dich nur und Mama ist warm und ihre Hände die harten Hände und sie wärmen denn sie sind weich und rot wie Sonne und sie muhen wie Milch und duften rote Sonne und nicht milchig und so blau so muhend und Sausen und tickende Uhren und tief tief und ich falle.

Ich höre den Laut. Den Laut des mähenden Mannes. Meine Wiege ist ins Freie gestellt worden. Aber wo? Und ich sehe hoch. Und dort ist es hoch im Baum. Und die Sonne fällt zwischen Zweige und Blätter. Und es duftet. Und es klingt. Und rhythmisch und rhythmisch und rhythmisch. Sensenmann. Und sonst ist es still. Und ritsch und ratsch und ritsch und ratsch. Ich muß wohl gut ein Jahr alt sein. Aber wo?

Und mein Vater hebt mich, und mein Vater senkt mich, und er hebt mich und er senkt mich, und es ist wunderbar und mein Vater, und er hebt und senkt, und ich kann nicht mehr, und dann kann ich nicht mehr, aber mein

Vater, er hebt und er senkt, und er hebt und er senkt, und jetzt ist er wieder eigen geworden, sagt meine Mutter, Papa will ja nur spielen, wie reizend, einen Vater mit seinem Sohn spielen zu sehen, und mein Vater hebt und mein Vater senkt.

Du bist einfach zum Aufessen. Denn deine Haut ist so weich und schneeweiß. Ich könnte die Zähne in dich graben. Ich könnte dich aufessen. Du bist wie der feinste Konfekt. So weich und so lecker. Und so süß. Du schmeckst wie der süßeste Zucker. Und schau hier deine niedlichen Ärmchen. Und jetzt beiß ich rein. Aber ich beiße nicht so, daß es weh tut. Denn du bist einfach zum Aufessen. Aber Mama knabbert nur. Mama knabbert an deinen Fingerchen. Deinen feinen glatten Händchen. Mama tut deine Händchen in ihren Mund. Und deine süßen, kleinen Zehen. Und sie duften so rein. Und sie duften wie die herrlichsten Kräuterbonbons. Und Mama tut deine weichen, leckeren Zehen in ihren Mund. Und es kitzelt. Und Mama knabbert. Und an deinen Zehen. Denn du bist einfach zum Aufessen.

Ich hasse Izabelka denn sie hat mir die Sonne gestohlen die Sonne die mir gehörte sie schien und schien und ich lag still unter den Bäumen und ich schaute in den Himmel hoch und ich spürte die Sonne und die hat Izabelka mir gestohlen und darum hasse ich Izabelka und ich hasse sie weil es sie gibt und warum muß es sie geben und was nützt Izabelka und ich höre sie und sie weckt mich und sie steht im Weg wenn ich sein will wo ich sein will und sie stiehlt mir die Wärme und der heiße Kachelofen im Winter ist nicht mehr heiß denn Izabelka hat seine Wärme genommen sie hat sie mir weggenommen und Izabelka nimmt das Licht das schöne Licht und nimmt das rieselnde Wasser und die Luft und den klaren Frost denn Izabelka stiehlt mir alles und sie saugt das Blut aus und alles was in mir ist so daß ich leer werde und darum hasse ich sie aber was ich höre hat sie mir nicht wegnehmen können auch nicht mit ihrem Geschrei was ich höre ist mir und mir ganz allein aber trotzdem: ich hasse Izabelka.

Das Kleid meiner Mutter, und der Stoff des Kleides meiner Mutter, und er duftet, und er duftet mal so mal so, und er duftet nach Seife und Salmiak und Wasser und Talg, und er duftet nach Thymian und Rosen und Zitronen, und ich fühle ihn, und er duftet, und die Kleider meiner Mutter duften, beide duften, und der eine ist rauh, und der Stoff ist ganz grob, und wenn ich ihn mit den Fingern anfasse; er fühlt sich so hart an, und der andere, der ist ganz fein und leicht, und es ist Seide, und ich fühle sie mit den Fingern, und glatt und glänzend, und sie gleitet, wenn ich sie zwischen den Fingern rolle, es ist das Seidenkleid meiner Mutter, und meine Mutter hat ihr Vormittagskleid an, das Wollkleid, und dann zieht meine Mutter sich um, meine Mutter legt ihr Kleid an, und sie tritt ein, Sonnenseide.

Meine Chinesenpuppe, und sie ist ganz gelb, und sie hat Jacke und Hose an, aber die Kleider sind an ihr festgenäht, damit man sie nicht ausziehen kann, denn das soll man nicht, und sie hat braune Augen aus Glas, und dann ist das eine Auge herausgefallen, und was ist darunter, denn es ist etwas darunter, und es ist nicht Fleisch und Blut, denn es ist ja nur eine Puppe, und eine Puppe hat kein Fleisch und Blut, und wenn ich ein bißchen mit dem Finger bohre, und dann ist da eine Öffnung, und darin ist etwas, und ich ziehe und ziehe, denn da ist doch etwas, und es kommen Farben und kleine Stoffstückchen und alte Lappen und bunte Lappen, aber keine richtigen Lappen, denn sie sind von feinen Kleidern, und ich ziehe und ziehe, und das

Auge wird eine Spalte, und ich ziehe, und der Kopf wird eine Spalte, und dann gibt es nur noch Stoff und Lappen, und bunte und alte, und keine Puppe mehr, sondern ein festgeheftetes Glasauge und dann nichts, und Lappen außendran und Lappen innendrin, und wo ist meine Puppe, und wo bin ich, und ich bin voller Lappen innendrin, und wenn man mich öffnet, und man kann sie herausziehen und die Zunge und durch das Ohr, und wenn das Auge herausfällt, und Lappen und Lappen, ich bin voller Lappen, und du darfst mich nicht anfassen, und ich will nicht den Mund aufmachen, denn da sind Lappen und Lappen drin, und jeder, der will, kann sie aus mir herausziehen, bloß ein kleines Loch, bloß eine kleine Schramme, und dann kommt man an die Lappen dran, und wenn ich den Mund aufmache, und das Auge und die Zunge und durch die Nase.

Das ist der Schrank mit dem Schlüssel, mit den vier Scheiben, und ich weiß es genau, denn es ist kein Schrank, es ist der schwarze Mann, und wenn es dunkel wird, wenn mein Vater und meine Mutter schlafen, und Zuzia und Ludwisia, wenn Baśka in der Küche schläft, dann kommt der schwarze Mann, und er kommt aus dem Schrank, und die großen Augen, wie die Scheiben im Schrank, und der große Schlüssel im Schrank, es ist nämlich der schwarze Mann, und er kommt näher und näher, und er kommt herein, und in unser Zimmer, und Ludwisia und Zuzia, sie können ihn nicht hören, und sie können ihn nicht sehen, aber ich kann, und ich weiß es, Herr Schrank, Herr Schwarzer Mann, o kommt bitte nicht, kommt bitte nicht, holt mich bitte nicht, und ich kann mich nicht bewegen, nicht rühren vor Entsetzen, und weil ich mich nicht rühren kann; ich bin gelähmt, ich kann meine Beine nicht bewegen, nicht meine Arme, und er kommt, und näher und näher, Herr Schrank, Herr Schwarzer Mann, holt mich bitte nicht, tut mir bitte nichts Böses, und ich wage nicht zu schreien, denn wenn ich schreie, wenn ich schreie, dann holt er mich.

Du bist so sauber. Und meine Mutter hebt mich aus dem Waschzuber. Und sie trocknet mich ab. Du bist so sauber. Und du duftest so sauber. Du duftest süß. Und meine Mutter trocknet mich ab. Und dann riecht meine Mutter an mir. Du bist ein Goldkind. Weil du so sauber bist. Und weil du so sauber duftest. Und das mußt du Mama versprechen. Du mußt Mama versprechen. Immer sauber sein, immer rein sein. Dann wird Mama dich immer liebhaben. Und meine Mutter riecht an mir.

Es ist vergilbt, sagt Mama. Es war einmal dunkelblau. Aber jetzt ist es vergilbt. Und das ist merkwürdig. Und es ist fast nicht zu glauben, daß es einmal dunkelblau war. Aber das ist die Sonne. Es ist das Licht, sagt meine Mutter. Und sieh mal hier, wo die Sonne nicht hat hinscheinen können. Hier ist es immer noch dunkelblau. Die Sonne kann verfärben. Und das Licht kann verfärben. Und das Licht und die Sonne können. Aber am schlimmsten ist es mit Blau, sagt meine Mutter. Und besonders Dunkelblau.

◇ ◇ ◇

Die Tinte ist schwarz, Papas Schuhe sind schwarz.
Das Papier ist weiß, Fryceks Bluse ist weiß.
Das Gras ist grün.
Der Himmel ist blau.
Fryceks Schuhe sind rot. Feine rote Schuhe.
Die Butterblume ist gelb.
Der Tisch ist braun.
Weiß, schwarz, rot, grün, blau, gelb, braun.

◇ ◇ ◇

Etwas Merkwürdiges hat dieses Kind jedenfalls. Denn das darf er nicht. Halt ihn fest. Und jedesmal, wenn jemand spielt. Und er fängt an. Und er steht auf dem einen Bein. Und er steht auf dem anderen. Und er wippt und wippt. Und er versucht, im Takt zu wippen. Und wieder und wieder. Das kann doch nicht normal sein. Er kann O-Beine davon bekommen. Und auch wenn Doktor Malcz gesagt hat, es würde sich schon verlieren. Stundenlang wippen, wenn gespielt wird. Stunde aus. Stunde ein. Wippen und wippen. Das ist nicht normal. Das darf er nicht. Er kann sich den Rücken verderben. Halt ihn fest. Sag ihm, er darf nicht zum Klavier gehen, wenn seine Mutter spielt. Er muß bleiben, wo er ist. Halt ihn fest. Sag, er darf nicht. Wenn er nur nicht verrückt wird.

Der Spiegel, der große Kippspiegel, und meine Mutter sitzt davor, und Baśka soll Mamas Haar bürsten, und da ist der Knoten, und dann plötzlich, und es ist eine Kaskade, und es ist dunkel und wogt, und Mama dreht sich zur Seite, und es glänzt, und es strahlt, und ganz hinunter über die Armlehne, und Baśka bürstet, und meine Mutter dreht sich zur anderen Seite, und es fällt, fällt blank glänzend, das Haar meiner Mutter, und darf ich nicht, bloß berühren, bloß darüber streichen, bloß zwischen meine Finger nehmen, aber er wird es ja nur zerzausen, und das ist nichts für dich, und nur einmal anfassen, sich darunter verstecken, sich damit zudecken, ich glaube, der Junge ist nicht bei Trost, während seine Mutter frisiert wird, nicht mit den Fingern sehen, nur mit den Augen, nicht anfassen, und es ist dunkel, dunkler in seiner Glut als meins und Ludwisias, eine dunkle Kaskade, aber nichts für kleine Jungen, und Baśka bindet schnell Mamas Haar wieder in einen Knoten, vorbei, Zauberei.

Es ist Pelz, denn es wird einmal Winter, und wenn es Winter ist, muß man einen Pelz haben, es ist Mamas Pelzfutter, und das ist Papas, und wenn Fryc einmal groß ist, bekommt er auch ein Pelzfutter, aber jetzt ist Fryc ein Junge, ein kleiner Junge, und wir müssen aufpassen, daß keine Motten in das Futter kommen, denn Motten fressen Pelze, und vielleicht ein Pelzkragen, vielleicht bekommst du nächsten Winter einen Pelzkragen, vielleicht bist du dann groß genug, und ich lege die Hand auf den Pelz, und er ist glatt, und er ist struppig, und ich lasse den Finger gegen den Strich gleiten, und er ist härter als die Katze, und die Haare sind länger, und er duftet, und wo ist Fryc, und er duftet und er duftet, nach Lavendel, und er ist warm und trotzdem kühl im Sommer, und wo ist Fryc, wo ist Fryc, und er muß in die Pelze hineingekrochen sein, Fryc ist in die Pelze gekrochen, und komm doch raus, Junge, bist du noch gescheit, Junge, du hättest ja ersticken können.

Und wie süß er ist, wenn er wütend ist. Denn Fryc ist wütend. Er ist richtig wütend auf seine Mama. Und wie reizend er ist. Schau nur seine kleinen Arme. Er hat richtige Kräfte in seinen kleinen Armen. Aber seine Mama hat trotzdem mehr Kraft in ihren großen Armen. Und er versucht zu treten. Aber man darf nicht so treten. Und man darf nicht treten, weil man mit den Händen nicht stark genug ist. Und man darf keine Dame treten. Denn Frycs Mama ist eine Dame. Eine richtige Dame. Aber ist er nicht entzückend? Und schau, wie er aufbraust. Ein richtig rotes Köpfchen. Fryc ist in Kriegslaune. Richtig böse ist unser Fryc. Aber das darfst du nicht sagen. Solche Worte darfst du nicht in den Mund nehmen. Und wie wagst du? Und zu deiner Mutter. Und wo hast du solche Wörter gelernt? Und weißt du, was das bedeutet? Weißt du, was das eigentlich bedeutet? Nein, jetzt bist du nicht lieb. Und wenn du nicht lieb bist. Nein, dann muß Baśka kommen. Jetzt muß Baśka kommen. Und jetzt muß Baśka ihn nehmen. Denn Fryc ist nicht lieb.

Und was ist das, und mein Vater zeigt, und das war tüchtig, und das war richtig, ja denn das ist ja ein Pferd, und das ist, ja das ist nicht nur ein Vogel, es stimmt, es ist ein Vogel, aber was für ein Vogel, ja das ist richtig, es ist eine Taube. Und das war falsch, denn das ist kein Huhn, das ist ein Hahn, und das ist ein Stier, ganz korrekt. Und mein Vater zeigt. Und erzähl doch ein Märchen, erzähl das Märchen vom Frosch und vom Igel, und wie sie sich getroffen haben, bittet Zuzia. Aber mein Vater hat keine Lust, Märchen zu erzählen. Denn mein Vater liest mit mir. Und ich halte das Buch an mich, und ich sehe meinen Vater an, und das und das und das, und mein Vater erklärt. Und ich hoffe, daß er nicht anfangen wird, Märchen zu erzählen. Und das ist richtig, das ist eine Schwalbe, und was ist das, das ist ein Hund, das ist korrekt, und ich sehe in das Gesicht meines Vaters, und sein Kinn, es ruht so ruhig über mir, und das war richtig, und psst, denn Papa liest mit Fryc, und keine Märchen, denn mein Vater und ich lesen zusammen, mein Vater und ich allein.

Perlen, kleine Perlen, aber sehr schöne Perlen, Perlen auf der Uhr meines Vaters, und es sind einundvierzig auf der Vorderseite, und es sind achtunddreißig auf der Rückseite, und die auf der Rückseite sind nicht ganz so fein wie die auf der Vorderseite, aber es sind trotzdem alles feine Perlen, und Gold in drei verschiedenen Farben, und neun kleine Türkise, und die Zahlen sind römische Zahlen, es heißt römische Zahlen, eins, zwei, drei und vier kannst du doch schon verstehen, aber nur eins, zwei, drei, vier, und das sind Zahlen, römische Zahlen, so sehen römische Zahlen aus, und sie sind anders als gewöhnliche Zahlen, und das Gold und die Türkise bilden einen Korb mit Früchten und Blumen, aber die gewöhnlichen Zahlen kann ich noch nicht, und mein Vater hat die Uhr einmal von der Gräfin bekommen. Für treue Dienste. Und sie ist französisch, und die Zeiger sind einmal Lilien gewesen, aber dann wurden sie umgeändert, und es tickt und tickt, und sie muß jeden Morgen aufgezogen werden, und hör, wie sie tickt, wenn du sie ans Ohr legst, und wenn ich das Ohr an meinen Vater lege, kann ich es ticken hören, und jeden Morgen mit einem winzigen Schlüssel, und jetzt bin ich zu klein, aber wenn ich ganz groß werde, und sein Herz pocht.

Du läufst hinter den Vögeln her, und schau, er läuft hinter den Vögeln her, er will die Vögel fangen, Fryc will die Spatzen fangen, aber die Vögel, die kannst du nicht einfach fangen, sie fliegen weg, schau, sie fliegen, wenn du die Vögel fangen willst, mußt du ihnen Salz auf den Schwanz streuen, wenn man einem Vogel Salz auf den Schwanz streut, kann man ihn fangen, das ist nichts, was ich dir weismache, es ist wahr, wirklich wahr, du kannst gut einen Vogel fangen, ganz bestimmt, aber dann mußt du ihm auch Salz auf den Schwanz streuen, komm mit in die Küche, dann bekommst du ein bißchen Salz, wenn du lieb bist.

Ich liebe dein Lächeln, ich liebe dein strahlendes Lächeln, das Lächeln meines Fryc, ich kenne es, und ich kenne es selbst, mein strahlendes Lächeln, wenn meine Mutter mich ansieht, wenn die Gräfin mich ansieht, und ich sehe mein eigenes strahlendes Lächeln in ihren Augen, wie gut ich es kenne, vom Spiegel, wenn meine Zähne schimmern, und wenn sich die winzigen Fältchen in den Augenwinkeln zeigen, mein strahlendes Lächeln, von deinem Lächeln sagt meine Mutter, können die Tränen in den allertraurigsten Augen versiegen, von deinem Lächeln, und ich werde sie für immer versiegen lassen, und in den Augen meiner Mutter, in den Augen meines Vaters, wie Tau vor der Sonne, und ich bin die Sonne, mein Lächeln ist die Sonne, dein herrliches Lächeln, und was tut es, daß Ludwisias und Izabelkas Tränen nicht versiegen, wenn bloß mein Vater, meine Mutter, bloß ihre Tränen, und die der Gräfin, und ich locke Tränen hervor, und ich sehe die Tränen, und die der Gräfin, und mit meinem Lächeln kann ich die Tränen versiegen lassen.

Und bevor du geboren wurdest, denn es war, bevor ich geboren wurde, und ein kleiner Junge, und er hieß auch Frédéric, und er hieß François, genau wie du, und er wurde getauft, aber in Eile und im Namen des Vaters und des Sohnes und des Heiligen Geistes, Fryderyk Franciszek, und dann starb er, und deine Mutter wäre auch fast gestorben, Mama ist fast gestorben, und er wurde begraben, und er liegt begraben, bei der Gräfin, Żelazowa Wola, aber das darfst du nicht den anderen sagen, und niemand weiß es, nur Papa und Mama und dann natürlich die Gräfin, und verstehst du, darum ist Mama zuweilen ein wenig traurig, wenn Mama an den kleinen Jungen denkt, aber dann bekam Mama zum Glück dich, ganz genau ein Jahr später, aber du kannst gut verstehen, und darum mußt du immer lieb und artig sein, damit Mama dich nicht verlieren muß, denn diesen Kummer wirst du deiner Mutter doch nicht antun.

Keiner hat gehört, daß ich in den Keller hinuntergegangen bin, den großen hellen, keiner weiß es, und keiner ahnt, wo ich bin, und ich stehe und ich sehe, und ich sehe hinaus, die Fenstersprossen, und es riecht nach Seife und sauberer Wäsche und Waschblau und Lauge, es riecht, und vor einem Fenster, und die Fenstersprossen, und das Straßenpflaster vor dem Fenster, die Steine direkt nach dem Regen, sie dampfen direkt nach dem Regen, und sie riechen nach Lauge, und alles riecht nach Lauge, nach Dampf, nach Seife, und die Fenstersprossen, und Fryc, wo bist du, Frycek, wo bist du, und ich war allein, ganz allein, und ich laufe so schnell ich kann aus dem Keller hoch, denn sie sollen nicht wissen, daß ich die Pflastersteine habe dampfen sehen.

◊ ◊ ◊

Frycek, wozu dienen die Augen?
Zum Sehen.
Und wozu sind die Ohren da?
Zum Hören.
Und wozu brauchst du die Zunge?
Zum Sprechen.
Und warum hast du Zähne?
Damit ich kauen kann.
Und wozu brauchst du die Nase?
Zum Riechen.
Und warum hast du Beine?
Damit ich gehen kann.
Ja, und darum darfst du deine Mutter nicht damit
plagen, dich zu tragen, du mußt selbst gehen.
Du hast zwei gute starke Beine.
Möchtest du spazierengehen?
Hol deine Mütze.
Gehen wir hinaus aufs Feld, die Schafe und
Lämmer und Kühe und Bäume und Vögel
und das Wasser anschauen.

◊ ◊ ◊

Und sie soll Emilka heißen, und es ist ein Mädchen, aber was ist ein Mädchen, und Ludwisia und ich, und seid vorsichtig, und eure Mutter, sie ist geschwächt, aber eure Mutter ist nicht krank, und eure Mutter steckt nicht an, und ihr könnt ruhig eure Mutter küssen, und das ist Emilka, denn es ist ein Mädchen, aber was ist ein Mädchen, und es ist eure Schwester, und es ist deine Schwester, und sie wurde gestern geboren, aber seid vorsichtig, denn es ist eure Schwester, und sie ist so klein, und was heißt das, geboren werden, und wenn Mama gestern krank war, wenn Mama gestern geschrien hat, wenn ich meiner Mutter gestern helfen wollte, damit sie nicht starb, denn meine Mutter hätte gestern sterben können, und seht mal, das ist euer Schwesterchen, und es wurde gestern geboren, und es soll Emilka heißen, und jetzt seid ihr vier, und einmal Ludwisia, und dann du, und dann Izabelka, und dann Emilka, und da ist sie, und glaub mir, deine Mutter freut sich, und wir freuen uns alle, und küßt jetzt eure Mutter, aber ihr dürft Emilka nicht anfassen, nur anschauen, nicht anfassen, und Ludwisia küßt meine Mutter, und sie versteht, und ich sehe Izabelka an, und wir sehen uns gegenseitig an, und nein, wir verstehen nicht, nicht Izabelka und ich, die anderen vielleicht, aber nicht wir.

Und jetzt seid ihr vier, und meine Mutter wäre fast gestorben, aber das ist nichts für uns, und das verstehen Kinder ohnehin nicht, wir sind also vier, und vier ist auch genug, denn jetzt haben wir Ludwisia und dich, und dann Izabelka und Emilka, die gerade angekommen ist, und wenn es vielleicht auch lustig gewesen wäre, hättest du nicht auch gern ein Brüderchen bekommen, aber eine Art Emile ist sie ja, und ja, wir sind vier, denn Zuzia, obwohl sie fast, sie ist ja auch viel älter, und sie muß ständig Baśka in der Küche helfen, ganz eine von uns, das ist sie nicht, meint mein Vater, und im Grunde auch meine Mutter, denn Zuzia ist elternlos, und ihre Mutter war die einzige und liebste Verwandte meiner Mutter, die Kusine meiner Mutter, aber trotzdem, fünf sind wir nicht, denn wir sind vier, aber eigentlich sind wir ja fünf, denn es gibt ja noch Frédéric François, und Frédéric François liegt in Żelazowa Wola, und er wurde von uns gerissen, aber er ist dennoch bei uns, und er schaut herunter, herunter zu uns, wir sind also eigentlich fünf, ich brauche also gar keinen Bruder, ich habe ja einen Bruder, aber sag es nicht den anderen, denn es ist nur meine Mutter und dann ich, und möglicherweise mein Vater, aber am meisten meine Mutter und ich, und wir wissen, eigentlich sind wir also fünf.

Und die kleinen Finger, und wie ist es möglich, und so ganz klein, und das ist eure Schwester, und Izabelka kann ja gar nicht verstehen, was das heißt, Schwester, obwohl sie selbst Schwester ist, Izabelka ist zu klein, um eine Schwester zu haben, aber Ludwisia und ich, wir können eine Schwester haben, wir sind groß, und Zuzia, und sie kann sich nur freuen, denn Emilka ist ja doch eine Art Kusine von ihr, aber keine Schwester, keine richtige Schwester von Zuzia, aber sie ist meine Schwester, und Ludwisias und eigentlich auch Izabelkas, und die kleinen Nägel, es ist ganz unfaßbar, und das ist eure Schwester, sie soll Emilka heißen, aber sie heißt noch nicht Emilka, denn sie ist noch nicht getauft, aber wenn sie getauft wird, dann ist sie Emilka, und Emilka wird an die Brust meiner Mutter gelegt, denn Emilka bekommt zu essen, und Emilka bekommt von der Brust meiner Mutter zu essen, und jetzt müßt ihr lieber hinausgehen, denn das ist nichts zum Anschauen für euch, und Essen aus der Brust meiner Mutter, wie kann das sein, wie ist es möglich, nein, daran glaube ich einfach nicht, das versuchen sie mir bloß weiszumachen.

Mein großes, braunes Pferd, und es ist fast genauso groß wie ich, oder halb so groß, und es ist aus Sackleinen, und der Schwanz ist aus Schnur, und es hat große, weiße Flecken, aufgemalte, und ich habe es überall dabei, denn es ist gut für einen Jungen, sich beizeiten an den Umgang mit Pferden zu gewöhnen. Und ich ziehe es an seinem langen Schwanz hinter mir her, so daß es rumpelt, na, da kommt sicher unser kleiner Frycek, sagen Papa und Mama, und dann lächeln sie, er wird einmal ein feiner Reiter. Aber ich habe mir angewöhnt, es an mich zu drücken, und das geht nicht. Ich weiß, daß ich mich nicht zu ihm auf den Fußboden setzen darf, denn der Fußboden ist schmutzig, aber ich greife es und dann nehme ich es in den Arm, und es hat ja auf dem Fußboden gelegen, es ist über den

Boden geschleift worden, und die Mähne ist auch aus Schnur. Leg das Pferd weg und zwar sofort, ruft Baśka, es ist schmutzig, du darfst es nicht anfassen, nicht so, das weißt du doch. Und meine Mutter erklärt mir, daß ich krank werden und sogar sterben kann, wenn ich das Pferd an mich drücke, denn es ist schmutzig von dem Fußboden, auf dem es gelegen hat, Steinchen und Sand und Spucke und was weiß ich und direkt von der Straße herein. Wenn man es auf diese Art hinter sich herzieht, kann man es nicht an sich drücken. Sonst. Entweder. Oder. Aber mein Pferd ist mein Pferd, wo es auch immer gewesen ist. Und ich. Und er versucht, das Pferd mit sich ins Bett zu nehmen, nein, das ist mir noch nicht vorgekommen. Und noch einmal. Und wenn das noch einmal passiert. Und jetzt reicht es, meine Mutter nimmt das Pferd, komm her, und sie geht in die Küche und stopft es vor meinen Augen in den Herd. Und es ist so groß, daß sie alle Ringe abnehmen muß, und trotzdem ist es schwer, es hineinzubekommen. Jetzt kannst du sehen, wie es geht, wenn man ungehorsam ist. Und ich sehe das Pferd, ganz zusammengeknüllt, und dann kommt Rauch und Rauch, und dann sind plötzlich nur Flammen da, und eine Stichflamme, und meine Mutter weicht zurück, und dann ist nur noch etwas Brennendes da. Du hättest ja daran sterben können, sagt meine Mutter immer wieder. Und das soll ihm eine Lehre sein, bemerkt sie zu Baśka. Und hör auf zu flennen. Es ist zu deinem eigenen Besten. Und wenn ich doch gar nicht flenne. Denn seine Strafe muß man mit einem Lächeln hinnehmen.

◊ ◊ ◊

Die kleinen Vögel picken Samen und Früchte, das Rebhuhn frißt Körner, der Wolf reißt Schafe, die Amsel pickt Kirschen, der Otter frißt Fisch, die Katze trinkt Milch, das Wiesel saugt Eier aus, das Eichhörnchen knackt Nüsse, der Fuchs frißt Hühnchen, der Mensch ißt alles: Körner und

Früchte und Speck und Fisch und Eier und Milch und Hühnchen.

◊ ◊ ◊

Mein Vater zieht die Uhr auf, jeden Morgen, und ich höre den Schlüssel, und es sind zwei Schlüssel, und mein Vater erklärt mir, und der eine ist für das Uhrwerk, und der andere für den Stundenschlag, die kleine Glocke, die klingelt, und sie rasselt, rasselt, wenn sie aufgezogen wird, die Uhr, damit die Uhr ticken kann, damit die Uhr schlagen kann, sie muß aufgezogen werden, und dann klingt sie und klingelt sie, die Uhr schlägt, und mein Vater erklärt, und wenn du einmal groß bist, wenn du groß bist, dann bist du dran, dann wirst du die Uhr aufziehen, jeden Morgen, wenn du groß wirst, wenn du Vater wirst, denn die Uhr zieht der Vater auf, jeden Morgen, wie Baśka für euch den Ofen heizt, jeden Morgen, und eure Mutter dafür sorgt, daß ihr eure warme Milch bekommt, so sorgt ein Vater dafür, daß die Uhr aufgezogen wird, wenn du groß bist, und man muß vorsichtig sein wie dein Vater und die Uhr nicht überdrehen, wenn man groß ist.

Emilia heißt sie, Emilia, und jetzt mag es genügen mit all den Familiennamen, und Grafen und Gräfinnen, jetzt genügt es, und hiermit taufe ich sie, und sie soll Emilia heißen, und sie soll unser Emile sein, unser weiblicher Emile, wie Fryc unser Emile ist, unser richtiger Emile, denn unser Emile, der Fryc ist, soll eine Schwester haben, und sie soll Emilia heißen, und sie sollen unser Emile und unsere Emilia sein, und Fryc hätte ursprünglich Emile heißen sollen, aber dann waren da ja der Graf und die Gräfin, aber eigentlich hätte sein Name, und es ist auch verwerflich mit Fryderyk Franciszek, zum zweiten Mal, verwerflich, aber was ist da zu machen, wegen der Gräfin, aber Emilia soll jedenfalls Emilia heißen und nicht Małgorzata oder Tereza oder Anna oder Tekla oder Ludwika oder Justyna oder Bogusława oder dergleichen. Genug Familie, jetzt geht es um den Geist, Emilia.

Sonntag, und wir sind auf dem Land, und ich sitze auf den warmen Steinstufen der Treppe, und mein Vater kommt heraus, und ich sehe, er ist barfuß. Ich kann es gar nicht begreifen, wie kann mein Vater angezogen sein und nichts an den Füßen haben, und ich habe sie noch nie richtig gesehen. Und er stellt sich auf die Steinstufe neben mich, und er wackelt mit den Zehen, und sie sind fast genauso lang wie meine Finger und auf jeden Fall dicker, und er wiegt sich auf den Füßen, und die Nägel seiner großen Zehen sind wie Pyramiden und leicht bernsteingelb, und ich lege meine Hand ganz dicht neben seine Füße, damit ich vergleichen kann. Dann geht er einen Schritt hinunter, und seine Zehen krümmen sich im Kies am Fuß der Treppenstufe, zwei Vögel, die ein Staubbad nehmen.

Der schwarze Mann verfolgt mich, und ich laufe und laufe, und er kommt hinter mir her, und wenn ich mich umdrehe, hat er sich versteckt, in einem Tor, hinter einer Statue, hinter dem Sockel, aber ich sehe den schwarzen Mantel, und er lauert mir auf, und ich laufe und laufe, und ich spüre seinen Atem direkt im Nacken, der schwarze Mann, und ich drehe mich um, aber dann ist er wieder weg, und ich laufe und laufe, und dann wache ich auf, und ich bin ganz erschöpft vom Laufen, und mein Herz klopft, denn ich weiß, der schwarze Mann steht hinter der offenen Tür, und ich kann einen Zipfel seines Mantels sehen, aber ich traue mich nicht zu rufen, dann wecke ich ja die anderen, aber ich weiß, er ist da, und ich traue mich nicht einzuschlafen, denn dann verfolgt er mich wieder, und er versteckt sich, und er verfolgt mich, und er steht hinter der Tür, und ich liege steif wie ein Brett, nur nicht bewegen, dann passiert dir nichts, bloß nicht bewegen, denn sonst entdeckt er mich, steif wie ein Brett.

Herrn Lanckorońskis Bruder. Und er bringt uns immer etwas mit, wenn er kommt. Und er spricht mit uns. Und Ludwisia, und du kannst richtig sticken. Und du kannst schon die Buchstaben. Sticken und lesen. Wie das noch enden wird. Und Fryc. Kann die Uhr. Und zwar Stunden und Minuten. Es ist nicht zu begreifen. Ja, es dauert sicher nicht lange. Du wirst bestimmt einmal tüchtig werden. Und dann kenne ich einen Vater und eine Mutter, die sich freuen. Und jetzt schau mal her. Was wir wohl hier für dich haben? Für dich und Ludwisia. Aber ihr müßt hübsch teilen. Und Zuzia bekommt auch etwas. Das könnt ihr sicher verstehen. Für Zuzia ist auch etwas da. Und wir werden sehen. Ach, ob da nicht auch etwas für Izabelka ist? Aber Emilka. Nein, sie versteht ja gar nicht. Aber tit, tit, tit, und Emilka, Emilka versteht trotzdem. Und Emilka lächelt und Emilka lacht, und es ist ganz sicher, daß Emilka Herrn Lanckorońskis Bruder wiedererkennen kann. Und dann. Warum kommt Herrn Lanckorońskis Bruder nicht mehr? Wann kommt Herrn Lanckorońskis Bruder wieder? Es ist so lange her, daß Herrn Lanckorońskis Bruder bei uns war. Wir haben seit langem nicht mehr Herrn Lanckorońskis Bruder gesehen. Herrn Lanckorońskis Bruder ist verreist, sagt meine Mutter. Er ist weit, weit weggereist. Aber mein Vater unterbricht. Nein. So mußt du nicht zu den Kindern sprechen. Das ist falsch. Sie müssen lernen, es zu verstehen. Herrn Lanckorońskis Bruder kommt nie mehr zu uns. Herrn Lanckorońskis Bruder ist tot. Er ist tot. Und wann kommt er dann wieder, sagt Izabelka. Und sie muß weinen. Denn meine Mutter sieht so traurig aus. Er kommt nie mehr wieder, sagt mein Vater entschieden. Und was glaubst du, was bedeutet es eigentlich, tot, frage ich Zuzia. Was meinen sie damit. Och, du Dummkopf, sagt Zuzia.

Tot. Und das ist wie Frédéric François. Aber es ist auch wie etwas anderes. Denn er wurde ja weggerissen. Und ich habe Fréderic François nie gekannt. Nicht so. Obwohl ich ihn kenne. Denn wir sind ja einander. Ich bin er. Und er ist ich. Aber das weiß niemand. Wir zwei. Also einfach so tot, das ist er ja nicht. Und das ist wie der Vater meiner Mutter. Aber er wurde vom Blitz getroffen. Und die Mutter meiner Mutter. Aber sie siechte ja dahin. Und vor Kummer. Und sie riß alle ihre Kinder mit sich. Außer meiner Mutter. Und ich habe sie nie gesehen. Sie ist bloß tot. Nicht ganz wie vom Blitz getroffen. Aber tot. Aber der Bruder von Herrn Lanckoroński. Und vielleicht kommt er trotzdem zurück. Vielleicht meinen sie etwas anderes damit. Er kommt sicher eines Tages. Es ist eine Reise. Sagt Baśka auch. Man kehrt heim. Das sagt Pater Piotr auch. Sonderbar.

Mamas Duft und der ist wie von Rosen und Zitronen und Thymian und ich merke ihn in allen ihren Kleidern und in allem was zu ihr gehört und ich soll Mittagsschlaf machen und ich liege in meinem Bett und ich kann nicht schlafen und gib mir doch ein Stück von Mamas Kleidern gib mir doch den Duft von Rosen und Zitronen und Thymian und ich werde sofort schlafen aber keiner gibt mir Duft von Rosen und Zitronen und Thymian und meiner Mutter und ich schlafe nicht und keiner und keiner und du sollst schlafen und schlafen und Mittagsschlaf du sollst schlafen aber kein Duft und ohne Duft. Ich kann nicht.

Und die Fliegen summen und summen, und überall, und sie kommen zum Fenster herein, wenn das Fenster offensteht, und zum Fenster herein, wenn das Fenster geschlossen ist, und was beklagt ihr euch, sagt Baśka, dankt eurem Gott dafür, daß ihr nicht auf dem Lande geboren seid, denn dann würdet ihr wissen, was Fliegen sind, die paar

Fliegen, sagt Baśka, in der Stadt gibt es keine Fliegen, und sie sausen und summen, und sie knallen gegen das Fenster, wenn es geschlossen ist, und sie liegen tot da, sie liegen überall tot herum, und sie setzen sich überall hin, und sie sterben überall, tote Fliegen, und man tut bald nichts anderes mehr, als tote Fliegen auffegen, sie setzen sich, krabbeln, und auf Emilka, denn sie ist noch ein Säugling, und es sitzen fünf Fliegen im Speichel ihres Mundwinkels, und ich zähle sie, genau, und sie ist in ihrem Bett festgemacht, kann nicht die Ärmchen bewegen, darum ruckt sie mit dem Kopf, aber die Fliegen bleiben sitzen, fünf Fliegen in Emilkas Speichel, und sei lieb zu deiner kleinen Schwester, zeig, daß du sie lieb hast, gib ihr einen Kuß.

◇ ◇ ◇

Wie viele Beine hat der Fisch?
Fische haben keine Beine.
Wie können sie dann gehen?
Fische gehen nicht. Sie schwimmen im Wasser; sie leben immer im Wasser.
Frycek kann nicht im Wasser leben.
Nein, denn Frycek ist kein Fisch.
Hier ist ein gefangener Fisch. Armer kleiner Fisch. Leg ihn ins Gras. Schau, wie er zappelt. Er hat einen Haken in den Kiemen. Nimm ihn am Schwanz. Er ist schleimig, du kannst ihn nicht festhalten. Schau, hier sind seine Flossen; er hat Flossen zum Schwimmen; er hat Schuppen und spitze Zähne. Er stirbt bald. Jetzt stirbt er. Er kann sich nicht mehr bewegen. Jetzt ist er ganz tot. Der Fisch stirbt, weil er aus dem Wasser gekommen ist, aber Frycek würde sterben, wenn er unten im Wasser wäre.

◇ ◇ ◇

Das ist der Mann in den Wolken das ist der Mann der aus den Wolken herauskommt und erst ist es ein Pferd und ist das keine Fee eine richtige Wolkenfee und dann ist es wie ein Busch mit Schneeblumen und alles in den Wolken und das ist der Mann in den Wolken was will er und was will er von mir denn er wächst und wächst und dann verschwindet er zum Glück denn das Schiff kommt es kommt ein Schiff mit vollen Segeln und dann ist da ein Land das ich nicht kenne aber die Männer segeln in dieses Land und ist es Afrika oder ist es Amerika oder Dänemark und sie segeln und segeln und dann fliegen sie wie ein Reiher denn in den dünnen Wolken fliegt ein Reiher mit dünnen Beinen und dann ist der Mann wieder da der Mann der aus den Wolken hervorkommt und er bringt Donner und er bringt Blitz und er bringt Donnerschlag auf Donnerschlag und ich will nicht daß er kommt aber er kommt und ich krümme mich zusammen und er kommt der Mann mit Blitz und Donnerschlag.

Diese Nacht, ich stehe sie nicht durch, ich weiß es, und ich weiß nicht, warum ich es weiß, aber ich weiß es, diese Nacht. Und mein Vater sagt mir gute Nacht, und Baśka deckt mich zu, und mein Abendgebet, und sie können nicht verstehen, aber ich weiß es. Da ist ja nichts, sagt meine Mutter, was sollte denn sein, wir sind ja hier, und ich kann es nicht erklären. Denn obwohl ich weiß, aber wie erklären, was man weiß, wenn es nicht zu erklären ist. Und jetzt bist du unartig. Und sie werden es morgen bereuen, denn ich werde die Nacht nicht durchgestanden haben. Aber ich will lieber die Nacht durchstehen, als daß sie bereuen müssen, aber ich kann ja die Nacht nicht durchstehen, das weiß ich. Und sie werden wissen, wenn es zu spät ist, und morgen wird es zu spät sein. Aber sie sollen nie wissen, daß ich gewußt habe, und ich beiße in meine Bettdecke, denn sie sollen nicht hören, und wie sonderbar, Fryc beißt Löcher in seine Bettdecke, mit den Eckzähnen, aber das darfst du nicht, du verdirbst sie ja, wie kannst du nur, aber das tut er wohl im Schlaf.

Ein Kind soll nicht fragen, ein Kind soll nicht warum fragen, ein Kind hat sich danach zu richten, und wenn seine Eltern etwas gesagt haben, dann hat ein Kind sich danach zu richten, und zwar ohne zu fragen, sagen warum, das gibt es nicht, denn wenn die Eltern befohlen haben, warum hier, warum da, warum darum, eben darum, und darum, weil seine Eltern es gesagt haben, und das ist Grund genug. Weil ich es sage.

Der kleine Frédéric, ich nenne ihn Frédéric und nicht Fryc und nicht Frycek, der kleine Frédéric, Frédéric François, er, der vor mir war, der in Żelazowa Wola ruht, den ich nie gesehen habe, und wo ist er jetzt, bei den Engeln, bei den Scharen der Engel, und ob er mich sieht, und ich habe mit ihm gesprochen, und du mußt mich beschützen, Frédéric François, du mußt mich gegen den schwarzen Mann beschützen, und ich bitte zu dir, Frédéric François, der du bist im Himmel, hilf mir doch, steh mir bei, wenn er kommt, du, der du bist unter den Engeln, Frédéric François, ich knie, ich knie auf dem harten Fußboden, auf dem staubigen, sandigen Fußboden, wenn meine Schwestern mich nicht sehen, wenn meine Mutter nicht, wenn Baśka nicht, die wenigen Augenblicke, wo sie mich nicht sehen, Frédéric François, hilf mir, rette mich, errette mich vor dem schwarzen Mann, vor der Gewalt des schwarzen Mannes, der du bist im Himmel.

Ich könnte Erde essen und ich habe Lust Erde zu essen und ich könnte einige große Handvoll Erde nehmen und sie essen aber man darf keine Erde essen denn wenn man Erde ißt dann stirbt man und in Erde sind Würmer und die Würmer werden mich von innen auffressen und in Erde sind Steine ganz kleine und scharfe und sie werden mich von innen aufschneiden aber ich will Erde essen und die Erde wird nach Erde schmecken würzig schmecken und es werden eine Masse kleiner Steinchen und Sand in meinem Bauch sein aber das macht nichts und eine Handvoll Erde wird aufgeschöpft wie Wasser in einer Schöpfkelle eine Handvoll Erde und ich werde gesättigt sein gesättigt wie ich nie gesättigt war warum darf ich keine Erde essen warum ist mir das verboten worden denn ich traue mich nicht Erde zu essen denn wenn ich Erde esse wird meine Mutter verzweifeln und sie wird weinen und weinen denn wenn ich Erde esse werde ich sterben wenn ich aber weiß daß ich Erde essen werde weil ich leben will weil ich nach Erde hungere weil ich mich mit Leben fülle wenn ich Erde esse weil Erde gut schmeckt und ich kann fast nicht dem Drang widerstehen Erde zu essen dürfte ich bloß Erde essen wagte ich es doch Erde zu essen bloß eine Handvoll.

Mein Engel du bist ein Engel du bist Mamas süßer Engel deine schönen Augen Mama kann deine lieben Honigaugen unter Tausenden und Abertausenden von Augen wiedererkennen dein engelweiches Haar im Nacken seidengekräuselt und die kleine Locke auf der Stirn und deine Augenbrauen so fein gezeichnet engelgezeichnet und deine Lippen so rot und so knusprig direkt zum Küssen direkt zum Kosten und deine feinen Ohren so zart und so durchsichtig wie das feinste rosa Engelspergament aber am allermeisten deine Nase deine schöne Nase deine edle Nase eine Adler- und eine Engelsnase Mamas Adler Mamas Engel Mamas kleiner Adlerengel.

Der Spiegel, und mein Vater sieht sich im Spiegel, und er ist ganz klein und er ist oval, und der Barbier ist hiergewesen, und mein Vater betrachtet sich, und dann feuchtet er die Fingerspitzen an, und er glättet seine Augenbrauen, und er streicht sich über die Backen, und ein paar leichte, leichte Schläge, und seine Backen werden rot und frisch, und seine Locken an der Stirn, und er spuckt auf seine Fingerspitzen, und die Locken an der Stirn sitzen fest wie mit Leim, und dann nimmt er den Spiegel, und er fängt die Sonne mit dem Spiegel, und er läßt mir die Sonne ins Gesicht scheinen, und die Sonne blendet mich, und dann kippt er den Spiegel, und dann blendet er mich nicht, und dann blendet er mich wieder, und ich lache und lache, und mein Vater lacht und lacht, und hopsassa, Fryc, sagt mein Vater, und dann lachen wir.

Und draußen auf der Konsole da steht die ausgestopfte Eule und die hat mein Vater selbst geschossen und die Eule ist der Vogel der Weisheit und die Eule schläft tagsüber und die Eule wacht auf und es ist dunkel und ich muß an der Eule vorbei und mir graust es denn ich muß durch den Flur und hinaus eine Schere für meine Mutter holen und hol mal die Schere und warum kein anderer warum immer ich jetzt sei nicht so faul und du willst dich doch wohl nicht weigern deiner Mutter etwas zu holen und sie versteht nicht meinen flehenden Blick denn es ist ja nicht weil und ich will meiner Mutter Freude machen und ich will ihr dienen mit allem nur nicht an der Konsole vorbeigehen denn die Eule wird sich auf mich stürzen und Eulen sind lautlos Eulen haben einen lautlosen Flug Eulen können hacken und die Eule wird mich hacken und wird mich verletzen und mich töten denn Eulen können töten auch wenn sie die Vögel der Weisheit sind und wo ist die Eule sie ist weggeworfen worden beim Frühjahrsputz haben wir Motten in der komischen alten Eule gefunden und keiner hatte etwas davon gemerkt aber kann man sich auch ganz darauf verlassen daß sie weg ist die Leere wo sie gestanden hat ist sie nicht genauso entsetzlich und mir graut und die Leere stürzt sich auf mich und die Leere wird mich zu Tode hacken und mich als Eulengewölle ausspucken.

Vom Tode geholt, er wurde vom Tode geholt, und er war nicht einmal drei Tage alt, Frédéric François, und sie hatten ihn gerade noch taufen können, und dann wurde er geholt, vom Tod, und wer ist der Tod, wie sieht der Tod aus, daß er einfach kommen und holen kann, und der Tod sieht nicht aus, sagt mein Vater, der Tod kommt, der Tod tritt ein, aber wie eintreten, wie sieht er aus, wenn er eintritt, und um das zu verstehen, bist du viel zu klein, und es war auch der reine Wahnsinn, derlei einem Kind zu erzählen, aber meine Mutter weiß, wie der Tod aussieht, denn sie hat ihn gesehen, und Baśka weiß es auch, der Tod, das ist ein alter Mann, und er ist knochendürr und kommt auf seinem Pferd geritten, der Tod, der ist wie ein altes Gerippe, verhutzelt, und hat Lumpen an, und der Tod hat eine Sense, es bringt also Unglück, ein Pferd nach Einbruch der Dunkelheit wiehern zu hören, so ist der Tod, und man hört ihn fast nicht, wenn er eintritt, aber riechen kann man ihn, und wer ihn sehen kann, der kann ihn sehen, und Baśka hat ihn gesehen, und er holt auf seinem Pferd, fast ein Klepper, knochendürr wie der Tod selbst, mit zerfetzter Haut, und darum ist es für ordentliche Leute verboten, Pferdefleisch zu essen, so etwas tun nur Juden.

Die Gräfin ist unsere Wohltäterin, und ich verstehe nicht ganz, was eine Wohltäterin ist, aber die Gräfin ist unsere Wohltäterin, denn wäre die Gräfin nicht gewesen, und im Hause der Gräfin, auf dem Herrensitz der Gräfin haben mein Vater und meine Mutter, mein Vater und meine Mutter haben sich dort kennengelernt, denn hätte die Gräfin sich nicht meiner Mutter angenommen, und zwar als sie noch ein ganz junges Mädchen war, die Wohltäterin meiner Mutter, sie hatte sie zu sich genommen, als sie bei Fremden war, elternlos, war meiner Mutter eine Mutter gewesen, wie eine Mutter fast, und meinen Vater angestellt, als er in größter Not war und nicht nach Frankreich zurück konnte, denn Frankreich damals, Revolution,

Krieg, Soldat sein, Napoleons Armee, auch wenn er gewollt hätte, unsere Wohltäterin, ewig dankbar werden wir der Gräfin sein, und wer ihr nicht dankbar ist, ein Lump, wie der Graf, bummelt herum, ein Vermögen vergeudend, Haus und Heim verlassen, die Gräfin verlassen, seine Wohltäterin, nein, mein Vater ist froh, daß er den Grafensöhnen ein wenig Pli hat beibringen können, französischen Pli, die arme Gräfin, unsere Wohltäterin.

Der Ring meiner Mutter. Sie trägt ihn immer an der Hand. Sie nimmt ihn nie ab. Denn sie hat ihn von meinem Vater bekommen. Und er hat einen roten Stein in der Mitte. Und daneben zwei weiße. Diamanten, erklärt meine Mutter. Ganze zwei. Und wenn wir auf ihrem Schoß sitzen dürfen. Wir bewundern ihn. Zwei Diamanten. Sie funkeln. Denn mein Vater war eines Abends nach Hause gekommen. Und es war, bevor wir auf die Welt gekommen waren. Er war in Warschau gewesen. Und er war nach Hause gekommen. Und er legt meiner Mutter etwas hin. Vor sie hin. Ohne etwas zu sagen. Und meine Mutter konnte nicht verstehen, was das nun bedeuten sollte. So ein kleines Ding. Und in ein Stück altes Papier gewickelt. Sie hätte es fast schon ins Feuer geworfen. Aber da sieht sie. Und was sah sie? Und mein Vater hatte ihn für sein ganzes Geld gekauft. Für meine Mutter. Denn mein Vater liebt meine Mutter. Und er hatte ihn billig bekommen. Denn er hatte einer feinen französischen Edelfrau gehört. Und sie hatte vor der Revolution fliehen müssen. Und da hatte sie alle ihre Schmuckstücke verkaufen müssen. Denk. Getragen von einer französischen Edelfrau. Und der Stein in der Mitte, das ist ein Rubin. Erklärt meine Mutter.

Jetzt bist du alt genug, du mußt nicht mehr getragen werden, du kannst selbst hineingehen, guten Morgen sagen, zusammen mit Ludwika, von nun an, jetzt dürft ihr beide hineingehen, und euer Vater wird sich so freuen, und Hand in Hand, und das Zimmer meines Vaters, groß ist es, und Bücher sind dort und Bilder und sein breiter Arbeitstisch mit Büchern, Büchern mit Bildern, und Bilder, und mein Vater sitzt mit dem Rücken zur Tür, und wir klopfen an, und guten Morgen, lieber Vater, und wir wünschen Ihnen einen guten und schönen Tag, und seid auch lieb, und seid auch brav, und tut, was eure Mutter sagt, und lauft schon zurück, und mein Vater hat keine Zeit, denn mein Vater ist vertieft, denn mein Vater muß seine Lektionen vorbereiten, und was ist denn, und wir wollen nur guten Morgen sagen, und ihr müßt warten, und wir warten und wir sehen und wir bleiben stehen und mäuschenstill und wir trauen uns fast nicht zu atmen, und wir riechen den Geruch des Zimmers unseres Vaters, und es riecht nach Tabak und es riecht nach Rauch und es riecht nach Büchern und es riecht nach unserem Vater, und er kehrt uns den Rücken zu, und Hand in Hand gehen wir um ihn herum und um den Tisch, und ich mache einen Diener vor meinem Vater, und Ludwika knickst vor meinem Vater, und wir stehen Hand in Hand, und wir trauen uns nicht, etwas zu sagen, denn mein Vater ist vertieft, und es ist ja schon gut, es ist gut, und geht schon zurück zu eurer Mutter, und guten Morgen, guten Morgen, und es riecht, und wir wünschen Ihnen einen guten und schönen Tag, und euer Vater freut sich so.

◊ ◊ ◊

Der Hund blafft, das Wildschwein grunzt, das Schwein quietscht, das Pferd wiehert, der Hahn kräht, der Esel schreit, die Katze spinnt, das Kätzchen miaut, der Star flötet, der Stier brüllt, das Schaf blökt, der Löwe brummt, der Wolf heult, der Fuchs bellt, die Maus pfeift, der Spatz piepst, die Drossel trillert, die Schwalbe zwitschert, die Elster schwatzt, das Birkhuhn balzt, die Rohrdommel trommelt, der Frosch quakt, der Tiger knurrt, der Truthahn kollert, der Kuckuck macht Kuckuck, der Käfer brummt, die Biene summt, die Taube gurrt, das Huhn gackert, der Pfau schreit, die Lerche singt, die Nachtigall schlägt, die Heuschrecke zirpt, die Ente schnattert, der Storch klappert, die Eule heult, die Schlange zischt, der kleine Frycek spricht.

◇ ◇ ◇

Und die Blätter sind breit, und sie sind hart, und man muß fest ziehen, aber dann kann man auch das Grüne herausziehen, und wenn man fest zieht, und zum Schluß, es ist wie ein Fächer aus harten Rippen, und er gleitet über den Handrücken, und es ist ein knackender Laut, wenn man an dem Grünen zieht, und die Finger duften von dem Grünen, und die Blüten sind klein, und sie sind weiß-lila, und sie sind dick wie Fleisch, und man kann sie herausziehen, und sie gleiten schleimig, und man kann die Staubgefäße herausziehen, und an der Wurzel sind sie schleimig, und der Schleim auf dem Handrücken, und der bittere Duft, weiß-lila und grün.

Du mußt es nur sagen, denn das hat Zuzia bei Frau Brzostowski gesehen, du mußt nur sagen, wenn du dich an einem Tischbein stößt, dann mußt du sagen, dummes Tischbein, böses Tischbein, und dann geht es vorüber, das haben Frau Brzostowskis Kinder ihr erzählt, und es wirkt, und wenn du eine Schramme bekommst, wenn du auf die Erde fällst, mußt du einfach auf die Erde schlagen, zurückschlagen, und du mußt dumme Erde sagen, böse Erde, denn die Erde hat Schuld, und der Tisch hat Schuld, genau wie du sagst, wenn dich jemand an den Haaren gezogen oder gekniffen hat, dann sag bloß dummes Balg, böses Balg, und das mußt du auch zu dem Glas sagen, wenn es dich schneidet, und dem Ofen, wenn er dich brennt, und dem Schemel, wenn er dich stößt, und der

Schere, wenn sie dich schneidet, und der Nadel, wenn sie dich sticht, du mußt zurückschlagen, zurückschlagen, du mußt dumm und böse sagen, und dann mußt du zurückschlagen, das wirkt, dann spürst du nichts, zurückschlagen.

Ich kann dich im Spiegel sehen, aber ich verstehe nicht, daß meine Mutter mich im Spiegel sehen kann, wenn ich mich nicht selbst im Spiegel sehen kann, denn ich kann mich selbst im Spiegel sehen, und das verstehe ich, aber ich begreife nicht, wie mich ein anderer im Spiegel sehen kann, wenn ich mich nicht selbst im Spiegel sehe, und kannst du mich sehen, und meine Mutter kann mich sehen, und kannst du jetzt sehen, was ich tu, und meine Mutter kann sehen, was ich tu, und jetzt und jetzt und jetzt, und jetzt kann ich niemanden sehen, denn jetzt stehst du ja direkt hinter mir, und das kann ich gar nicht begreifen, denn wie kann meine Mutter mich sonst immer sehen, und dann mich nicht sehen, wenn ich direkt hinter ihr stehe, dann sollte sie mich ja gerade sehen können, und wie kann es sein, und erklär mir, und meine Mutter kann nicht erklären, aber meine Mutter kann mich sehen, und meine Mutter kann mich immer sehen, und meine Mutter weiß immer, was ich tu, denn sie kann sehen, sie kann alles sehen, und meine Mutter weiß alles, ich weiß alles, was mein Fryc tut, und alles, was mein Fryc denkt, außer wenn ich direkt hinter meiner Mutter stehe, dann weiß sie nichts.

Seine Stimme, seine tiefe, ruhige Stimme, und dann sein Lachen, sein schrilles, rasselndes Lachen, und ich verstehe es nicht, daß er derselbe Herr sein kann, und er sitzt am Tisch, und er trinkt Tee, und es ist Herr Gołuchowski, aber es kann ja nicht Herr Gołuchowski sein, denn Herr Gołuchowski lacht nicht so, wenn Herr Gołuchowski so spricht, und Herr Gołuchowski kann nicht so sprechen, wenn Herr Gołuchowski so lachen kann, und es kommt plötzlich, wie Stöße, und dann lacht er, und es gibt nichts zu lachen, das sehe ich meinem Vater und meiner Mutter an, und er lacht trotzdem, Herr Gołuchowski lacht, und sein Lachen tut weh, und es tut mir in den Ohren weh, und es tut mir innendrin weh, es tut weh, während er lacht und lacht, und dann spricht er, mit seiner tiefen, ruhigen Stimme, und dann trinkt er Tee und sagt danke, und mir graut davor, wann es wieder weh tun wird.

Es ist das Haus des Todes und es hängt ein großer schwarzer Baldachin mit schwarzen Teppichen über der Eingangstür und aus den Fenstern hängen große schwarze Fahnen das bedeutet jemand ist gestorben und wird begraben und Baśka weiß wer es ist und ich weiß daß drinnen eine Leiche in einem Sarg liegt offen und ich habe eine Leiche gesehen denn ich habe im Sommer auf dem Land eine Leiche aufgebahrt gesehen und ich weiß wie eine Leiche aussieht und ich weiß daß eine Leiche stinkt auch durch den Duft von verwelkten Feldblumen und die Leiche wird sich plötzlich erheben wie man sich steif von einem Bett erhebt und sie wird mit steifen Schritten stelzen und sie wird zwischen den Falten im Teppich unter dem Baldachin herauskommen und sie wird hinter mir herlaufen und Baśka wird nichts machen können denn sie wird mich fangen und sie wird mich in ihre dünnen Arme nehmen und sie wird mich an sich drücken und drücken und es ist die Leiche eines Mannes und dann werde ich selbst eine Leiche werden und ich werde selbst stinken trotz der Lilien des Feldes und mich auflösen denn sie sagen Leichen lösen sich auf.

Geschwüre. Du hast Geschwüre bekommen. Darum kannst du nicht sitzen. Laß Mama sehen. Ja, es sind Geschwüre. Geschwüre auf dem Popo. Das hat Mama auch einmal gehabt. Das haben so viele. Aber jetzt muß Doktor Malcz kommen. Aber du darfst nicht bange sein. Doktor Malcz tut dir nichts. Es wird nicht weh tun. Doktor Malcz sieht es sich nur an. Und Doktor Malcz hat sicher eine Salbe. Und dann ist es überstanden. Nicht mehr. Denn als Mama Geschwüre am Popo hatte, sagt meine Mutter. Und morgen kommt Doktor Malcz. Und du mußt nicht bange sein. Denn Mama ist bei dir. Eine Mutter verläßt nicht ihr Kind. Wenn es in Not ist. Was auch immer geschieht. Und Doktor Malcz sieht meine Mutter an. Und hier muß ich ja schneiden, sagt Doktor Malcz zu meiner Mutter. Und mir ist nicht ganz klar, was das bedeutet. Aber meine Mutter ist ja bei mir. Eine Mutter verläßt nicht ihr Kind. Nicht, wenn ihr Kind in Not ist. Darum ist eine Mutter immer bei ihrem Kind. Und es wird nicht weh tun, sagt meine Mutter. Und einer muß ihn festhalten, sagt Doktor Malcz. Und wo ist Baśka. Denn einer muß ihn festhalten, damit er sich nicht bewegen kann. Und vielleicht zwei. Einer die Schultern und einer die Beine. Und wo ist Zuzia. Denn Zuzia ist trotzdem ziemlich stark. Und Frau Linde ist da. Unerwartet. Und man kann ja nicht umhin, sagt meine Mutter. Aber du hast ja auch Zuzia und Baśka. Und Zuzia hält mich und Baśka hält mich, und ich schreie und ich bin in Not und ich schreie in das Kissen. Und ich muß einfach schreien. Ja, das war eine schlimme Sache, sagt Doktor Malcz. Aber du warst tapfer. Und Gott sei Dank, sagt meine Mutter, als Frau Linde gegangen ist. Gott sei Dank, es ist vorbei. Und Gott sei Dank, daß es kein Brandgeschwür war, denn eine Mutter kann es nicht ertragen, ihr Kind leiden zu sehen.

Der Sommer, die Retirade, und das Schlimmste am Sommer ist die Retirade, und wenn die Sonne darauf steht, es riecht würzig, nach Teer, nach Holz, und wenn ich den Deckel abhebe, ich übergebe mich fast in der Hitze und dem Summen der Fliegen. Und Tag für Tag wächst es, und zum Schluß ist so viel in der Tonne, daß ich fürchte, es zu berühren und ich mich nicht traue, mich hinzusetzen. Und wenn sie es bloß entdecken und die Tonne leeren. Denn die fette, weiße Schlange kann auf dem Boden liegen, ich habe sie einmal gesehen, und darum sehe ich immer nach, wenn mein Vater hinaus muß, und wenn er dort gewesen ist, schlüpfe ich schnell weg, ohne daß er es entdeckt, ich kann einhalten. Und keiner hat jemals bemerkt, daß ich ihm auflauere. Ich hebe den Deckel und ich sehe die große, dicke, hellbraune Wurst. Die Wurst meines Vaters. Und eines Morgens, aber sie ist ja gestreift, rotgestreift, und mittendrauf liegt ein großer Klecks. Blut. Mein Vater. Mein Vater ist krank, mein Vater blutet, mein Vater muß sterben. Und ich passe auf, ob er plötzlich blaß wird, verbluten wird, ob sich seine helle Hose plötzlich von hinten färbt, ob er umstürzt, alles Blut aus ihm herausgelaufen ist. Was bedeutet es, wenn man hinten heraus blutet. Aber ich traue mich nicht, jemanden zu fragen, denn sie werden glauben, ich wäre es vielleicht selbst, und ich traue mich nicht, zu verraten, aber was bedeutet es, und ich versuche, das Gespräch darauf zu bringen, aber Baśka versteht meine Andeutungen nicht. Und am nächsten Morgen, und da sind nur die roten Streifen, und am nächsten Tag, und dann traue ich mich nicht mehr zu gucken, denn ganz unten auf dem Boden, denn die fette weiße Schlange, das ist noch schrecklicher, es ist so dunkel geworden, seit der Eimer geleert wurde, und dann ist es wohl sicher von selbst vorübergegangen, aber ich passe noch lange auf meinen Vater auf.

Baśkas Bruder kommt zu Besuch, aber ich weiß genau, daß es nicht Baśkas Bruder ist, denn ich weiß, es ist der schwarze Mann, und ich habe gesehen, wie er hineinschlich, in die Küche, es ist der schwarze Mann, und ich habe solche Angst vor dem schwarzen Mann, denn ich weiß, was der schwarze Mann tut, warum er hier ist, was er mir tun will, denn er ist hier, weil er mir etwas tun will, und ich weiß, was es ist, und ich höre seine schnarrende Stimme in der Küche, und ich lasse mich nicht davon täuschen, daß er ein großes Metallkreuz auf der Brust hängen hat, denn er ist trotzdem der schwarze Mann, und ich habe Angst, Angst vor dem Kreuz, das auf seiner Brust hängt, und ich weigere mich, ihm guten Tag zu sagen, ich will ihn nicht grüßen, auch wenn es Baśkas Bruder ist, denn ich weiß, er ist nicht Baśkas Bruder, sondern der schwarze Mann, und Baśka will mich zwingen, ihm guten Tag zu sagen und die Hand zu geben, aber ich laufe davon und verstecke mich, dummer Bub, und seine schnarrende Stimme, und sie quäkt und knarrt und ist genau die Stimme, die der schwarze Mann hat, und er will die Juden bekehren, hat Baśka erzählt, und als sie später meint, die Juden hätten ihn sicher getötet, weil er sie bekehren wollte, bin ich erleichtert, aber gleichzeitig auch nicht, denn ich weiß, der schwarze Mann kann nicht sterben, und ich höre immer noch seine schnarrende Stimme bei Baśka in der Küche, obwohl er gestorben ist, und ich begreife nicht, daß sie weinen kann, denn er stank, und er war voller Ungeziefer, und er war gefährlich.

◇ ◇ ◇

Sieh, der schöne Schmetterling.
Komm, wollen wir ihn fangen?
Schmetterling, wo fliegst du hin?
Er flog über die Hecke.
Er will sich nicht von mir fangen lassen.
Dort sitzt eine Biene auf der Blüte.
Wird die Biene den Frycek stechen?
Nein, sie sticht nicht, wenn Frycek sie nicht anfaßt.
Die Bienen machen Wachs und Honig.
Honig ist süß.
Frycek bekommt Brot und Honig zum Abendessen.
Raupen fressen Kohl.
Hier ist eine kleine Schnecke, sie klettert die Mauer hoch.

Berühre sie vorsichtig mit dem Finger.
Die Schnecke ist in ihr Haus gekrochen. Gute Nacht, Schnecke. Laß sie in Ruhe, dann kommt sie bald wieder heraus. Ich bin hungrig, ich will mein Abendbrot.
Es ist noch nicht fertig.
Deck den Tisch.
Wo sind die Messer und die Gabeln und die Teller?
Die Uhr schlägt, jetzt ist der Tisch gedeckt.
Darf ich ein Stück Fleisch haben?
Nein, Fleisch ist nicht gesund für kleine Jungen.
Hier sind ein paar Kirschen.
Du darfst nicht den Stein schlucken.
Ich möchte ein Glas Wein.
Hat man so etwas schon gehört, Wein für kleine Jungen? Nein, du bekommst keinen Wein. Hier hast du ein Glas Wasser.
Du darfst nicht so nah beim Ofen stehen. Geh auf die andere Seite.
Du darfst nicht auf Mamas Schürze treten.
Geh aus dem Weg, ich habe zu tun.

◇ ◇ ◇

Es geht meinem Vater auf die Nerven, sitzt da und patscht auf dem Klavier herum, denn ich schaffe es gerade, auf den Stuhl zu klettern und auf die Tasten zu schlagen, du sorgst ja auch nie dafür, daß es geschlossen ist, und wenn ich nun mal nicht möchte, daß er da sitzt und patscht. Aber du liebe Güte, wenn er es lustig findet, und er wird es sich schon noch abgewöhnen, und wenn du nicht willst, und mein Vater will mich gerade vom Stuhl heben, du weißt doch genau, daß du nicht darfst. Und plötzlich, aber das ist ja eine Melodie, das ist ja Laura und Filon, hör, er spielt ja eine Melodie, Fryc kann eine Melodie spielen, und mein Vater fängt an zu summen, summt vor sich hin, ja tatsächlich, das ist sie, und meine Eltern stehen auf und kommen her und stellen sich um mich herum. Versuch noch mal, fordert meine Mutter mich sanft auf, hat sie sich verhört, ungläubig, aber ich spiele sie von vorn, mit meinen zwei nebeneinandergelegten Zeigefingern. Erstaunlich, sagt mein Vater, er muß ja musikalisch sein, das hat er von mir.

Nichts ist schöner, als von der Kindheit meines Vaters zu hören. Wenn wir an einem Winterabend zusammensitzen. Und er nicht viel zu tun hat. Ludwisia fragt. Aber er zögert ein bißchen. Und dann Zuzia. Denn sie ist geschickt. Und sie ist plötzlich ganz allein auf der Welt. Elternlos. Und so bescheiden. Er beginnt. Und wir sehen uns an. Triumphierend. Mein Vater hat angefangen zu erzählen. Aber erst belehrend. Was er seinen Eltern alles zu verdanken hat. Und dann die Weinernte und die großen Wälder in den Vogesen, wo der erste Mann seiner Schwester Anne von einem Wildschwein getötet wurde, und wenn sie mit Obst und Gemüse die Madon hinuntersegeln durften, einen Fluß, der viel schmäler ist als die Weichsel, aber viel schöner, ganz bis Nancy, und sein jüngster Onkel, Jean François, der Zunftmeister in Mirecourt war mit eigener Werkstatt und zwei Gesellen und vielen Lehrlingen, und mein Vater hat drei Schwestern und keine Brüder, und es ist ganz merkwürdig, zu denken, daß wir Massen von Vettern und Kusinen in Frankreich haben, von denen wir gar nichts wissen, und sie haben uns, und sie wissen auch nichts von uns. Und am nächsten Tag, als wir Visite machen spielen, wer soll der Besuch sein, natürlich Vetter Dominique François mit Gemahlin Komtesse Camille Laure und Schwester Marguerite, und er ist erwachsen und Gutsbesitzer mit großen Waldungen und viel größeren als die der Familie Skarbek, und Bürgermeister in Mirecourt.

Wir sind auf dem Weg zur Messe, und mein Vater nimmt mich an die Hand. Ich muß mich strecken, und dann spüre ich seinen Griff. Er ist bestimmter als der meiner Mutter, aber gleichzeitig weniger angestrengt fest. Es ist, als paßten Vaters und meine Hände zusammen, die Finger haben dieselbe Form, schmal und dünn und trotzdem stark, und nicht lang. Die Hand meiner Mutter ist auch klein, aber sie ist breit und kräftig, und die Finger sind kurz, dick. Meine Mutter hat den Potocki-Daumen, zeigt sie uns stolz, denn sie gehört ganz entfernt zur Familie der Potockis, die Großmutter ihrer Großmutter war eine Potocki. Wenn meine Mutter mich an die Hand nimmt, ist es ganz anders als bei meinem Vater, es ist zwar warm, aber trotzdem ist es, als ob wir einander nicht ganz berührten, und manchmal spüre ich den Schweiß. Meine Hände und die meines Vaters sind kühl, und sie schmiegen sich ineinander, ich fühle, ich bin ganz er und trotzdem auch ich selbst, und wir gehören zusammen.

Denn man hätte sie auf ein Steckkissen wickeln müssen, und hätte man sie auf ein Steckkissen gewickelt, denn sie hat merkwürdige Handbewegungen, Emilka bewegt ihre Hand auf so eine merkwürdige Art, wenn sie erregt ist, und hätte man sie auf ein Steckkissen gewickelt, und Baśka meint, denn derlei neumodische Dinge, nicht auf ein Steckkissen zu wickeln, und als Baśka klein war, und als Baśka jung war, und bevor Baśka zu uns kam, und da wickelte man Kinder immer auf ein Steckkissen, und erst als sie zu uns gekommen war, diese neumodischen Dinge, denn es ist ja auch wichtig für die Haltung, für den Rücken, er kann krumm werden, und Baśka kennt eine Mutter aus diesem oder jenem Grund, jedenfalls eines ihrer Kinder, es wurde nicht auf ein Steckkissen gewickelt, und für den Rest des Lebens, bucklig, bloß weil die Mutter es nicht auf ein Steckkissen gewickelt hatte, und Emilka, mit diesen Handbewegungen, ganz klar, aber du lieber Himmel, Baśka will nichts gesagt haben, das überläßt sie meinen Eltern, aber wenn es ihr Kind wäre, und gut, daß es nicht ihr Kind ist, das arme Kind, wenn es nicht auf ein Steckkissen gewickelt wird, es wird ganz zusammensinken, deformiert fürs ganze Leben, und auf jeden Fall die sonderbarsten Bewegungen mit der Hand.

Und warum ist der kleine Janek gestorben? Denn der kleine Janek ist gestorben. Und daran ist er selbst schuld. Denn er konnte es nicht lassen. Der kleine Janek ist gestorben. Denn der kleine Janek war ungehorsam. Der kleine Janek hat nie getan, was seine Mutter ihm gesagt hat. Und sein Vater. Und was war da noch zu machen? Nichts. Seinen Eltern blieb nichts übrig, als ihn in den Keller zu sperren. Ohne Essen und Trinken. Und es war der tiefe Keller. Und du kannst riechen, wie es nach Keller riecht. Und jedesmal, wenn du daran vorbeigehst, mußt du dich fast übergeben. Und ihn genau in diesen Keller einzusperren waren seine Eltern gezwungen. Und keinen Bissen zu essen, keinen Schluck zu trinken. Und du hast selbst einmal in den Keller hinuntergeschaut. Und die schmale Steintreppe. Und was ist dort unten? Dort sind Mäuse und Ratten und noch viel Schlimmeres. Und es ist so, daß du dir die Nase zuhalten mußt, um dich nicht zu übergeben. Und dort mußte der kleine Janek sitzen. Und die ganze Nacht. Weil er ungehorsam war. Er wurde eingeschlossen. In den Keller. Sein Vater und seine Mutter mußten es tun. Und keiner konnte ihn hören. Und er mußte dort bleiben. Die ganze Nacht. Und keiner hörte ihn. Wie sehr er auch weinte und bettelte. Und dann kamen die Ratten. Und die Ratten bissen ihn. Und es waren viele. Und sie bissen und bissen. Und am nächsten Morgen. Und er hatte große Wunden. Und dann bekam er Blutvergiftung. Und dann bekam er Wundstarrkrampf. Und dann starb er. So starb der kleine Janek. Und so kann es gehen. Wenn man nicht tut, was Vater und Mutter sagen. Nein, danke du nur deinen Eltern, daß du nie mit dem kleinen Janek spielen durftest. Sonst wäre es dir vielleicht ergangen wie ihm.

Mein Ball ist der größte denn er ist aus den alten Kleidern meiner Mutter genäht und von meiner Mutter selbst und an das eine Kleid kann ich mich deutlich erinnern es ist also fast als hätte ich meine Mutter und ich drücke den Ball an mich und werfe ihn und er ist rote Seide und blaukariert und dann verschwindet er weit weg und ich sehe wie ihn einer von der Wilusbande schnappt und dann ist er ganz weg und es hilft nichts und ich weine und was weinst du so was ist geschehen und meine Mutter drückt mich an sich und Mama wird dir einen neuen machen sei nicht traurig und ich weine noch heftiger und meine Mutter tröstet mich und drückt mich noch fester an sich und ich weiß sie findet nicht daß es einen Grund zum Weinen gibt und ich selbst auch nicht und sie weiß im Grunde daß ich nicht über das mit dem Ball weine denn ich weine über etwas ganz anderes aber ich kann ihr nicht sagen was es ist denn sie versteht nicht und ich weiß daß sie nicht versteht und sie weiß selbst daß sie nicht versteht darum will ich ihr nicht zeigen worüber ich weine und sie tröstet und ich werde getröstet und sie weiß daß ich weiß und ich weiß daß sie weiß und das ist doch kein Grund sich so aufzuregen und sie drückt mich ganz fest an sich und mache dir einen neuen und feineren und ich lasse mich trösten und sie tröstet und wir wissen beide und wir werden tröstend getröstet und ich kann nicht sagen was es eigentlich ist und das weiß sie das wissen wir beide.

Ich fürchte mich vor der alten Frau Dobrzyńska, denn sie lebt in einem kleinen, dunklen Zimmer, und da riecht es so sonderbar, so daß ich mich fast übergebe, wenn ich mit meiner Mutter dort hineingehen muß. Aber meine Mutter nimmt mich oft mit, denn Frau Dobrzyńska freut sich so, wenn sie Besuch bekommt, besonders von Kindern. Ich spüre, daß sie keine Hexe ist, dazu ist sie viel zu schwach. Davor fürchte ich mich also nicht. Eher, wenn sie mich umarmt und an sich drückt. Denn sie duftet zwar rein nach Wäsche und nach Veilchen, aber sie ist trotzdem unrein, denn sie ist alt. Und ich suche nach Schmutz und Brei- und Eigelbklecksen auf ihren Kleidern, an ihren Händen, auf ihrem Hals, denn sie hält mich fest, und Kleckse sind dort nicht, aber ein Knopf, der mir gegen die Stirn drückt. Sie spürt, daß ich steif werde und mich sträube, aber deswegen gibt sie nicht auf, im Gegenteil, es ist, als entstünde ein Kampf zwischen uns, und sie ist hartnäckig und will gewinnen, und der Knopf tut weh. Als sie mich losgelassen hat, mache ich, ohne daß meine Mutter und Frau Dobrzyńska es sehen, dreimal das Kreuzzeichen vor meinem Herzen und berühre Metall, wie Baśka es mich gelehrt hat. Ich habe Angst vor ihrem Alter. Ich will nicht angesteckt werden. Denn sie ist befallen, von Alter, von Unreinheit, denn sie ist schmutzig, denn sie ist alt, und Alter stinkt und Alter steckt an.

Denn Ludwisia hüpft so sonderbar, und wir gehen mit meiner Mutter spazieren, und was ist los, aber es ist nichts, Ludwisia hüpft bloß so sonderbar, und Izabelka ist zu klein, um mitzugehen, und Emilka liegt in ihrer Wiege, und es ist nur meine Mutter und dann Ludwisia und ich, und wir sollen nichts, nur spazierengehen, und dann hüpft Ludwisia, und sie hüpft, und was ist denn nur mit dir, und du wirst doch nicht, ich hoffe wahrhaftig nicht, aber natürlich muß Ludwisia nicht, denn Ludwisia ist ja groß, und es würde Ludwisia nie einfallen, müssen, wenn sie spazierengeht, und mit meiner Mutter und mir, und ich muß auch nie, denn Fryc hat gelernt, Fryc kann einhalten, und jetzt ist doch nicht etwa, aber Ludwisia ist die älteste, und darum muß Ludwisia nicht, aber sie hüpft bloß, hüpft und hüpft, und sie muß einfach hüpfen, sie kann es nicht lassen, und hüpft, hüpft, und, ja, und dann, dann ist es passiert, und Ludwisia, aber warum hast du denn nichts gesagt, als ich gefragt habe, und sieh nun, und was hast du getan, und am hellichten Tag, und auf offener Straße, man muß sich ja schämen, solch ein ungezogenes Mädchen mitgenommen zu haben, schämen muß man sich, und sofort nach Hause, wir müssen sofort umkehren, was fällt dir denn ein, nein, das war das letzte Mal, und du, die älteste, und du, die du allen mit einem guten Beispiel vorangehen solltest, und dann auf hellichter Straße, und der arme Fryc, wie er sich schämen muß, der arme Fryc, so eine große Schwester zu haben, du, die sonst immer, und nicht Bescheid sagen zu können, nein, komm, kleiner Frycek, nimm Mama wieder an die Hand, dann kann die unartige Ludwika hinterherkommen, damit alle sehen, daß wir nichts mit ihr zu tun haben wollen, wir zwei kennen sie nicht, das Schandmal einer Familie.

◇ ◇ ◇

Das Schaf hat Wolle, um sich warm zu halten. Der Biber hat einen dicken Pelz. Das Pferd hat Haar und eine feine Mähne; sieh, wie seine Mähne den Hals bedeckt und im Wind weht. Das Rind hat sein dickes Fell. Die Enten haben Federn, dicke, dichte Federn. Die Katze hat einen warmen Pelz; leg die Hand darauf, er ist weich wie ein Muff. Die Schnecke hat ihr Haus, um sich gegen die Kälte zu schützen. Hat ein kleiner Junge etwas? Nein; er hat nur eine weiche, dünne Haut, die leicht blutet; armer kleiner, nackter Junge. Aber der kleine Junge hat alles; er hat Pelz und Wolle; und Haare und Federn; dein Mantel ist aus warmer Wolle gemacht, die von den Schafen geschoren ist; dein Hut ist aus Kaninchenfell und Biberpelz; und deine Schuhe sind aus Rindsleder. Sieh dir die grüne Pflanze an; glaubst du, man kann daraus Kleider machen? Nein, das glaubst du nicht. Aber dein Hemd ist aus einer solchen Pflanze gemacht; dein Hemd wuchs einmal auf dem Feld. In einigen Ländern macht man Kleider aus Baumrinde. Der Mensch kann Dinge machen; die Schafe und Enten können nicht spinnen und weben; das ist der Grund, warum ein kleiner Junge nur seine weiche, nackte Haut hat.

Und der Spiegel. Und ich hasse ihn. Und er steht im Schlafzimmer meiner Eltern. Kippspiegel. Ein Spiegel aus Frankreich. Wie sie in Frankreich gemacht werden. Und jetzt bist du nicht lieb. Und du hast gehänselt. Und du hast Widerworte gegeben. Und kann ein Kind etwas Schlimmeres tun, als seiner Mutter Widerworte geben? Da siehst du. Und rein vor den Spiegel. Und da kannst du sitzen, bis du wieder lieb bist. Und bis du sagst, es tut dir leid. Und das tust du nie mehr wieder. Und bist du jetzt wieder lieb? Und dann darfst du auch. Wenn du also wirklich wieder lieb bist. Und da kannst du sitzen und schauen. Und sieh nur hin. Und so sieht ein unartiger Junge aus. Ein Junge, der nicht tut, was seine Mutter sagt. Ein Junge, der seine Schwestern an den Haaren zieht. Ein Junge, der keinen Respekt vor seiner Mutter hat. Und ich sehe mich selbst. Und ich traue mich nicht wegzusehen. Und im Spiegel. Und das bin ich. Ein ungezogener Junge. Und ich bin das unartige Kind, das Widerworte gibt und hänselt und an den Haaren zieht und keinen Respekt hat. Das bin ich. Und ich sehe und sehe. Und so sieht ein ungehorsamer Junge aus. Sieh ihn dir nur an. Und es nützt nichts, daß ich versuche, die Augen zuzumachen. Es hilft nicht. Und sieh nur. Und bleib sitzen. Und du drehst dich nicht um. Und sieh. Und Mama kommt wieder und sieht, ob du dich umgedreht hast. Und rein vor den Spiegel. Und sieh. Bis du wieder lieb bist.

Meine Mutter hat uns das Gedicht vom armen Kazimierz vorgelesen, der starb, weil er so gern Zucker aß. Und wo er auch hinkam, so suchte er immer nach Zucker. Weißem Zucker, braunem Zucker, Kandis, Zuckerhüten. Und was konnte Schlimmeres – oder Besseres – passieren, als daß er seine Tante besuchte, und er stiehlt sich in ihre Speisekammer, und ganz zuoberst, auf einem schmalen Brett, da fand er sie, die Schale, klein, aber voll Zucker. Und natürlich, der arme Kazimierz, er aß ihn, schnurstracks, denn er wußte nicht, er glaubte, aber was war es, Mäusegift, was sonst. Und der arme Kazimierz, er starb unter den schrecklichsten Schmerzen. Und der weiße Zucker, und er liegt auf einer Untertasse, und in der Speisekammer, es muß Zucker sein, was soll es sonst sein, aber ich wage nicht, ihn zu berühren, nicht einmal mit dem Finger, denn das Gift kann auch durch die Fingerspitzen dringen, erzählt meine Mutter, und warum hätten sie auch kein Gift auslegen sollen, sie wissen doch, wie gerne ich Zucker esse.

Wasser schleppen und schleppen, und Baśka ist ganz krumm vom Wasserschleppen, und das ganze Wasser, das die Familie braucht, und zu Hause haben wir uns am Brunnen gewaschen, und das war mehr als genug, aber hier heißt es raus und rein, tagaus und tagein, und die schweren Eimer. Und Zuzia, also Zuzia ist stark genug, sie muß auch lernen, sie muß etwas helfen können, und man muß die Eimer mit beiden Händen greifen, damit man keinen schiefen Rücken bekommt, und die schweren Kannen, denn Wasser ist schwer, versuch nur mal, fühl einmal, und es ist Wasser, aber wie kann Wasser schwer sein, und der Eimer ist geleert worden, und aus dem Fenster in den Vorgarten und probier nur, ist Wasser also nicht schwer, und geschleppt und geschleppt wird, aber ihr wascht euch auch zuviel, und das Wasser stinkt, denn wenn man nachts aufstehen muß, dann muß man ins Wasser pinkeln und in den Eimer pinkeln, und wir Männer, aber ich bin ja noch ein Junge, und Männer, die stinken, aber wir Männer, und ich werde bange, denn wir Männer, und das Wasser stinkt, und schleppen und schleppen, aber Zuzia kann wirklich allmählich auch ein bißchen helfen.

Er war ungehorsam seiner Mutter gegenüber und darum bekam der kleine Feliks eines Tages plötzlich schrecklich

Bauchweh und keiner konnte herausfinden was mit ihm los war und man gab ihm alle Mittel die einem überhaupt nur einfallen können damit er sich übergäbe und man gab ihm alle Abführmittel die man überhaupt hatte und trotzdem wurde es nicht besser und dann schickte man nach dem Arzt und der Arzt gab ihm all die Medizin die er überhaupt kannte aber es wurde auch nicht besser es wurde sogar immer schlimmer und er litt und litt und er hatte solche Schmerzen daß man ihn über die halbe Stadt schreien hörte so litt er und sein Fieber stieg und stieg und zum Schluß wurde er zur Ader gelassen und der Arzt nahm ihm ganze sechs Tassen Blut ab aber was half es es wurde schlimmer und schlimmer und er litt mehr und mehr und zum Schluß starb er trotz all dem was man für ihn getan hatte er starb und es war bloß weil er nicht getan hatte was seine Mutter gesagt hatte.

Pfingstmorgen und auf dem Weg zur Kirche, die ganze Familie und dazu die Zöglinge, und sie gehen voraus, zwei und zwei. Und mein Vater beaufsichtigt sie. Daß sie ordentlich gehen. Daß sie nicht albern und lachen, denn wir sind auf dem Weg zur Kirche. Und man grüßt uns, und jedesmal, wenn man grüßt, müssen die Jungen einen schönen Diener machen. Und mein Vater paßt auf, und ich kenne seinen Blick aus den Augenwinkeln, während er mit Bekannten Worte wechselt. Und ich weiß, was passieren wird, wenn die Jungen keinen Diener machen. Oder nicht still sind. Denn wenn man auf dem Weg zur Kirche ist, muß man still sein, und man muß sich ernst auf den Gottesdienst vorbereiten. Und es macht einen guten Eindruck, wenn Professor Chopin mit seinen Jungen kommt. Sie kommen zwei und zwei. Und danach kommt die Familie des Herrn Professor, und zum Schluß kommt der Herr Professor selbst mit seinem kleinen Sohn an der Hand. Und sein kleiner Sohn, das bin ich. Und ich bin kein Zögling.

Du stellst dich an denn es ist das reine Getue und so empfindlich darf man auch nicht sein und ich nenne es den reinen Unsinn und was dein Vater denken muß glaubst du ihn stört es und hier drinnen kann man ja fast nichts hören und es kommen ja ohnehin fast keine Wagen und wenn es so wichtig wäre glaubst du nicht dein Vater und Peitschenknallen soll in den Ohren weh tun das ist der reine Wahnsinn um es geradeheraus zu sagen Peitschenknallen du solltest einmal zur Krakowskie Przedmieście hinaus wohnen dann würdest du lernen was Peitschenknallen heißt und ein kleiner Knirps wie du und nicht ertragen wenn sie mit der Peitsche knallen und die Hände vor die Ohren halten kannst du wohl die Hände von den Ohren nehmen wenn man mit dir spricht und natürlich muß man hören können glaubst du die Pferde würden sonst verstehen das ist doch das reine Getue aber so ist es mit euch verwöhnten Stadtkindern nein wenn du in einem ordentlichen Dorf aufgewachsen wärst glaubst du daß eines meiner Geschwister sich je über Peitschenknallen beschwert hat und daß es in den Ohren weh tut was glaubst du was dein Vater sagt wenn er diesen Unsinn hört so ein Getue Peitschenknallen als ob das jemals.

Wir sind gerade aus der Kirche nach Hause gekommen und wir sollen jetzt gleich essen und es ist auf dem Land und Sonntag und ich weiß nicht was ich mit mir selbst anfangen soll denn die Kinder helfen meiner Mutter und ich schaue auf die Stockrosen draußen und weiß nicht was ich tun soll und eigentlich wäre es angenehmer im Schatten und komm ruft mein Vater komm und mein Vater kommt aus dem Haus komm fordert er auf komm wir laufen um die Wette und ich verstehe ihn nicht denn ich habe ihn noch nie laufen sehen aber er hat die Jacke ausgezogen und Hemdsärmel und wer kommt zuerst zur Laube und ich begreife nicht aber er läuft los komm und ich sehe ihn laufen komm und ich laufe hinter ihm her aber ich begreife immer noch nicht und dann falle ich und ich habe meine weiße Sonntagsbluse an und ich rutsche über die Erde und da ist ein Ast und mein Vater bleibt stehen und ich will nicht weinen will nicht und wir gehen still zum Haus zurück und mein Vater hält mich am Oberarm und seine feine Sonntagsbluse und frisch gewaschen und deine feine Sonntagsbluse und ein Dreieck hineingerissen in deine feine Sonntagsbluse was ist denn das was hast du denn gemacht und gerade vorm Essen und das Sonntagmittagessen und er wollte partout um die Wette laufen und dann ließ ich ihn und dann tat ich als ob und dann fiel er und seine feine Sonntagsbluse und Hautabschürfung aber dann hat er das gelernt und dann kannst du vielleicht ein anderes Mal.

◊ ◊ ◊

Sieh die Miezekatze! Sie spitzt die Ohren und schnuppert. Sie riecht Mäuse. Sie machen Lärm hinter dem Paneel. Mieze will in den Wandschrank. Laß sie hinein. Die Mäuse sind im Wandschrank gewesen und haben am Zwieback genascht. Sieh die kleine Maus dort, sie steckt den Schwanz aus dem Mäuseloch im Paneel. Paß auf, kleine Maus, sonst fängt dich die Mieze. Sieh, da läuft sie! Sieh, die Mieze springt auf sie los. Die Mieze hat die Maus gefangen. Die Mieze drückt zu. Sie läßt sie ein Stück laufen. Die arme Maus glaubt, sie kann in die Täfelung schlüpfen. Jetzt springt die Mieze wieder und legt die Pfote auf sie. Ach, sei doch nicht so grausam, kleine Miezekatze, ach friß sie doch wenigstens sofort. – Es ist kalt; es friert. Fangen wir die Miezekatze. Komm her. Jetzt reibst du ihr den Rücken, während ich sie festhalte; reib feste. Reib ihren Pelz gegen den Strich. Hör wie es knistert; sieh, da kommen Funken. In der Miezekatze ist Feuer. Das Feuer tut ihr nichts, und es tut dir auch nichts. Jetzt lassen wir die Mieze los; sie wird sauer.

◊ ◊ ◊

Es hätte mir ergehen können, wie es Frédéric François erging, denn wer weiß, und er war drei Tage alt, und was hatte er verbrochen, und wie, er war nicht artig gewesen, Frédéric François, und er liegt unter seinem Stein, und vielleicht streckt er den Arm aus der Erde, in Vollmondnächten, durch die Ritzen im Stein, man soll kommen und auf seinen Arm schlagen, damit er still sein kann, still in seinem Grab, denn was hat er verbrochen, denn er hat etwas verbrochen, ein Kind, das weggerissen wird, ein solches Kind hat etwas verbrochen, und vieles verbrochen, und habe ich nicht selbst, und was habe ich verbrochen, denn du hast doch wohl nicht gestohlen, und du hast wohl kein falsches Zeugnis geredet wider deinen Nächsten, und du hast dich doch wohl nicht was deines Nächsten ist, seines Weibes und Knechtes und seiner Magd und seines Ochsen und Esels gelüsten lassen, und dein Nächster, das sind deine Schwestern, du hast dich doch nicht gelüsten lassen, was deiner Schwestern ist, Ludwisia, Izabelka, sogar Emilka, du hast doch wohl nicht vergessen, des Sabbats zu gedenken, ihn zu heiligen, Frédéric François, vielleicht hast du genau das getan, vielleicht hast du den Namen des Herrn deines Gottes mißbraucht, und Frédéric François, wer bist du, und wo bist du, und ich, wer bin ich, wo bin ich, und der Grabstein, mit meinem Namen, deinem Namen, Frédéric François, die Spalte zwischen den Steinen, der herausgestreckte Arm, und bin ich du, und bist du ich, und ich habe gestohlen und ich habe mißbraucht und ich habe mich gelüsten lassen und ich habe meinen Vater und meine Mutter nicht geeehrt, und er bekam erst Ruhe im Grab, und bekomme ich je Ruhe im Grab, und ehre deinen Vater und deine Mutter, Frédéric François, denn du hast doch wohl keine anderen Götter neben mir gehabt?

La chasse. Und auf dem Land. Und im Sommer. Und die Augen meines Vaters. Wie sie funkeln. Hin und wieder werde ich frühmorgens von Gewehrschüssen geweckt. Er patrouilliert. Haus und Garten. Endlich einer dieser Banditen, wenn er Glück hat. Und dann Baśka. Aber sie will nicht. Das ist gottlos. Ein Tier in dem Blut zubereiten, das in seinen Adern geflossen ist, bloß weil man das in Frankreich tut, das ist eine Sünde, das steht in der Bibel, das Kalb nicht in der Milch zubereiten, mit der es gesäugt wurde, das bringt Unglück. Und außerdem kann man Kinder mit Hasenscharte bekommen, wenn man Hasenbraten ißt, davon wird sie bestimmt nichts in den Mund nehmen. Aber mein Vater ist ein guter Schütze. Und mein Vater liebt die Tiere, die er selbst getötet hat. Denn die Gräfin hat ihm erlaubt, zu schießen, wenn die Hasen einfallen sollten, aber natürlich weder Wachteln noch Fasane. Dein Vater ist ein feiner Schütze, erklärt meine Mutter. Und er ging in Frankreich auf die Jagd, als er jung war. Und erlegte Hochwild. Und einmal ein Wildschwein. Und es gab welche, die ihn einluden, immer und immer wieder, und meinten, eine Jagd sei keine richtige Jagd, wenn mein Vater nicht dabei sei. Immer und immer wieder, und er berichtet es der Gräfin, immer und immer wieder. Ach, dieser Chopin da, der Jägermeister hat nicht bemerkt, daß ich noch da bin, als er sich von meinem Vater verabschiedet hat, zwinkert in der Nachmittagssonne, ach dieser Chopin, er zuckt die Achseln und nickt seinem Forstgehilfen zu, immer dasselbe mit ihm, er kann es einfach nicht lassen, taugt zu nichts anderem, als Löcher in Hasen zu schießen.

Vor der Kirche, alles ist voller Bettler. Und Bettlerkindern. Ich fürchte mich vor ihnen, daß sie mich fangen und mitnehmen und mich zu einem der ihren machen. Alles Betrug, sagt Zuzia und geht überlegen an ihnen vorbei, denn sie weiß, daß vielen die Eltern mit Absicht die Glieder gebrochen haben, damit sie mitleiderregend aussehen, und darum sind sie keine richtigen Bettlerkinder, ihr jedenfalls würde es bestimmt nicht einfallen, nein, nicht so. Ich habe von der Gräfin eine große Silbermünze zum Namenstag bekommen, sie ist fast so groß wie meine ganze Handfläche, und ich nehme sie heimlich mit, als wir in die Kirche gehen. Krampfhaft halte ich sie während der ganzen Messe versteckt, du darfst deine linke Hand nicht hinter dem Rücken verstecken, wenn du dich bekreuzigst, flüstert Zuzia, sonst wirkt das Kreuzzeichen nicht, und man beschwört damit den Teufel. Ich laufe zu einem kleinen Bettlermädchen und will ihm meine Silbermünze geben, denn man soll den Armen etwas geben, und ich will sie ihm in die Schürze werfen, seine beiden Arme sind verwachsene Stümpfe, das können seine Eltern doch auf keinen Fall übers Herz gebracht haben. Aber Zuzia ist schneller als ich, sieh, was er gerade diesem Bettelgör hinwerfen wollte, und sie hält meine Hand fest, sie windet mir die Münze aus den Fingern. Was fällt dir denn ein, und die Silbermünze der Gräfin, schämst du dich nicht, schimpft meine Mutter, nein, du bist noch zu klein, aber wie gut, daß wir Zuzia haben. Ja, ich muß schon sagen, hat man so etwas schon erlebt, steckt mein Vater die Münze zu sich, auf diese Art mit Geld um sich zu werfen, was soll denn aus dem Jungen noch werden?

Mein Vater soll sein Rhabarberkompott haben, denn mein Vater ißt im Sommer jeden Abend sein Rhabarberkompott, und du hast doch daran gedacht, das Rhabarberkompott des Herrn Professors zur Seite zu stellen, sagt meine Mutter zu Baśka. Aber es würde Baśka nie einfallen, so etwas zu vergessen. Denn es ist ja gar nicht auszudenken, was passierte, wenn es vergessen würde. Sommerabend. Und bevor mein Vater ins Bett geht. Und wir schlafen alle. Und dann wache ich auf und höre meine Mutter hinausgehen, um das Rhabarberkompott zu holen, das für meinen Vater zur Seite gestellt wurde. Und mein Vater bekommt frische Sahne dazu. Von frisch gemolkener Milch. Und Fryc soll auch bekommen. Und Fryc soll auch einmal probieren. Und vorm Zubettgehen. Und es ist schleimig und ekelhaft. Und du bekommst auch Sahne dazu, denn Sahne ist gut. Und Sahne ist schleimig und ekelhaft. Und schau den Fryc. Und schau, er ißt Rhabarberkompott wie sein Vater. Er wollte so gern. Und er mag es so. Wie sein Vater. Und iß doch. Und er traut sich nicht richtig. So einen Respekt hat er vor dir. Ist es nicht rührend? Er liebt sein Rhabarberkompott. Wie sein Vater. Aber jeden Abend kannst du das nicht bekommen. Es muß ja Unterschiede geben.

Eine gute Kindheit, meine Kinder sollen eine gute Kindheit haben, denn man weiß nie, was geschieht. Das Leben ist kurz, und es kann schnell, meine Frau und ich, ein kleines Kind, drei Tage alt, aber zum Glück haben wir ja jetzt vier gesunde Kinder, aber trotzdem, man weiß nie, das Beste, was man seinen Kindern geben kann, ist eine gute Kindheit, eine glückliche Kindheit, keiner von uns weiß, wie alt unsere Kinder werden, wenn sie von uns genommen werden, vielleicht morgen, vielleicht am morgigen Tag können unsere Kinder von uns gerissen werden, der Tod ist grausam, er kommt bald, und Kinder und junge Leute, der Tod erntet das junge Gras, das frische Gras, wir Alten werden schon noch auf unsere Kosten kommen, aber unsere Kinder, auf sie hat der Tod es abgesehen, und auf jeden Fall im Todesmoment, ich wünsche, daß meine Kinder an eine glückliche Kindheit zurückdenken können.

Und jetzt darfst du nicht böse auf mich sein, du darfst nicht böse auf mich sein, aber ich habe die Kinder gelassen, und sie wollten doch so gern, darum, auch wenn du gesagt hast, obwohl du gesagt hast, du darfst nicht böse auf mich sein, denn es waren die Mädchen, alle drei, aber es war Fryc, in erster Linie Frycek. Und er bat mich so inbrünstig, und ich konnte es nicht übers Herz bringen, wie hätte ich gekonnt, und dann, ja ich fand nicht, daß ich es lassen konnte, und sie freuten sich so, alle vier, und auch Zuzia, wenn du gesehen hättest, wie sie sich freuten, und alle Mädchen, aber in erster Linie Frycek, wenn du seine Augen gesehen hättest, wie sie strahlten, du hättest es nicht übers Herz gebracht, wenn du an meiner Stelle gewesen wärest, auch wenn du gesagt hättest, du könntest unmöglich, nur seine Freude zu sehen, und er hüpfte und sprang, und sie waren alle so glücklich, ich glaube, ich habe die Kinder noch nie so glücklich gesehen, und was hätten wir sonst, wenn nicht, und du weißt ja, wie Kinder sind, und da stand ich, und dann dachte ich, und hätte ich etwas anderes gekonnt, was sonst hätte ich tun sollen, aber du darfst mir nicht böse sein, und natürlich bedeutet es ja nicht jedes Mal, darüber bin ich mir völlig im klaren, sondern bloß dieses eine Mal, und sie waren so glücklich, und du darfst nicht böse sein, es war ja nicht, um dir gegenüber ungehorsam zu sein.

Frau Szczurowska ist ein Werwolf, das steht außer Frage, das sagt meine Mutter auch, nicht so direkt, aber Baśka sagt es, und sie sagt es auf eine Art, daß es sicher ist, daß meine Mutter es auch meint, daß Frau Szczurowska ein Werwolf ist, denn Frau Szczurowska meint es mit keinem gut, und Frau Szczurowska hat zusammengewachsene Augenbrauen, und sie denkt nur an Geld, und Werwölfe denken nur an Geld, denn Werwölfe haben ihre Schätze, und die sind unschuldigen Prinzen und Prinzessinnen und Königen und Königinnen geraubt worden, und sie haben die Armen verwandelt, und es ist typisch für Werwölfe, daß sie zusammengewachsene Augenbrauen haben, und Werwölfe sind böse zu Kindern, und Frau Szczurowska ist böse zu ihren Kindern, die armen Kinder, sagt Baśka, und sie sagt es wieder und wieder, und ich weiß, es ist, weil meine Mutter es zuerst gesagt hat, und wieder und wieder, die armen Kinder, Frau Szczurowskas Kinder, denn sie haßt ihre Kinder, und was für eine Mutter ist das, die ihre Kinder haßt, es ist eine Werwolfmutter, und Frau Szczurowska ist ein Werwolf, und es ist unfaßbar, daß eine Mutter ihre Kinder hassen kann, aber das kann Frau Szczurowska, weil sie nämlich ein Werwolf ist, und sie barbiert sich zwar zwischen den Augenbrauen, sagt meine Mutter, aber auf diese Art kann sie sich nicht verleugnen.

Und wenn es mir nach ginge, ich würde es ihm schon abgewöhnen, Angst vor dem schwarzen Mann, denn Baśka hatte einen Bruder, und er war genauso ängstlich wie ich, aber nicht lange, und er hatte auch Angst vor Kellern und dunklen Ecken, aber das hatten sie ihm bald abgewöhnt, denn Baśkas Vater, und was man auch über Baśkas Vater sagen mag, er nahm ihn mit auf die Tenne, denn dort waren Unmengen von Ratten und Mäusen, und er glaubte, der schwarze Mann, oder was es nun war, verstecke sich auf der Tenne, und Baśkas Vater, ganz einfach, er machte die Tür zu, und schob den Riegel vor, und wer hatte, als eine Nacht vergangen war, keine Angst mehr vorm schwarzen Mann, oder was es war, richtig, Baśkas Bruder, und das mag nun ein wenig übertrieben sein, meint meine Mutter, und darin wird mein Mann nie einwilligen, aber andererseits, andererseits kann sie gut verstehen, was Baśka und Baśkas Vater gemeint haben.

Und hinterher den Finger in den Mund stecken was ist denn das du kannst ja davon sterben du hast Geld in der Hand gehalten und wozu glaubst du hat man ein Portemonnaie man darf keine Münzen in der Hand tragen denn die Hand wird verschwitzt und der ganze Schmutz auf den Münzen löst sich auf und sieh wie deine Hände aussehen und wo glaubst du sind die Münzen überall gewesen und dann die Finger in den Mund das ist nicht das gleiche wie mit der Silbermünze zu deinem Namenstag denn die wurde gewaschen und Baśka hat sie fein poliert bevor du sie bekamst aber so ganz gewöhnliche Münzen das ist etwas ganz anderes sieh den schmutzigen Mann der dort steht sieh nur wie seine Hände aussehen und sieh wie er sich mit den Fingern schneuzt und du kannst sehen wie erkältet und krank er aussieht vielleicht erlebt er nicht mehr den morgigen Tag und vielleicht hat gerade er zuletzt deine Münzen in der Hand gehabt es ist höchst wahrscheinlich ich bin mir ganz sicher daß er es war denn ich bekam sie gerade von so einem Mann wie ihm zurück und vielleicht ergeht es dir genauso vielleicht siehst du auch nicht mehr das Licht des morgigen Tages wenn du einfach so die Münzen in die Hand nimmst und der ganze Schmutz von den Münzen und der Schweiß und dann die Finger in den Mund nein du bist trotzdem zu klein, um zu.

Katzenwäsche machst du aber ein richtiger Junge macht keine Katzenwäsche ein richtiger Junge wäscht sich in kaltem Wasser und den Hals und hinter den Ohren und ein richtiger Junge genießt es sich in kaltem Wasser zu waschen und sieh dir deinen Vater an aber mein Vater wäscht sich erst richtig wenn der Barbier kommt und dann ist es warmes Wasser und ein kleines Mädchen soll sich auch wenn es noch klein ist in kaltem Wasser waschen denn das ist gut für die Haut und gut fürs Blut und gesund und gut und deine Kinder sind doch wohl nicht ein wenig verweichlicht das kommt doch wohl nicht daher daß ihr Vater Franzose ist denn ein echter Pole macht keine Katzenwäsche er wäscht sich den Hals und hinter den Ohren und in kaltem Wasser und jeden Morgen ein polnischer Junge und ein echtes polnisches Mädchen.

◇ ◇ ◇

Gestern ist Vergangenheit, Heute ist jetzt, Morgen kommt. Wenn Morgen gekommen ist, ist Heute gestern.

Das verstehe ich nicht.
Was ist heute?
Montag.
Und morgen?
Dienstag.
Also am Dienstag wird Montag gestern sein. Was wird morgen gewesen sein und Gestern werden?
Heute.
Ja, Heute hieß Morgen, bevor es kam, und wenn es vorbei ist, heißt es Gestern.
Kommt Gestern nie mehr wieder?
Nein, nie, nie heute; darum bete darum, daß du Heute zu einem besseren Tag machen darfst als Gestern.
Wenn ich gestern etwas falsch gemacht habe, wird es dann immer falsch bleiben?
Was meinst du selbst, wenn du etwas mit Tinte in dein Heft schreibst, kannst du es dann auswischen?
Nein.
Da siehst du, wenn du gestern etwas falsch gemacht hast, kannst du es nicht auswischen, es muß im Buch stehen bleiben.
Aber ich kann etwas Hübsches auf die nächste Seite schreiben.
Das kannst du, und ich hoffe, du wirst es tun; das ist, was ein kleiner Junge, aber auch ein großer Mann tun können.

◇ ◇ ◇

Kinder sollen nicht zu früh lernen, sagt mein Vater, Kinder sollen nicht gedrillt werden, Kinder sollen frei sein, sagt mein Vater, Kinder sollen ihre Kindheit genießen, sie werden noch früh genug, und das Lesen, das kommt ganz natürlich, wenn ein Kind den Drang verspürt, von selbst, vollkommen von selbst, also keiner von uns, es soll wie ein Spiel sein, das Spiel einer Mutter mit ihren Kindern, ganz einfach, und du mit Ludwisia, sagt mein Vater zu meiner Mutter, und dann vielleicht auch mit Fryc, aber wie ein

Spiel, und die Kinder lernen voneinander, und so geht es ganz natürlich, und das Wissen sitzt besser fest, als wäre es seinerzeit bei den Jesuiten mit dem Rohrstock eingehämmert worden, ganz natürlich, und warum soll Fryc Noten lernen, hört seine schönen Improvisationen, hört, wie lebendig er von sich aus spielt, ohne Noten lesen zu können, Noten schreiben, das kommt noch früh genug, das kommt, wenn die Zeit dafür reif ist, alles zu seiner Zeit, als Spiel.

Sei doch nicht so zornig, Mama mag keine zornigen Kinder, sei doch nicht so traurig, Mama mag keine traurigen Kinder, sei doch nicht so wild, Mama mag keine wilden Kinder, sei doch nicht so unglücklich, Mama mag keine unglücklichen Kinder, sei doch nicht so träge, Mama mag keine trägen Kinder, sei doch nicht so sauer, Mama mag keine sauren Kinder, sei doch nicht so trotzig, Mama mag keine trotzigen Kinder, sei doch nicht so mürrisch, Mama mag keine mürrischen Kinder, sei doch nicht so albern, Mama mag keine albernen Kinder, sei doch nicht so still, Mama mag keine stillen Kinder, sei doch nicht so widerspenstig, Mama mag keine widerspenstigen Kinder, sei doch nicht so schüchtern, Mama mag keine schüchternen Kinder, sei doch nicht so untröstlich, Mama mag keine untröstlichen Kinder, sei doch nicht so, und du darfst nicht, und nicht zornig und traurig und wild und unglücklich und träge und sauer und trotzig und mürrisch und albern und still und widerspenstig und schüchtern und untröstlich, sei doch nicht, so darfst du nicht sein, denn ein Kind muß froh und dankbar sein.

Schlafe, du, mein Kind, singt meine Mutter, sie singt für mich, und ihre Stimme ist leise, als sänge sie nur für mich, obwohl sie eigentlich auch für die Kinder singt, aber sie singt in erster Linie für mich, so klein du bist, mein Kind, kein' Sorg' an deinem Bette steht. Aber steht die Sorge am

Bett meiner Mutter? Und ich höre ihre Stimme, und ich weiß es, ja, die Sorge steht am Bett meiner Mutter, wenn sie sich hinlegt, sich auf ihr Bett legt, dann steht die Sorge dort. Und wie sieht die Sorge aus? Eine Frau im schwarzen Kleid, im großen schwarzen Gewand, wie ich es auf dem Stich bei uns an der Wand gesehen habe, der Engel der Sorge. Der Engel der Sorge steht am Bett meiner Mutter. Und traue ich mich, meine Hand auf die ihre zu legen, traue ich mich zu sagen: Mache dir keine Sorgen, ich werde den Sorgenengel wegjagen. Verlaß dich nur auf mich. Wegen mir sollst du nie Sorgen haben. Ich werde für dich singen, damit der Engel der Freude an deinem Bett steht. Sieh mich an, bist du nicht froh? Sei doch froh. Sing doch nicht so ein sorgenvolles Lied. Sing das Lied vom grünen Mann, von dem Mann mit der grünen Jacke und der grünen Hose und den grünen Schuhen und der grünen Mütze. Und ich weiß, daß es der Mann ist, der mich holen will, ich komm mit meinen grünen Schuh'n, in meiner grünen Jacke, und dich, mein Kind, meiner Treu, in meinen Sack ich packe. Aber ist es nicht tausendmal besser, er packt mich in seinen Sack, als daß die Sorge am Bette meiner Mutter steht? Ich fürcht' mich nicht vorm grünen Mann, daß du es weißt.

Wer am Daumen lutscht. Und da kannst du nur sehen. Und du lutschst am Daumen. Und obwohl du so groß bist, wie du bist. Du lutschst am Daumen. Und nicht nur, wenn du im Bett liegst. Nein, du lutschst am Daumen, wenn du wach bist. Und du lutschst am Daumen, wenn du an Baśkas Hand über die Straße gehst. Aber Baśka weiß es. Und du hast den alten Mann dort gesehen. Und sieh dir seinen Rücken an. Er hat einen Buckel. Und er kann sich fast nicht bewegen. Und er geht am Stock und fällt trotzdem beinahe hin. Und er kann fast nichts sehen. Und das ist, weil er bucklig ist. Und warum ist er bucklig? Warum glaubst du, ist er bucklig? Weil er als Kind am Daumen gelutscht hat. Und er hatte keinen, der ihm sagte, daß es falsch ist. Sei du nur froh, daß es jemand gibt, der dir sagen kann, was richtig ist und was falsch. Sieh ihn dir an. Bucklig. Bloß weil er nicht damit aufhören konnte, an seinem Daumen zu lutschen. Armer Mann, der weder Vater noch Mutter noch Baśka hatte. Und keinen, der ihm sagte, was passieren kann, wenn man nicht aufhört, am Daumen zu lutschen.

Es sind Eisblumen an der Scheibe, und ich leihe von meiner Mutter eine Münze und wärme sie am Kachelofen und setze sie behutsam auf die Scheibe, wo die wenigsten Blumen sind. Denn ich will nicht die Federgewächse in dem sprudelnden Garten zerstören. Das Loch ist klar, und es ist blau, aber das Schmelzwasser friert trotzdem so schnell, daß Abdrücke vom Muster der Münze kommen und sich die Welt draußen verzerrt. Ich weiß, daß ich nicht den Finger gegen die Scheibe drücken darf, denn er kann festfrieren, und einmal, als ich vorsichtig versuchte, war es fast, als fröre er fest, und dann kann die ganze Haut abreißen, oder es kann Frost hineinkommen, und man muß sie abschnitzeln. Und Baśka hat erzählt, daß die Mädchen die jungen Männer im Winter manchmal neckten, sie trauten sich wohl nicht, an einer Axt zu lecken, die im Schnee gelegen hatte, und wenn sie es dann taten, klebte die Zunge fest, und die Haut riß ein wie eine Ochsenzunge, sagt Baśka, wie eine Ochsenzunge. Wenn ich durch das Loch sehe, ist es, als wäre die Welt ganz klein, unwirklich, vielleicht kommt Herr Frost, wenn ich lange genug warte. Ich weiß, es ist ein alter Mann, streng, glattrasiert, krummgebückt, mit Stock, in einem großen hellblauen Mantel, und er schreitet langsam durch die ganze Welt. Als ich ihn erblicke, rufe ich Ludwisia, und unsere Köpfe sind ganz eng zusammengedrückt, so daß ich nicht weiß, was ihr Haar ist und was meines, wenn es kitzelt, aber ihren Geruch habe ich nicht, und auch nicht ihre Haut. Unser

Atem verschmilzt miteinander und bedeckt das Loch mit feinem Reif, so daß wir zum Schluß nur das Blitzen der Sonne auf der goldenen Spange von Herrn Frosts Mantel sehen. Er ist weg, als ich die Münze wieder aufgewärmt habe. Ludwisia und ich sind die einzigen, die ihn gesehen haben.

Und sag Papa nichts davon, wenn ich dich nun darum bitte, sag Papa nichts davon, ich sage es nur dir, und es ist zwischen dir und mir, und niemand sonst soll es wissen, denn was ich dir jetzt erzähle, ist nur etwas, was du wissen darfst, und ich, und bestimmt nicht die Kinder, und nicht Zuzia, und nicht Baśka, und vor allen Dingen, nicht meinem Vater, nur du und ich, und du darfst es nicht weitersagen, denn ich hätte es keinem Menschen auf dieser Welt gesagt, nur dir, sonst hätte ich es keiner Seele gesagt, es geht niemanden etwas an, es ist ein Geheimnis, und nur du und ich, und ich habe mein Geheimnis niemals jemandem anvertraut, aber ich weiß, auf dich kann ich mich verlassen, und es ist wichtig für mich, es ist mir sehr daran gelegen, daß niemand sonst es zu wissen bekommt, es ist unser Geheimnis, es ist eine Sache, die niemand sonst verstehen kann, außer dir, und dann mir noch, es soll zwischen uns bleiben, wir zwei, und Papa würde überhaupt nichts begreifen, auch wenn er es zu wissen bekäme, und gerade darum, denn nur du verstehst, weil du mich verstehst, und die anderen, sie würden nur, und besonders mein Vater, er wird, ja, was wird er nicht alles, er wird über mich lachen, mich auslachen, wie alle anderen, das mußt du mir also versprechen, zwischen dir und mir, ich vertraue dir an, aber du darfst es nie im Leben weitersagen, keinem einzigen Menschen, und denk, Frycek, sagt meine Mutter zu meinem Vater, und er bat mich, nichts zu sagen, aber warum sollte ich nicht, es ist ja das reine Nichts, und ich dachte schon, es sei etwas Ernstes, und dann war es nur, das reine Kind, und jetzt schmollt er, denn er wollte ja nicht, aber eine Mutter erzählt natürlich einem Vater, aber laß dir nichts anmerken, tu, als hättest du nichts gehört, aber ist es nicht unglaublich, was so einem kleinen Kerl alles einfällt, und natürlich erzählt eine Mutter einem Vater, aber sag ihm bitte nichts.

Und ich weiß es, ich bin vergiftet worden, genau wie Baśka es gesagt hat, ich bin von Frau Marcinkowska vergiftet worden, denn ich habe so schreckliches Bauchweh, und ich war mit meinem Vater bei Frau Marcinkowska, und Frau Marcinkowska hat mir ein Stück von ihrem Quittenkonfekt gegeben, und mein Vater sagte, ich dürfe gern zwei Stück nehmen, und ich konnte ja Frau Marcinkowska nicht sagen, ich wüßte, daß Gift drin ist, aber es war Gift darin, und darum habe ich Bauchweh, und ich bin vergiftet worden, und ich kann fast nicht nach Hause gehen, aber ich traue mich nicht, mir vor meinem Vater etwas anmerken zu lassen, darum halte ich durch, bis ich nach Hause komme, und ich sinke fast um, als ich meine Mutter sehe, und mein Vater ist in sein Zimmer gegangen, und ich bin vergiftet worden, sage ich zu meiner Mutter, Frau Marcinkowska hat mich vergiftet, die Gifthexe, sage ich zu meiner Mutter, und Baśka kommt, und der Junge ist vergiftet worden, das ist ganz sicher, das kann Baśka mir ansehen, die Art, wie ich mit den Augen starre, die großen Pupillen, Baśka kennt das, es ist sicher, ganz sicher, ich bin vergiftet worden, und was soll ich tun, sagt meine Mutter, und ich muß meinen Mann rufen, wir müssen den Arzt rufen, nach Doktor Malcz schicken, Fryc ist vergiftet worden, mein Sohn ist vergiftet worden, unser Fryc ist vergiftet worden, vergiftet von Frau Marcinkowska, und ich liege blaß da und ich zittere und ich habe Schmerzen und ich habe Krämpfe, und was ist das für ein Unsinn, sagt mein Vater, ich habe vier Stück gegessen, sagt mein Vater, und ich spüre nicht das geringste, es ist der reine Unsinn, warum sollte Frau Marcinkowska, und was ist dir denn, sagt mein Vater zu mir, und mein Vater starrt mich an, und der Krampf verschwindet, meine Schmerzen gehen weg, Frau Marcinkowska beschuldigen, ihr habt ja alle den Verstand verloren, und auch du, und mein Vater sieht mich an, und mein Vater stampft, als er hinausgeht, und du wärest fast von Frau Marcinkowska vergiftet worden, sagt Baśka, aber Gott sei Dank, der Herr hat seine Hand über dich gehalten, und meine Mutter nickt.

Ein linder Stuhlgang, mein Stuhlgang ist zu hart, ich habe gar keinen Stuhlgang, meine Mutter paßt auf, und wir sind auf dem Land, und ich weiß, jedesmal, wenn ich draußen auf dem Häuschen war, ist sie mir gefolgt, und sie hat in die Tonne gesehen, Fryc, und sie sieht mich an, Fryc, und sie hat es gesagt, du mußt mehr Milch trinken, du darfst kein kaltes Wasser direkt nach dem Essen trinken, und die schönsten Würste, Fryc hat die schönsten Würste gelegt, aber sie sagt es nicht, sie schlägt nur vor, ich solle viele Kartoffeln essen, so viele, wie ich kann, denn Kartoffeln sind gut für den Stuhlgang, man bekommt einen linden Stuhlgang, und man legt viele Würste und schöne Würste, und ich hasse meine Mutter, und ich wünsche, ich könnte überall explodieren, aber es ist nur linder Stuhlgang.

◇ ◇ ◇

Frycek, erinnerst du dich an die Raupe? Wir legten sie in die Pappschachtel und dazu einige Blätter, damit sie etwas zu essen hatte. Sehen wir doch einmal hinein. Sie ist weg. Es ist keine Raupe mehr in der Schachtel, sondern etwas anderes. Was ist das? Das weiß ich nicht. Es ist eine kleine gelbe Kugel. Sollen wir sie aufschneiden? Vielleicht finden wir dann die Raupe. Nein, es ist nur eine merkwürdige kleine Puppe, und sie ist tot, glaube ich, denn sie bewegt sich nicht. Kneif sie vorsichtig in den Schwanz, nein, sie rührt sich, sie ist nicht ganz tot. Frycek, diese kleine Puppe ist deine Raupe. Und das Gelbe ist Seide. Die Raupe hat die ganze Seide gesponnen und sich damit bedeckt; und dann verwandelte sie sich in eine Puppe. Nimm sie und lege sie in die Sonne, dann kommen wir morgen wieder und sehen sie an. Nein, das war aber verblüffend! Da ist ja gar keine Puppe mehr. Haben wir sie gestern nicht auf ein Stück Papier gelegt? Doch. Und niemand ist in dem Zimmer gewesen und hat etwas angefaßt. Nein, niemand ist in dem Zimmer gewesen. Ist nichts auf dem weißen Blatt Papier? Doch, ein weißer Schmetterling. Wie kommt er wohl hierher, das Fenster ist doch geschlossen? Vielleicht hat sich die Puppe in einen Schmetterling verwandelt. Ja, genau das ist passiert. Sieh hier die leere Hülle der Puppe. Hier ist der Schmetterling herausgekommen. Aber der Schmetterling ist zu groß, er paßt nicht in die Hülle hinein. Doch, denn seine Flügel waren zusammengefaltet. Sie ist es, Frycek, alle die schönen Schmetterlinge, die du herumfliegen siehst, waren ursprünglich Raupen und krochen über die Erde.

◇ ◇ ◇

Ohne Schläge, und das habe ich auch meiner Frau und allen im Hause gesagt, ohne Schläge, meine Kinder sind ohne Schläge erzogen worden, denn es ist nicht nötig, ein Kind zu schlagen, ein Kind kann anders erzogen werden, ein Kind ist empfänglich für Raison, man muß wissen, wie man mit einem Kind umgeht, aber nur die wenigsten geben sich die Mühe, das zu lernen, obwohl der große Rousseau, und wie leicht ist es doch, ein Kind zu überzeugen, man sehe sich nur den kleinen Frédéric an, unseren Frycek, neulich, wollte er partout nicht, er wollte nicht seine Fäustlinge anziehen, als er mit mir ausgehen sollte, und seine Mutter fing an, mit ihm zu zanken, und sie hätte ihn fast gezwungen, es fehlte nicht viel, aber sie weiß ja, daß ich es verboten habe, und ich sagte ganz einfach und ruhig, aber dann laß ihn doch, er wird schon zur Vernunft kommen, und Frédéric, wenn du keine Fäustlinge anziehen möchtest, dann gehen wir eben ohne deine Fäustlinge, und ich ging absichtlich die Krakowskie Przedmieście hinunter und die Królewska hinauf, wo der Wind richtig beißt, und es sauste und es zog, aber ein Junge steckt auf der Straße nicht die Hände in seine Manteltaschen, sagte ich, du mußt schön mit den Händen an den Seiten gehen, das sieht nicht gut aus, und wem taten die kleinen Finger weh, und ich sage, jetzt gehen wir noch ein Stück, denn sollen wir nicht zu Frau Chodkiewiczowa gehen, sie ist so einsam und sie freut sich so, wenn sie Besuch bekommt, denn ich wußte, daß Frau Chodkiewiczowa es immer sehr warm in ihren Stuben hat, und als Frycek hineinkam und ihm die Wärme in die Finger kroch, taten sie noch mehr weh als draußen, und er konnte fast nicht stillsitzen, aber trotzdem, als wir gehen sollten, war er fast nicht hinauszutreiben, aber gehen, das mußte er, in dem eiskalten Wind, und als wir endlich zu Hause waren, tue ich, als bemerke ich erst jetzt, daß Fryc kalte Finger hat, und ich sage: aber Fryc hat ja ganz eiskalte Finger, ihr müßt sie sofort in warmes Wasser tun, damit er sie aufgetaut bekommt, sonst riskiert er ja, daß die Finger ganz abfrieren, und ich konnte sehen, wie bange Fryc wurde, und als sie in warmes Wasser kamen, taten sie noch mehr weh als bei Frau Chodkiewiczowa, und seit der Zeit, wer hat immer, nein, auch wenn meine Frau es vielleicht nicht richtig verstanden hat, aber Kinder erzieht man am besten mit Raison.

Und der Vater meiner Mutter, bevor sie elternlos wurde, und mit hocherhobenem Kopf hatte er auf ihrer Fuhre gesessen, ihrer eigenen Fuhre mit ihrem eigenen Korn, und das Pferd war sonst nicht scheu gewesen, aber plötzlich war es geschehen, es war nötig gewesen mit dem Korn, solange es noch trocken war, und der Vater meiner Mutter, er hatte mißachtet, daß, aber man darf nicht mißachten, der Mensch darf nicht trotzen, und vielleicht hatte der

Großvater getrotzt, aber das Korn mußte eingefahren werden, das Korn mußte in die Scheune, und er saß allein auf dem Wagen, und es war geschehen und plötzlich, und er hatte den Kopf hoch getragen, hoch getragen vor Gott, denn es war ihre eigene Fuhre, und der Blitz hatte eingeschlagen, und das Pferd war durchgegangen, es war gelaufen und gelaufen, und sie hatten es nur mit Mühe und Not wieder einfangen können, es hatte sich losgerissen, der Wagen war umgekippt, und meine Mutter hatte ihren Vater verloren, und versteht ihr jetzt, warum Mama immer Angst vor Gewittern hat, und vor dem Geruch, denn es war in den Hundstagen, vor dem Geruch von Leichen. Und Gottesfurcht.

Denn es ist ja typisch für deinen Vater und gerade so bist du ganz der Vater und so wie du bist das ist dein Vater wie er leibt und lebt du gleichst deinem Vater denn gerade so würde dein Vater sagen und wenn du auf diese Art gehst nein man sollte glauben es sei dein Vater der da kommt obwohl du noch ein Dreikäsehoch bist und schau dir deine Stirn an ist es nicht die Stirn deines Vaters und deine Augenbrauen ganz zu schweigen von deiner Nase es ist die Nase deines Vaters und deine Augen und dein Kinn und sogar deine Fingerspitzen und du bist ganz deine Mutter du bist ein Spiegelbild deiner Mutter versuch dich selbst zu sehen deine Augen sind sie nicht genau wie die deiner Mutter und deine Jochbeine die hohen Jochbeine und dein Haar und deine Stirn ganz zu schweigen von deiner Nase und sogar deine Fingerspitzen typisch für deine Mutter und wie du dich bewegst deine Mutter wie sie leibt und lebt und wie du sprichst genau wie deine Mutter und dann eben deine Fingerspitzen.

Emilka war unartig, sehr unartig, und jetzt ist es also zuviel, und nicht nur Baśka, denn sie weiß ja, was sie getan hätte, sondern auch meine Mutter, und was würde mein Mann sagen, denn meine Mutter weiß ja, allmählich weiß sie, auch sie, aber trotzdem, und wer nicht hören will, muß fühlen, ja fühlen, sagt Baśka, und wenn sie sich getraut hätte, hätte Baśka gelacht, denn sie lacht hinterher in der Küche, fühlen, lacht Baśka, aber meine Mutter, und jetzt kannst du hier sitzen, und im Schlafzimmer meiner Eltern, wo auch Emilkas Bett steht, aber es sind die Betten meiner Eltern, die schweren, und es ist das Bett meines Vaters, und jetzt setzt du dich hierhin, und Emilka muß sich auf den Fußboden setzen, und jetzt setzt du dich hier hin, und meine Mutter nimmt ihren Nähfaden, und sie wickelt ihn einmal um Emilkas Fußknöchel und einmal um das Bein des Bettes, und du wagst nicht, dich zu rühren, Mama kann sofort sehen, wenn du dich gerührt hast, du bleibst hier, du bleibst so sitzen, bis Mama Bescheid sagt, und Mama kann sehen, und wehe dir, wenn der Faden durchgerissen ist, und du bleibst so sitzen, und Emilka sitzt und Emilka starrt und Emilka bleibt sitzen, und nicht einmal Izabelka wagt es, den Faden durchzureißen, obwohl sie Emilka gern geärgert hätte.

Und das darfst du nicht, du mußt warten, und du darfst die Suppe nicht essen, wenn sie zu heiß ist, sonst bekommst du Krämpfe, und du darfst nicht so schnell dein Fleisch essen, das macht Fäden im Bauch, und du darfst kein kaltes Wasser trinken, davon kannst du ohnmächtig werden, und du darfst keinen rohen Teig essen, er gärt in den Därmen, und dann bekommst du Darmverschlingung, und du darfst keinen reinen Sirup essen, sonst verfaulen die Zähne von innen, und du darfst dir nicht mit Kascha den Mund vollstopfen, er kann in die Nase hochsteigen, und du kannst Gehirnblutung bekommen, und du darfst keinen Saft trinken, der die Nacht über gestanden hat, davon kann das Blut verderben, und du darfst nicht deinen eigenen Nasenpopel essen, davon kannst du Krebs bekommen, und wenn man die Kerne in den Weintrauben schluckt, kann man Blinddarmentzündung bekommen, und wenn man die Haut auf der Milch trinkt, kann man ein Ekzem bekommen, und wenn man zuviel Salz auf das Essen tut, können die Haare ausfallen, und wenn man in zu großen Schlücken trinkt, kann man Gallensteine bekommen, und wenn Kinder das Essen mit Pfeffer würzen, werden sie nachts unruhig, und wenn Kinder Wein bekommen, zehrt es am Rückenmark, und wenn Kinder Kaffee bekommen, kann das Herz nicht wachsen, und wenn Kinder beim Essen trinken, können sie das Essen in den falschen Hals und den Schluckauf bekommen, und du darfst nicht zuviel Butter essen, das ist nicht gut für die Augen, und du darfst nicht mehr als ein Ei auf einmal schlürfen, sonst bekommst du Gliederreißen, und du darfst keine rohen Möhren direkt aus der Erde essen, sonst bekommst du Nierenschmerzen, und du darfst keinen alten Tee trinken, davon kannst du sterben, und du darfst nicht die Schale der Kartoffeln mitessen, davon kannst du sterben, und du darfst nicht die Würmer in den Himbeeren mitessen, davon stirbst du, und was du auch tust, du darfst nie Nadeln in den Mund nehmen.

Und Kinder, die spielen, das gab es nicht. Denn Kinder spielten nicht. Nicht, wie ihr spielen gelernt habt. Denn als meine Mutter Kind war. Und vielleicht hat mein Vater gespielt. Aber meine Mutter hat nicht gewußt, was das heißt, spielen. Nicht nachdem sie elternlos geworden war. Und sie zu Fremden ins Haus kam. Und meine Mutter mußte Gänse hüten. Und die anderen Kinder. Aber die spielten auch nicht. Und jedes Kind hatte seine Pflicht. Und fragt nur Baśka. Was glaubt ihr, wie es ihr gegangen ist. Meiner Mutter und Baśka. Aber Baśka ist natürlich nur ein Bauernmädchen. Aber trotzdem. Nein, ihr habt es gut. Und manchmal habt ihr es zu gut. Das wißt ihr nicht zu schätzen. Wenn ihr nur wüßtet, was das heißt. Spielen zu können. Manchmal kann man ganz neidisch auf seine Kinder werden, sagt meine Mutter zu Frau Kolberg. So zur Seite hin. Aber das versteht Frau Kolberg nicht. Neidisch auf seine Kinder. Die eigenen Kinder. Nein, das versteht Frau Kolberg nun nicht ganz. Eine Mutter. Aber so war es ja auch nicht gemeint, sagt meine Mutter. Nicht so.

Ich bin auf den Klavierstuhl geklettert und habe die Melodie gefunden, die ich gestern gehört habe. Sie kam, als ich an Baśkas Hand auf der Straße stand. Ich kann sie in mir hören. Und jetzt kann ich sie spielen. Mit beiden Händen spielen. Erst die Melodie in der rechten Hand. Dann den Baß mit der linken. Und ich spiele sie immer wieder. Und sie kommen ins Wohnzimmer. Ludwisia und Izabelka. Und sie fangen an. Und sie wollen mich vom Klavier weghaben. Denn sie wollen spielen, und ich soll nicht am Klavier sitzen und sie stören. Sie wollen feine Damen spielen und vornehm miteinander sprechen. Sie lassen nicht locker. Und sie lassen mich nicht in Ruhe. Und schließlich muß ich meine Mutter rufen. Und dann bin ich allein. Ganz allein mit dem Klavier. Aber so laßt ihn doch in Ruhe, und wenn ihr feine Damen spielen wollt, dann müßt ihr woanders hingehen.

Und mit sich ins Grab. Denn die Mutter meiner Mutter nahm ihre Kinder mit sich ins Grab. Nachdem der Vater meiner Mutter vom Blitz getroffen worden war. Alle mit sich ins Grab. Ausgenommen meine Mutter. Nahm sie mit sich. Und das war gut so. Meinte meine Mutter. Bis die Gräfin sich meiner Mutter annahm. Denn was für ein Leben. Und auch meine Mutter schwebte zwischen Leben und Tod. Aber sie starb nicht. Und es wäre vielleicht besser gewesen, wenn sie gestorben wäre. Meinten die Fremden. Bis die Gräfin. Meine Mutter war die einzige, die nicht starb. Denn meine Mutter war die jüngste von vieren. Und sie liegen begraben. Aber ihr Grab gibt es sicher nicht mehr. Es geht so schnell. Alles geht so schnell. Das Leben geht so schnell, liebe Kinder, sagt meine Mutter. Und mit sich ins Grab.

Hand in Hand stehen wir hinter unserem Vater, Ludwika und ich, und ihr müßt euch dicht an mich halten, denn mein Vater spricht mit Herrn Rydulski, und er ist nicht ganz ruhig, denn es könnte uns ja einfallen. Aber wir halten uns dicht an ihn, denn falls nun. Und es sind schrecklich viele Menschen auf der Krakowskie Przedmieście, und mein Vater spricht mit Herrn Rydulski, und er spricht und spricht, dabei sagt er sonst immer, es sei unerträglich, mit ihm zu sprechen. Und guck mal. Und Ludwika stößt mich an. Guck mal. Und ganz richtig. Dort ist eine Menschentraube. Und sie sehen auf den Mann, der den Affen vorzeigt, und wir hätten ihn so gern gesehen. Aber mein Vater spricht mit Herrn Rydulski, und er spricht und spricht und spricht, und der Mann mit dem Affen hört sicher bald auf. Und guck mal da, und ich fange ihren Blick. Denn kein Zweifel, dort sind zwei Männer, und sie versuchen, aus der Tasche eines Mannes zu stehlen, während er dem Mann mit dem Affen zusieht. Sie stehlen. Es sind Diebe. Taschendiebe. Und da stehen wir. Und sollen wir nicht rufen? Und sollen wir nicht? Ludwika sieht mich an. Das darfst du keiner Menschenseele je erzählen. Denn wenn du es sagst, müssen wir ins Gefängnis. Wir sind Mitwisser.

◊ ◊ ◊

Sieh den Hirten mit seiner Herde, er hütet seine Schafe, er führt sie an den klaren Bach, er führt sie zu frischen Fluren; wenn die jungen Lämmer müde sind, trägt er sie auf seinen Schultern; wenn sie sich verlaufen, bringt er sie zurück.
Aber wer ist der Hirte des Hirten? Wer hütet ihn? Wer

führt ihn den Weg, den er gehen soll? Und wenn er sich verirrt, wer bringt ihn dann zurück?

Gott ist der Hirte der Hirten. Er ist unser aller Hirte; er hütet alle; die ganze Erde ist Sein Pferch; wir sind Seine Herde; und jedes Kräutlein, jedes grüne Feld ist die Wiese, die Er uns bereitet hat. Die Mutter liebt ihr kleines Kind; sie hebt es auf ihre Knie; sie führt seinem Körper Nahrung zu; sie füttert seine Seele mit Kenntnissen; wenn es krank ist, pflegt sie es mit zärtlichster Liebe; sie hütet es, wenn es schläft; sie vergißt es keinen Augenblick; sie lehrt es, artig zu sein; sie freut sich, wenn es wächst.

Aber wer ist der Vater der Mutter? Wer ernährt sie mit allem, was gut ist, und hütet sie mit sanftmütigster Liebe und denkt an sie jeden Augenblick? Wessen Arme halten und stützen sie und behüten sie vor allem Bösen? Und wenn sie krank ist, wer heilt sie?

◇ ◇ ◇

Du bist doch wohl nicht eigensinnig, denn gibt es etwas Schlimmeres als ein eigensinniges Kind, ach, du bist eigensinnig, nein, dann gerade nicht, dann erst recht nicht, denn eigensinnige Kinder können wir nicht brauchen, dein Wille ist in der Schürzentasche deiner Mutter, denn du willst, und du willst und du willst, aber deine Mutter bestimmt, was du willst und nicht willst, und es nützt nichts, daß du kommst und versuchst, denn gibt es etwas Schlimmeres, aber ich werde dich lehren, und gerade, denn das ist gerade, was du nicht, eigensinnig, versucht, seinen Willen durchzusetzen, wenn du gar keinen Willen hast, aber dem werden wir bald einen Riegel vorschieben, und jetzt kannst du probieren, was das heißt, denn eins sage ich dir, Eigensinn, nein, ein eigensinniges Kind, nein, ein für allemal.

Ohne Schläge, meine Kinder, die Mädchen natürlich, aber auch Fryc, alle Mädchen, ich finde es verwerflich, ja ich weiß natürlich nicht, was Baśka, aber ich hoffe wahrhaftig nicht, und meiner Frau habe ich verboten, und sie versteht, und wir sind einig, und ihr würde auch nicht im Traum einfallen, sie hat verstanden, verwerflich, ja Fryc, sowohl Fryc als auch die Mädchen, denn es soll keinen Unterschied geben, ohne Schläge, denn Kinder erzieht man durch Vernunft, die gesunde Vernunft, die angeborene Vernunft, keines meiner Kinder, nicht mein Sohn und auch nicht seine Schwestern, keines von ihnen hat jemals, nicht einmal eine Ohrfeige, keines von ihnen weiß, was ein Schlag mit Madame Rózga heißt, obwohl sie sie gesehen haben, wenn die Zöglinge, sie haben sie gesehen, wenn ich sie hervorgeholt habe, und sie haben es gehört, wenn die Zöglinge sie zu schmecken bekommen, denn Ordnung muß sein, wie soll man sonst sechs Jungen in Schach halten, und in diesem Alter, nein, Madame Rózga ist eine Notwendigkeit, und ich habe einmal, obwohl ich es natürlich nie fertigbrächte, aber ich habe einmal unseren Fryc blaß werden sehen bei ihrem Anblick.

Baśka ist einmal von dem Mann ohne Kopf verfolgt worden, sie war nicht mehr als elf, zwölf Jahre alt, und sie kam an einem späten Herbstnachmittag am Waldrand entlang nach Hause, und da hört sie plötzlich etwas hinter sich, und sie wagt nicht, sich umzudrehen, und es keucht und stöhnt, und sie merkt, wie es näher und näher kommt, und sie rennt, was das Zeug hält, denn sie weiß, es muß der Mann ohne Kopf sein, und er hat ein Auge auf jeder Schulter und eins in der Mitte und einen Mund mitten auf der Brust mit großen, spitzen Zähnen und dichtem, grauem Haar auf dem ganzen Körper, und wenn man in seine Klauen kommt, dann erdrosselt er einen mit seinen langen, dünnen Armen und Klauenfingern, und es sind zehn tiefe Male am Hals zu sehen wie von zehn Ahlen, und

Baśka schafft es gerade noch, nach Hause zu kommen und die Tür hinter sich zuzuschlagen, dann fällt sie zu Boden, und tagsüber sieht der Mann ohne Kopf bloß aus wie ein Baum, der im Wald steht, aber sobald es dunkel wird, fängt er an, sich zu rühren, und wenn er sich zeigt, ist es ein Zeichen dafür, daß jemand von eigener Hand sterben wird, und am nächsten Tag gehen Baśkas Vater und ihre Brüder ins Wäldchen, und was finden sie außer einem krummen Baum mit zwei dicken Ästen und einem Wirrwarr von Zweigen am Stamm? Und das muß der Bart des Mannes ohne Kopf sein, und sie würden schwören, daß sie diesen Baum noch nie gesehen haben, das würden sie alle vier schwören, er hat gestern dort noch nicht gestanden, und da gibt es nur eins, ihn umzuhauen, ehe die Nacht kommt, und der älteste Bruder wird nach Hause geschickt, um die Äxte zu holen, und es ist ihm so, daß er fast nicht wagt, zurückzugehen, aber wenn seinem Vater und seinen Brüdern etwas zugestoßen sein sollte, was dann, und dann hauen sie den Baum um, und es ist, als stieße er einen Schrei aus, als er fällt, und bevor es dunkel wird, haben sie daraus ein Feuer gemacht, und sie begraben die Reste des Stamms draußen auf der Wiese, und Baśka und die anderen vermieden seither immer die Stelle, wo er begraben ist, und es zeigte sich auch, daß an dieser Stelle kein Gras mehr wuchs, und Jerzy mit dem blauen Haar hat sie verspottet und ausgelacht, denn er glaubte nicht an den Mann ohne Kopf, es war nur Einbildung, und was passierte? Nicht mehr und nicht weniger, als daß seine Axt am nächsten Tag ausrutscht und ihm direkt ins Bein fährt, und er hätte es fast abgenommen bekommen, aber dann heilte es schließlich, aber hinken, das tat er für den Rest seines Lebens, da gab es also nichts zu lachen.

Die putzsüchtige Frau Pinińska ist tot, kommt Baśka nach Hause, ja, so kann es gehen, sie, die immer so mürrisch zu ihren Dienstboten war, nie konnte es gut genug sein, und gestern abend geht sie in ihrem großen Kleid in die Küche, denn sie hat wie üblich etwas am Essen auszusetzen, und da kommt sie zu nahe an den Herd, und was muß natürlich passieren? Eine Stichflamme, sicher ein Knorren in einem Holzstück, verbrannt, tot, die Spitzen ihres Kleides fangen so schnell das Feuer, daß nichts mehr zu machen ist, auch wenn Wasser genug in der Küche ist, aber es gehört ja auch etwas dazu, Wasser über Frau Pinińska zu gießen, und es breitet sich aus, ihr Haar steht in lichterlohen Flammen, lichterloh, auf der Stelle tot, aber es war eigentlich nur gut, daß sie starb, denn den Rest des Lebens verunstaltet sein, ohne Haar, ja, da kann man sehen, wenn man kein waches Auge auf die alltäglichen Dinge hat, sagt meine Mutter, und sich nicht nach der Decke streckt, fügt sie hinzu, und die armen mutterlosen Kinder.

Emilka wacht nachts auf, und sie schreit, und sie weckt mich mit ihrem Geschrei, und sie hat Angst, ich spüre ihre Angst, sie braucht nichts zu sagen, und ich weiß, daß sie nichts sagen würde, auch wenn sie es könnte, aber ich bin bei ihr, und die anderen schlafen, und ich kann flüstern, Emilka, Emilka, was ist, und sie antwortet erst nichts, und dann antwortet sie „nichts", aber ich weiß, daß etwas ist, und dann sagt sie, hinter der Tür, und ich verstehe, daß hinter der Tür, auch sie, auch sie weiß, daß hinter der Tür, hinter der Tür steht der schwarze Mann, also weiß sie es auch, hinter der Tür lauert der schwarze Mann, es ist nicht nur meine Einbildung, der schwarze Mann steht hinter der Tür, und man kann einen Zipfel seines Mantels sehen, Emilka hat ihn gesehen, sie weiß es, und ich sage, es stimmt doch nicht, es gibt doch gar keinen schwarzen Mann, es steht doch niemand hinter der Tür, und ich steige aus meinem Bett, und ganz stille, um die anderen nicht zu wecken, da kannst du sehen, und ich verstehe mich nicht ganz, und ich kann trotzdem, und ich mache die Tür zu, da kannst du sehen, es steht ja niemand hinter der Tür, und ich mache die Tür wieder auf, und ich gehe ins Bett, und ich weiß, daß hinter der Tür der schwarze Mann steht, und ich kann einen Zipfel seines Mantels sehen, und Emilka schläft.

Ihr dürft nicht so viel Zuckerzeug essen. Ich möchte nicht, daß ihr all das Zuckerzeug eßt. Und Baśka darf euch auch keinen Zucker zustecken, es ist falsch, ein Kind mit Zucker zu belohnen. Das möchte mein Vater nicht. Denn Zucker ist nicht gesund für Kinder. Zucker macht die Säfte des Körpers dickflüssig, er schwächt Muskeln und Gehirn. Und er ist besonders gefährlich für Kinder, die noch wachsen, denn man kann sich schiefwachsen, wenn man zuviel Zucker ißt. Und mein Vater bekam auch keinen Zucker in seiner Kindheit, und wenn er Zucker bekommen hätte. Denn mein Vater ist ein sehr feiner Jäger. Und mein Vater ist ein sehr feiner Reiter, und wäre er das geworden, wenn er als Kind Zucker bekommen hätte? Und wie heute die Kinder mit Zuckerzeug vollgestopft werden. Und es gibt Kinder, die sind von zuviel Zucker schwachsinnig geworden. Er beeinflußt die Lernfähigkeit. Das Gehirn eines Kindes wird von zuviel Zucker geschwächt. Es kann sich an nichts erinnern, es kann sich nichts einprägen. Und wenn man jemals ordentlich lesen lernen soll. Es nützt nichts. Die Säfte des Körpers, die Säfte im Gehirn, sie werden dick wie Sirup von zuviel Zucker.

Wenn ich dem Mann ohne Kopf begegne, sage ich Baśka, dann drehe ich mich einfach um und sage: im Namen des Vaters und des Sohnes und des Heiligen Geistes, ich bin Christ, ich glaube an den dreifaltigen Gott, weiche von mir. Ja, das hilft sicher wie geschmiert, sagt Baśka, für wen hältst du mich eigentlich, glaubst du, ich bin ein Heide oder Jude, aber ich habe keine Angst, antworte ich, ja warte nur, bis du ihn siehst, dann wirst du schon noch lernen, was das heißt, Angst haben.

Sonntag. Sommernachmittag. Und wir sind ins Wäldchen gegangen, wie wir es nennen. Unser Wäldchen. Meine Mutter und ich und die Kinder, und Zuzia auch. Wir spielen und sind recht wild und lärmend. Trotz des Sonntags. Tollen herum. Auf unserer kleinen Lichtung. Und es kommen Leute zu Pferde. Die Gräfin und noch zwei andere. Ich höre sie. Sehe, wer es ist. Und sofort sondere ich mich von den anderen ab. Ich setze mich an den Rand der Lichtung, fange an, Blumen zu pflücken, flechte sie zu Kränzen. Die andern tollen weiter herum. Aber ich will nicht mehr mitmachen. Ich sehe nur auf meine Blumen. Und ich spüre, wie die Gräfin mich betrachtet. Aber ich bin so beschäftigt. Versunken bin ich. Die Gräfin hat angehalten. Spricht ein wenig mit meiner Mutter, dann gibt sie dem Pferd einen leichten Schlag, sie reiten weiter, und was sagte sie? ist das erste, was ich meine Mutter frage, was sagte sie? Sie fragte, ob du mein kleiner Junge seist, denn sie hätte noch nie einen Jungen gesehen, der so ruhig und still und nachdenklich dasitzt, und sie meinte, du müßtest bestimmt schon sieben sein und nicht fünf. Und meine Mutter muß es noch einmal wiederholen.

◇ ◇ ◇

Die kleine Felicya stand am Fenster und strickte. Als sie noch nicht so groß war, hatte sie sich auf eine Bank gestellt. Plötzlich kam ein Reiter in den Hof gesprengt. „Bruder Karl, Bruder Karl“, rief Felicya. Das gute Mädchen wollte gern seinem geliebten Bruder zuerst entgegenkommen und ihn zu ihren Eltern führen, die gerade im Garten waren. Sie hätte, wie es sonst ihre Gewohnheit war, vorsichtig von der Bank hinuntersteigen können; aber ihre Freude war so unmäßig groß, daß sie sprang – und fiel!

Wie erschrocken ihr Bruder war, als er eintrat und das kleine Mädchen, das er so innig liebte, mit blutendem Gesicht dort liegen sah, und wie bitter wurde ihm die Freude beim Wiedersehen. Als der Vater dies erfuhr, sagte er unter anderem: „Wer sich in seiner Freude mäßigen kann, erspart sich eine Menge Unannehmlichkeiten."

◇ ◇ ◇

Eine Frau darf man nicht schlagen, das Schlimmste, was ein Mann tun kann, ist, eine Frau zu schlagen, es gibt nichts Schändlicheres für einen Jungen, als ein Mädchen zu schlagen, die Hand gegen eine Frau erheben, das darfst du nie tun, und Fryc hat mich geschlagen, aber das kann nicht wahr sein, mein Vater weigert sich, so etwas zu glauben, und es war Izabelka, die erst geschlagen hat, denn Izabelka ist immer so jähzornig, aber ein Mädchen zu schlagen, und mein Vater sieht mich bloß an, und er sieht und sieht, und auf mich, nur auf mich, und sogar Izabelka versteht, daß sie mich nie mehr reizen darf.

Dein Vater spricht ein feines Polnisch, man kann fast nicht hören, daß er Ausländer ist, und es ist ein schöneres Polnisch als das aller Deutschen und Juden. Aber trotzdem kann er ja nicht ganz verstecken, daß er Franzose ist, aber warum sollte er auch. Ist es nicht edel, Franzose zu sein, und aus guter französischer Familie? Man hört es ganz leicht, wenn er verschiedene Laute sagt. Und es ist manchmal so komisch, wenn er etwas in der Gegenwart sagen soll. Und auch in der Vergangenheit. Aber sonst, und er braucht niemanden um Rat zu fragen. Denn er spricht wie wir anderen alle auch. Und er kann uns korrigieren, wenn wir etwas falsch sagen. Aber meine Mutter, und dann berichtigt sie seine Korrektur. Und ich sehe meinen Vater an. Aber er sagt nichts. Und er sagt meiner Mutter, darum mußt du dich kümmern. Es ist ja letzten

Endes deine Sprache. Meine Mutter hat meinen Vater berichtigt.

Wer seinen Eltern nicht gehorcht, wer seinem Vater nicht gehorcht, für ihn wäre es besser, es ist schlimmer als, denn Kinder sollen ihren Eltern gehorchen, und ich soll meinen Eltern gehorchen und ich soll meinem Vater gehorchen, und nichts schlimmer als, und das Kind, das seinem Vater nicht gehorcht, wie wird es ihm ergehen, und wird es jemals einem Gebot gehorchen, und es wird nie dem Gebot der Kirche gehorchen, und es wird nie dem Gebot seines Beichtvaters gehorchen, und es wird nie dem Gebot des Herrn seines Gottes gehorchen, und es wird nie dem Gebot seiner Dienstherren gehorchen, und es wird nie dem Gebot der rechtmäßigen Obrigkeit gehorchen, und es wird nie dem Gebot des Vaterlandes gehorchen, und das Gebot des Vaterlandes, was gebietet es, und was würden wir nicht alles tun, um den Geboten des Vaterlands zu folgen, die Gebote des Vaterlands, die die Gebote des Vaters sind, wer also nicht den Geboten seines Vaters folgt, wer nicht seinen Eltern gehorcht, für den wäre es besser, er würde vor ein Kriegsgericht gestellt und hingerichtet, und es würden ihm Säbel und Schild in Schmach zerbrochen.

Meine Mutter und sie hatte das hellste Haar das ihr euch denken könnt und keines von euch Kindern kein einziges hat solch helles Haar wie meine Mutter und ihr Haar das war so lang daß es ihr bis an die Taille reichte und wenn meine Mutter ihr Haar offen fallen ließ war es wie Sonnenschein der sich plötzlich im Zimmer verbreitet wie dunkel auch immer es war wie Sonnenschein war das Haar meiner Mutter und sie hatte das dichteste Haar und vielleicht Izabelka vielleicht wird Izabelka genau so dichtes Haar bekommen wie meine Mutter aber nicht ganz denn das Haar meiner Mutter war so dicht und hell wie ich noch nie Haar gesehen habe und niemand wird jemals so dichtes Haar haben wie meine Mutter und als sie tot war und ihr Haar.

Ihr müßt Manieren lernen, ihr müßt wissen, wie man an einem Tisch sitzt, und wenn das so weitergeht, mit diesen Ellenbogen, und dann bekommen wir, und jeder seine Münze zwischen Oberarm und Brust, und wehe dem, der seine Münze während des Essens verliert, und Emilka ist zu klein, sie ißt nur sonntags zusammen mit uns, aber wehe euch anderen, wehe euch, wenn die Münze hinunterfällt, ihr wißt, was das bedeutet, und dann könnt ihr vielleicht lernen, nicht mit abstehenden Ellenbogen dazusitzen, und was die Zöglinge müssen und dürfen, hat nicht das geringste mit euch zu tun, und im übrigen sind es die respektabelsten Familien, und meine Kinder, ja, ihr sollt auf keinen Fall zurückstehen, ihr solltet sehen, wie schön der junge Skoraszewski ißt.

◇ ◇ ◇

Der Vater: Sohn, wieviel kannst du von eins abziehen?
Der Sohn: Nichts.
Der Vater: Nichts! Denk einmal gut nach! Kannst du nicht etwas von eins abziehen?
Der Sohn: Nein, nichts anderes als die Eins.
Der Vater: Nichts anderes! Aber dann kannst du ja eins von eins abziehen.
Der Sohn: Ja, die Eins.
Der Vater: Wieviel kannst du also von eins abziehen?
Der Sohn: Eins.
Der Vater: Das stimmt. Aber, kannst du dann auch zwei von eins abziehen?
Der Sohn: Ja, denn wenn es Zahlen wären, könnte ich sie auswischen.
Der Vater: Ja, das könntest du, aber jetzt sprechen wir nicht von Zahlen, die du geschrieben hast, jetzt sprechen

wir von wirklichen Gegenständen. Zum Beispiel ein Pferd oder zwei Pferde, oder ein Mann oder zwei Männer.
DER SOHN: Ja, oder ein Mantel oder zwei Mäntel.
DER VATER: Ja, ein Gegenstand oder zwei Gegenstände, gleichgültig welche. Kannst du also zwei Gegenstände von einem Gegenstand wegnehmen.
DER SOHN: Ja, denn wenn drei Gegenstände da wären, könnte ich zwei Gegenstände wegnehmen und hätte einen Gegenstand übrig.
Der Vater nahm einen Kuchen, der auf einem Teller lag.
DER VATER: Kann ich von diesem einen Kuchen zwei Kuchen wegnehmen?
DER SOHN: Du könntest zwei Stücke davon nehmen.
Der Vater teilte den Kuchen in zwei Hälften und hielt jede Hälfte in die Luft, so daß das Kind sie deutlich sehen konnte.
DER VATER: Wie würdest du diese beiden Stücke nennen?
DER SOHN: Zwei Kuchen.
DER VATER: Nein, nicht zwei Kuchen.
DER SOHN: Dann zwei Stücke Brot.
Der Vater hält eine Scheibe Brot in die Luft.
DER VATER: Was ist das?
DER SOHN: Etwas, das man essen kann.
DER VATER: Ja, aber wie würdest du es nennen?
DER SOHN: Brot.
Der Vater brach es in zwei Hälften und zeigte dem Sohn die eine Hälfte.
DER VATER: Wie würdest du das nennen?
Der Sohn schwieg, und der Vater richtete das Wort an die große Schwester, die anwesend war, und die antwortete: „Ein halbes Stück Brot."
DER VATER: Ja, das stimmt, und jetzt ist es genug für heute.

◇ ◇ ◇

Mit Kindern ist es fast nicht zu vermeiden, und es passiert ja auch Erwachsenen, ja, jedesmal, wenn wir bloß einen Tag auf dem Land waren, mehr gehört nicht dazu, oder wenn Baśka auf dem Markt war, und die Zöglinge, die Jungen in der Schule, und darum ist es nun auch nicht gut, daß Fryc allzu viel mit den Zöglingen zu tun hat, und wenn einer von euch es hat, ja, dann bekommen alle anderen es ja auch in kürzester Zeit, und es juckt, und es juckt am Kopf, und wenn du dich auf diese Art am Kopf kratzt, mit einem Finger, dann weiß Mama ganz bestimmt, daß es Läuse sind, denn wenn es nur so ein allgemeines Kratzen ist, dann kratzt man sich mit allen fünf Fingern, aber sich mit einem Finger kratzen und an einer ganz bestimmten Stelle, das bedeutet Läuse, und wo die Kleider stramm sitzen, wenn dort Pöckchen sind, ja dann weiß eine Mutter sofort genau, was das ist, denn es sind Flöhe, das weiß eine Mutter, und sieh hier, das sind Läuseeier, ganz deutlich, und dafür hat man einen Staubkamm, und es ist spannend zuzusehen, wie Ludwisia das Haar mit einem Staubkamm gekämmt bekommt, die kleinen Eier, ist das nicht interessant, und dann liegt dort ein kleiner schwarzer Teufel und zappelt, ein richtiger Teufel, du kleiner Teufel, und es ist eine Laus, und wenn man schnell die Decken vom Bett wegreißt, denn Flöhe verstecken sich in der Bettwäsche, und dort auf dem Laken, man sieht sie deutlich, und sieh, wie er springt, sieh, wie er hüpfen kann, und dann habe ich ihn gefangen, und ich quetsche, und denk, er ist voller Blut, Izabelkas Blut, ist das nicht sonderbar?

Eine Mutter weiß alles und eine Mutter sieht alles und meine Mutter kann sehen wenn wir spielen und die ganze Zeit und manchmal sitzt meine Mutter am Fenster und manchmal lehnt sie sich aus dem Fenster und dann sieht sie und sie sieht wenn wir spielen aber manchmal versteckt sie sich und sie steht hinter der Gardine versteckt und plötzlich ruft sie Fryc Fryc was tust du da und ich habe gar nicht gesehen, daß meine Mutter hinter der Gardine gestanden ist und meine Mutter ist da und meine Mutter weiß alles und meine Mutter sieht alles denn für eine Mutter gibt es kein Geheimnis und meine Kinder haben keine Geheimnisse vor mir sagt meine Mutter zu Frau Linde eine Mutter weiß alles.

Mein Vater ist schön. Mein Vater hat ein edles Profil. Mein Vater hat den feinsten Geschmack. Mein Vater versteht etwas von Farben. Man möchte sich wünschen, daß viele Frauen so viel von Farben verstünden. Aber wenn es darauf ankommt, dann haben Männer immer den besten Verstand. Und Geschmack. Und mein Vater duftet fein und diskret. Wenn er nicht nach Tabak riecht. Und nach Mann. Mein Vater ist schön. Mein Vater läßt sein Haar legen. Mein Vater hat an den Ohren die feinsten Locken. Und wenn der Barbier mit seiner Lockenschere kommt. Und er probiert sie an einem Stück Papier aus. Und es riecht so gemütlich verbrannt. Und dann die Locken meines Vaters. Seine Locken an den Ohren. Mein Vater ist schön. Mein Vater ist geschmackvoll. Mein Vater hat einen edlen Geschmack. Mein Vater weiß, wie man sich kleidet. Du mußt immer deinen Vater vor Augen haben. Wenn du erwachsen bist. Wenn du dich selbst kleiden mußt. Denk daran, wie dein Vater sich kleidete. Dein Vater war nobel. Und dein Vater war manches Mal ebenso gut gekleidet wie ein Fürst. Niemand würde es glauben. Denk daran. Die feinen Locken deines Vaters an den Ohren. Und manchmal besser als mancher Fürst.

Eine richtige Theatermaske, Zuzia hat sie von Fräulein Pinelli leihen dürfen, aber sie muß sie zurückgeben, und sehen, aber nicht anfassen, und wir dürfen nur gerade einmal. Denn was würde Fräulein Pinelli dazu sagen, und sie ist ja nicht so zum, und außerdem hat Zuzia sie ja geliehen, ausnahmsweise. Und Zuzia verkleidet sich, und sie ist eine alte Hexe, sie leiht sich Baśkas Schürze, eine der alten, und mit der großen Nase, aber es ist Zuzias Mund. Und die

Maske darf abends auf dem Tisch im Wohnzimmer liegen bleiben, und dann bewegt sie sich und steht vor mir, und es ist eine Maske, und sie ist nur wie eine Schale und hohl. Aber dahinter lauert etwas, und es ist nichts und hohl, und doch kein Nichts, und es kann durch den Mund verschlingen, den es nicht gibt. Denn die Maske hat keinen Mund, und doch hat sie einen Mund, Mund und Nicht-Mund, Hohl-Mund. Und die Maske setzt sich auf die Wand, und dann schneidet die Maske Gesichter mit dem Mund, den es nicht gibt. Und sie kommt näher, und sie will mich verschlingen mit dem Mund, der nichts ist und hohl. Und ich liege ganz still im Bett, und ich traue mich nicht, die Augen zuzumachen, denn geschlossene Augen, das ist auch nichts, sie werden leer und hohl wie die Augen der Maske, und dann sind überall Masken. Und sie grinsen mit Nicht-Mündern, und sie lachen scheppernd, und dann beißen sie zu mit ihren Nicht-Mündern, als wollten sie mich umbeißen. Und sie schwirren und sie schaukeln und sie rufen mit ihren Nicht-Mündern, und am nächsten Tag liegt die Maske still auf dem blankpolierten Tisch und spiegelt sich, aber die Nacht-Masken lassen mich nie mehr los, sie wollen mich verschlingen mit ihren hohlen Mündern, mit ihren Nicht-Augen, ihrem spottenden Grinsen und Hohngelächter, und sie wollen schreien und schreien, ohrenbetäubende Schreie von Nicht-Mündern.

Wenn die Mutter der gnädigen Frau. Und auf diese Weise. Siechte dahin. Und riß alle Kinder mit sich. Ins Grab. Ausgenommen die gnädige Frau selbst. Denn in Baśkas Dorf war auch eine Frau, die dahingesiecht war. Und ganz jung. Und als es soweit war. Als man die Sache richtig untersuchte. Ob es nicht auch mit der Mutter der gnädigen Frau. Denn nach all dem, was die gnädige Frau erzählt hat. Und alle Kinder der Mutter der gnädigen Frau. Alle Geschwister der gnädigen Frau. Alle miteinander. Es würde Baśka jedenfalls nicht wundern. Und wenn man richtig nachdenkt, sagt meine Mutter. Nein, Baśka mag recht haben in manchem, was Baśka sagt. Meine arme Mutter. Und meine armen Geschwister. Und ich war die einzige. Und dann zu Fremden. Ja, so ist es, sagt Baśka. Wenn die Hexe los ist. Die gnädige Frau kann sich glücklich preisen.

Meine Mutter hält Schulstube mit uns und meine Mutter ist so eine tüchtige Pädagogin das sagt mein Vater und mein Vater ist ein tüchtiger Pädagoge und wir sitzen am Tisch Ludwisia und ich denn Izabelka ist nun doch etwas zu klein aber kann ich nicht und darf ich nicht und Fryc ist so tüchtig er kann schon und er ist fast genauso tüchtig wie Ludwisia obwohl Ludwisia ganze drei Jahre älter ist als er und trotzdem kann er fast buchstabieren und wir haben Schulstube mit meiner Mutter und wir müssen still sein denn meine Mutter erklärt und wir müssen zuhören und ich versuche mitzukommen denn Ludwisia ist trotzdem weiter als ich und vor uns liegt der kleine Rohrstock und ich weiß er ist nicht für mich denn ich bin trotzdem zu klein aber der kleine Rohrstock liegt dort und mein Vater kommt und was ist denn das und ich habe doch gesagt und ich möchte nicht Kindern soll nicht auf diese Weise gedroht werden und meine Mutter ist kleinlaut aber Kinder können ja auf eine andere Art nicht lernen und das muß mein Vater doch verstehen wie kann man Kinder sonst unterrichten sie müssen ihn doch vor Augen haben aber mein Vater nimmt den Rohrstock und ich will das nicht noch einmal sehen und meine Mutter ist ratlos und ich spüre die Ratlosigkeit meiner Mutter aber ich brauche keinen Rohrstock vielleicht Ludwisia aber ich nicht.

Es passierte ja leider, als meine Mutter ganz klein war, also so klein war sie auch wieder nicht, ungefähr elf Jahre, und sie hatte ja weder Vater noch Mutter, und so etwas kann ja passieren, und wenn man so die grobe Arbeit tun muß, denn meine Mutter hatte oft grobe Arbeiten verrichten müssen, und dann war da eine steile Treppe, und wie es auch immer zugegangen ist, nein, niemand weiß es, aber meine Mutter fällt, und sie, die die schönsten Zähne hatte, denn die Zähne meiner Mutter, auf die war sie immer stolz gewesen, nicht mehr und nicht weniger, denn sie konnte sich ja nicht mit den Händen abstützen, denn in beiden Händen hatte sie, und es war der äußerste Schneidezahn im rechten Oberkiefer, und es ist ja nicht wie Fürstin Czartoryska oder Fürstin Zapieha, denn sie hätten wohl so etwas wie einen künstlichen Zahn bekommen, und sie hätten es ja auch nicht nötig gehabt, eine steile Treppe hochzugehen, und mit etwas in beiden Händen, und das verunziert in einem schönen und regelmäßigen Gesicht, und meine Mutter weiß nicht, aber meine Mutter kann lächeln, ohne den Mund zu öffnen, und meine Mutter lacht nicht, wenn andere als wir von der Familie dabei sind, und meine Mutter spricht das S auf so eine lustige Art aus, und auf ihre Weise, und wenn meine Mutter im Profil sitzt, und ob Frau Kolberg jemals etwas gemerkt hat, es ist doch nur ein weiterer Reiz, und meine Mutter weiß, daß mein Vater es trotzdem nicht meint, andererseits, es kommt ja nicht auf die Zähne an, andererseits.

Gott ist überall. Er sieht dich, wo auch immer du bist, ob du zusammen mit anderen bist oder ganz allein. Ja, Gott sieht dich, namentlich, wenn du ganz allein bist. Und Er wacht über dich. Und Er wacht darüber, ob du seine Gebote befolgst und deinen Eltern gegenüber gehorsam bist und tust, was sie gesagt haben. Denn das Gebot deiner Eltern ist Gottes Gebot, denn du sollst deinen Vater und deine Mutter ehren. Und wenn du ganz allein bist, dann mußt du wissen, daß gerade dann Gott dich sieht, und wenn du seinem Willen zuwider handelst, dann straft Er dich. Und Gott kann ungehorsame Kinder auf viele Arten bestrafen. Er kann ihr Wachstum anhalten, so daß sie nie groß werden und richtige Erwachsene werden, wie du es bei Fürst Zamoyskis kleinem Sohn gesehen hast. Oder es kann Kindern ein Unglück zustoßen, so daß sie ertrinken oder fallen oder sich den Hals brechen. Oder sie können blind oder taub werden, und da war ein kleines Mädchen, und es versündigte sich gegen den Willen Gottes und dagegen, was seine Eltern gesagt hatten, und es war, als es ganz allein war und glaubte, es sei ohne Aufsicht, aber Gott hatte ein Auge auf das Kind gehabt, und als es am nächsten Morgen aufwachte, war es stumm für den Rest seines Lebens. Und man kann krank werden und hohes Fieber bekommen, und dann stirbt man plötzlich, und das geschah einem kleinen Jungen, und er glaubte auch, es sähe ihn niemand, aber Gott sah ihn, und er machte seinen Eltern Kummer, indem er ganz plötzlich an hohem Fieber starb, und ihr wollt doch euren Eltern keinen Kummer machen. Und das Schlimmste waren vier Geschwister, und sie spielten, und zwar ein bestimmtes Spiel, und sie glaubten, niemand hätte gesehen, was sie spielten, aber Gott sah sie, und kurz danach wurden beide Eltern sehr krank, und Gott nahm sie zu sich, und danach waren sie elternlos und sie wußten nicht, wie sie ihr tägliches Brot bekommen sollten, und sie mußten hungern, und sie mußten frieren, und endlich nahmen sich barmherzige Leute ihrer an, aber sie mußten den Rest ihres Lebens ein Gnadenbrot essen, und ihr wollt doch euren Eltern nicht den Kummer antun, daß eure Eltern aus Kummer über euch sterben müssen, und danach seid ihr elternlos und ganz allein in dieser Welt. Denn Gott wacht. Gott hält Aufsicht.

Gut zu ihren Kindern, das ist sie ja nicht gerade. Frau Jarocka. Denn was soll aus den Kindern einmal werden? Sie bekommen keine solide Grundlage. Kinder müssen abgehärtet werden. Sie dürfen nicht verwöhnt werden. Und wenn wir nicht hier in der Stadt wohnten. Rousseau meinte auch. Kinder sollen im Freien leben. Kinder sollen draußen sein. Aber das kann man ja in einer Stadt nicht. Lebte man doch bloß auf dem Lande. Aber was Frau Jarocka tut. Und bekommen alles, worauf sie zeigen. Und aus dem Ausland. Wenn man doch hat. Das hat nie geschadet. Weiches Brot essen. Mit Rosinen. Früh und spät. Wo Kinder abgehärtet werden müssen und gerade gutes Brot. Aber Bauernbrot muß es auch nicht sein. Denn Bauernbrot ist zu deftig. Auch wenn wir auf dem Land lebten. Es ist nicht gut für Kindermägen. Daß Kinder im Freien leben sollen, bedeutet ja nicht, sie müssen gleich Bauernkinder werden. Aber sie sollen keine kränklichen Kinder sein. Und Frau Jarocka. Was sie tut, ist alles andere als gut zu den Kindern zu sein. Und ich verstehe immer noch nicht. Aber Bauernkinder, das sollen wir auf jeden Fall nicht sein.

◇ ◇ ◇

Es war einmal ein unartiger Junge, ich weiß nicht, wie er heißt, aber er hieß nicht Fryc oder Janek oder Antoś, denn das sind hübsche Namen; und dann kam eines Morgens ein Rotkehlchen an sein Fenster, es war schrecklich kalt, und das arme, kleine Vögelchen war fast erfroren. Aber er wollte ihm nicht das geringste, winzigste Bröckchen Brot geben, er zog es nur am Schwanz, und das tat weh, und es starb. Kurz danach verließen Mutter und Vater den unartigen Jungen, und da konnte er kein Essen bekommen, denn er kam nicht allein zurecht. Da ging er von dem einen Bekannten zum anderen: „Gebt mir einen Bissen zu essen, ich habe großen Hunger." Aber alle sagten: „Nein, wir geben dir nichts, denn wir mögen keine hartherzigen, unartigen Jungen." Er ging also von einem zum anderen und schließlich kam er in einen großen Wald mit dichtstehenden Bäumen; und er konnte nicht wieder zurückfinden, und da wurde es dunkel, dunkle Nacht. Da setzte er sich hin und weinte bitterlich; und er konnte nicht mehr aus dem Wald hinausfinden. Und ich glaube, er wäre gestorben, hätte nicht ein armer Mann, der vorbeikam, sein Weinen gehört, und wäre dieser nicht so gut gewesen, ihn mit sich in sein Haus zu nehmen. Wäre der arme Mann also genauso grausam zu ihm gewesen, wie er selbst zu dem Rotkehlchen gewesen war, wäre der unartige Junge im Wald gestorben.

◇ ◇ ◇

Ihr sollt es einmal besser haben. Unsere Kinder sollen einen besseren Beginn im Leben haben als wir. Denn auch wenn meine Eltern. Und aus guter Familie. Das waren sie ja beide. Mein Großvater und Zunftmeister. Und meine Mutter, der Potocki-Daumen. Aber trotzdem. Immigrant sein, in einem fremden Land. Ganz fremd. Und es gab ja einen Unterschied zwischen Polen und Frankreich. In mancher Hinsicht. Und dann damals. Und meine Mutter, und zu Fremden. Es ist nicht leicht, wenn ein kleines Mädchen ganz allein steht. Was das heißen will, wenn plötzlich. Und erst ihr Vater. Und dann ihre Mutter. Und alle ihre Geschwister. Mit sich ins Grab genommen. Auf einmal. Und ganz allein. Und meine Eltern haben ja viel erreicht. Das muß man sagen. Mein Vater und meine Mutter waren strebsam. Wer hätte das geglaubt, als sie sich seinerzeit bei der Gräfin kennenlernten. Daß mein Vater. Im Gymnasium angestellt. Und mit eigenem Pensionat. Und die vornehmsten jungen Leute, Söhne aus den besten Familien. Aber ihr sollt es besser haben. Und alle vier. Und die Mädchen sollen Ehrenmänner heiraten. Und Fryc. Feste Anstellung. Und keine Zöglinge. Und vor allem. Keine Immigranten. Meine Kinder sollen keine Fremden sein. Nie. Sie sollen in ihrem Land bleiben können. Nie Immigranten. Denn das Los des Immigranten ist hart.

Nicht herumsitzen und die Schultern hängen lassen, nicht die Beine übereinanderschlagen, nicht gegen den Tisch lehnen, nicht an den Nägeln kauen, nicht in der Nase bohren, nicht mit krummem Rücken dasitzen, nicht die Ellenbogen abstehen lassen, nicht auf die Suppe blasen, nicht die Gabel in die falsche Hand nehmen, nicht alle viere von sich strecken, nicht im Haar wühlen, nicht in den Löffel beißen, nicht das Messer in den Mund nehmen, nicht miteinander flüstern, nicht in den Zähnen stochern, nicht im Ohr bohren, nicht die Ellenbogen auf den Tisch stützen, nicht mit Fingern zeigen, nicht mit vollem Mund sprechen, nicht quer über den Tisch reichen, nicht trinken, bevor der Mund leergekaut ist, nicht das Essen mit den Fingern auf die Gabel schieben, nicht den Suppenteller von der falschen Seite anheben, nicht Messer und Gabel überkreuz legen, nicht mit dem Löffel gegen den Teller kratzen, nicht zweimal trinken, ohne den Becher auf den Tisch zu setzen, nicht schlürfen, nicht schmatzen, nicht das Essen in den Mund stopfen, nicht mit der Serviette die Stirn abwischen, nicht die Finger ablecken, nicht rülpsen, nicht die Augen reiben, nicht über andere hinwegreichen, nicht sprechen, bevor man gefragt wird, nicht kichern, nicht schlabbern, nicht mit den Händen im Schoß dasitzen, nicht mit offenem Mund kauen, und klopf unter den Tisch und wirf dreimal Salz über die linke Schulter.

Baśka entdeckt etwas und klaubt es auf, so schnell, daß fast keiner gesehen hat, wie sie sich bückt. Ein Hufeisen, aber sie legt die Finger auf die Lippen, ich darf nicht sprechen, und sie dreht sich sofort um und geht nach Hause. Und das Billet von Mama an Frau Kolberg? Aber sie legt wieder den Finger vor den Mund, und jetzt schüttelt sie mich, und als wir zurück sind, legt sie es sofort schweigend in einem Tuch auf ihr Kopfkissen. Ich habe ein Hufeisen gefunden, und jetzt darf sie reden, und sie ist glücklich, und sie erklärt es meiner Mutter, und man soll immer direkt zurückgehen, wenn man ein Hufeisen gefunden hat, und man darf unterwegs nicht sprechen, denn dann verliert es seine Kraft. Und meine Mutter macht ihr keine Vorwürfe, daß sie nicht zu Frau Kolberg gegangen ist, denn Baśka hat sich immer gewünscht, ein Hufeisen zu finden, aber sie hat doch wohl nicht danach gesucht, denn wenn man nach einem Hufeisen sucht, dann gilt es nicht. Es sitzen noch vier Nägel daran, und es dürfen nur drei sein, damit es richtig Glück bringt, Baśka kann sich einen Ring machen lassen von dem vierten, schlägt meine Mutter vor, das hilft gegen vielerlei, besonders gegen wütende Hunde. Wenn wir krank sind, bekommen wir Baśkas Hufeisen mit ins Bett gelegt, ohne daß mein Vater davon weiß, und ohne daß mein Vater etwas weiß, habe ich den ganzen Winter den Ring getragen, an einer Schnur um den Hals, und er hat gewirkt.

Es riecht so merkwürdig von dort, und es ist eine der Dachkammern, und sie gehört der Familie Czekierski, aber ihr dürft nicht dort hinauf, und dort habt ihr nichts verloren, aber wir schleichen trotzdem hinauf, und es heult und schluchzt, und wir stehen draußen vor der Tür, und drinnen, was ist dort, und es stinkt, und es kann gar nicht sprechen wie ein Mensch, denn es ist ein Tier, ein richtiges Tier, ein Menschentier, denn es ist das Tier der Familie Czekierski, und es ist der Fleck auf ihrer Ehre, aber niemand spricht davon, und es rasselt an den Ketten, denn es wird gefüttert wie ein Tier, und es liegt da oben, und ist es ein Mensch oder ist es kein Mensch, und wenn ihr dort hinaufgeht, dann ergeht es euch genauso, wie es ihm ergangen ist, denn es steckt an, es steckt an, wenn ein Kind dort hineinguckt, und darum müßt ihr euch weghalten, und es gehört der Familie Czekierski, und die Familie Czekierski ist verantwortlich dafür, und wo sollten sie sonst hin damit, sagt mein Vater, und Gott sei Dank ist es nicht in unserem Haus und in unserer Dachkammer, denn denk, wenn nun in unserer Dachkammer und eines der unseren, wenn es jetzt ansteckte, denn es stinkt, und wo Gestank ist, ist Ansteckung.

Fryc hat Klavierspielen gelernt, meine Mutter hat es ihm beigebracht. Und ich bin so tüchtig geworden. Ich muß in dieser Richtung Talente haben. Ich bin jetzt soweit, daß ich mit Ludwisia vierhändig spielen kann, obwohl sie seit fast zwei Jahren von meiner Mutter Unterricht bekommt. Und Fryc, ja ich übe eigentlich erst seit einem halben Jahr mit ihm. Aber er kann es wie von selbst. Und sieh doch nur die beiden. Ist es nicht entzückend? Und keines von ihnen kann von seinem Stuhl den Fußboden mit den Füßen erreichen. Reizende Kinder. Ich hasse es, mit Ludwisia vierhändig zu spielen. Denn sie kann Noten lesen und ich nicht. Und ich spiele nur auswendig. Nach dem Gedächtnis. Und dann kritisiert sie mich, denn es hört sich nicht so an, wie wenn meine Mutter vierhändig mit ihr spielt. Und sag ihm doch, sagt sie zu meiner Mutter. Du sollst ordentlich spielen. Und Ludwisia schlägt mir mit ihren Fingerknöcheln richtig hart auf die Finger, wenn meine Mutter es nicht sieht. Und Ludwisia poltert so. Sie spielt den Baß. Es ist fast nicht mit anzuhören. Und ich bin unglücklich, denn wenn ich versuche, ganz still und leise, und wenn es singen soll. Aber es poltert bloß. Warum muß ich denn unbedingt? Geht es nicht auch ohne mich? Nur heute. Aber es ist ja so reizend. Bruder und Schwester. Und wie beschäftigt sie aussehen. Sie sind so konzentriert. Sie merken gar nicht, daß wir dabei sind. Wie hübsch sie aussehen. Bruder und Schwester. Wie glücklich sie sein müssen.

Die heilige Gottesmutter, und es heißt ex voto, und es ist ganz dunkel in der Kapelle, aber eine Unmenge von Wachskerzen, und jedes von uns zündet seine kleine Kerze an, und meine Mutter eine große für sich selbst, und dort sind Unmengen kleiner Bilder und Plaketten, und sie stellen Arme und Beine dar, und Tiere, von denen wir nicht genau erkennen können, was sie sind, Frösche und Kröten, und es gibt dort ein Gemälde eines brennenden Hauses, und meine Mutter erklärt, Fürst Krasińskis Schloß sei fast bis ganz auf den Grund abgebrannt, aber da betete die junge Fürstin so inbrünstig, und da erschien die heilige Muttergottes, und sofort kam der heftigste Wolkenbruch seit Menschengedenken, und da war ein Mädchen, das von Geburt an gelähmt war, und da betete sie, betete so inbrünstig, und die heilige Muttergottes, und ein Junge, und er war ungehorsam zu seinen Eltern gewesen, und er ging aufs Eis hinaus, obwohl sie gesagt hatten, und er wäre fast ertrunken, und alle glaubten, er würde sterben, aber dann betete seine Mutter, obwohl er ungehorsam gewesen und auf das Eis gegangen war, und dann kam ihm im allerletzten Augenblick die heilige Muttergottes doch zur Hilfe, und zwei kleine Mädchen, und sie wurden von einem großen wilden Hund angegriffen, denn sie hatten nicht getan, was ihre Mutter gesagt hatte, und in ihrer Angst begannen sie zu beten, und im letzten Augenblick hielt die heilige Gottesmutter den Hund zurück, und er legte sich vor ihre Füße und er wurde zahm, und hier ist ein Junge, der sich das Bein brach, und er wäre für den Rest seines Lebens ein Krüppel geblieben, und ein Mädchen, und sie hätte nie geheiratet, und Blinde und Stumme und Taube, und bloß weil sie nicht taten, was ihre Mutter ihnen gesagt hatte, und das bedeuten die Bilder und die kleinen Plaketten, ungehorsame Kinder, denn die Barmherzigkeit der heiligen Gottesmutter ist groß.

Da war ein Junge, und er war an sich sehr lieb, aber denk, er schnitt Fratzen, fast genau wie Fryc, er hatte die Unart, immer Fratzen zu schneiden, und er versuchte, die Leute nachzuäffen, und er machte sie nach, und was seine Mutter auch sagte, er schnitt Fratzen, er konnte ganz einfach nicht damit aufhören, und er glaubte, es sei lustig, aber niemand konnte etwas Lustiges darin sehen, und manchmal machte er einen richtig traurig damit, und seine Mutter war auch sehr traurig, denn es ist ja nicht schön, einen Sohn zu haben, der die Leute immer nachmacht und sich immer über sie lustig macht, und auch wenn seine Schwestern es manchmal lustig fanden, es nützte ja nichts, wenn seine Mutter und sein Vater traurig waren, und was dann, denk, es war ganz schrecklich, aber eines Tages saß er zu Hause und schnitt Fratzen, um seine Schwestern zu unterhalten, und seine Schwestern lachten darüber, ohne zu wissen, daß sie ihn dadurch aufmunterten, es immer schlimmer zu treiben, und da, genau in dem Augenblick, als er ein ganz schreckliches Gesicht geschnitten hatte, so ekelhaft und häßlich, daß ich nicht glaube, unser Fryc könnte es ihm nachmachen, genau in diesem Augenblick schlug die Uhr, und in dem Augenblick, als die Uhr schlug, da wuchs das Gesicht, das er geschnitten hatte, an ihm fest, so daß er, der vorher lieb und hübsch ausgesehen hatte, den Rest seines Lebens mit einem ekelhaft verzogenen Gesicht herumgehen mußte.

Der Spucknapf steht in der Ecke denn wir haben einen Spucknapf und es haben ja nicht alle einen Spucknapf und dann müssen die Leute einfach auf den Fußboden spucken aber dann ist auch Sand auf dem Fußboden und bei uns sind kleine Teppiche und er steht da und alle wissen wo er steht und man steht auf und man spuckt und manchmal trifft man etwas daneben aber was soll man machen und Herr Żywny mag keine Spucknäpfe aber wenn sie nun einmal da stehen und dann trifft er am besten und er benützt immer den Spucknapf obwohl man sehen kann daß er am liebsten täte als gäbe es ihn nicht und auf den Fußboden spuckte und der Spucknapf ist ekelhaft und riecht und manchmal träume ich davon und ich träume der Spucknapf ist so voll daß er überfließt und es fließt und fließt und es steht wie Wasser und Schleim mit grünen Inseln um unsere Betten und die Spucke steigt und sie ist braun und bittergelb von Tabak und von Schnupftabak und sie ist grün von Erkältung und der Spucknapf im Wohnzimmer das ist ein Kessel der kalte Kessel der Hexen von dem Baśka gesprochen hat und er wird aufgewärmt bis er siedet und es steigt und steigt und wir ertrinken alle in schleimiger Spucke und gerade als wir ertrinken wache ich auf und ich würde mir wünschen sie spuckten bloß auf den Fußboden wie es üblich ist wenn Sand auf dem Fußboden liegt aber wir haben einen Spucknapf und der Spucknapf steht in der Ecke denn wir haben einen Spucknapf und ich muß mich fast übergeben weil ich denke denn denk wenn ich darum gebeten würde ihn zu leeren ihn bloß anzufassen gut daß wir Zuzia haben.

◊ ◊ ◊

DER ONKEL: Was hat mehr Beine, ein Pferd oder kein Pferd?
DER NEFFE: Ein Pferd hat mehr Beine als kein Pferd.
DER ONKEL: Aber ein Pferd hat nur vier Beine, hast du jemals ein Pferd mit fünf Beinen gesehen?
DER NEFFE: Nein, noch nie. Ein Pferd hat vier Beine; kein Pferd hat fünf Beine.
DER ONKEL: Aha, kein Pferd hat fünf Beine. Aber dann mußt du ja zugeben, daß kein Pferd mehr Beine hat als ein Pferd.

◊ ◊ ◊

Das darfst du nicht, denn ihr dürft nicht mit Scheren spielen, denn meine Mutter kannte ein Mädchen, das hatte mit Scheren gespielt, und es war darauf versessen, mit Scheren zu schneiden, und eines Tages war es nicht vorsichtig und es tat nicht, was seine Mutter gesagt hatte, und dann stach es sich das eigene Auge aus. So geht es, wenn man mit Scheren spielt. Und nicht hört, was die Mutter einem sagt.

Ludwisia und ich gehen mit meinem Vater spazieren, und da treffen wir natürlich Herrn Linde, und auch wenn es lustig sein kann, zu hören, worüber die Erwachsenen sprechen, ist es ja trotzdem, als würde mein Vater uns vergessen, und Glaube und Unglaube und Freidenker, und Gott in der Natur, obwohl wir Kinder dabei sind, und in die Kirche, mit eigenen Augen. Und als Herr Linde hineingeht, macht er trotzdem groß und deutlich ein Kreuzzeichen, mit Weihwasserfingern, mein Vater tut es nur zum Schein, weiß ich, weil wir mit dabei sind, und Herr Linde beugt das Knie vor dem Hauptaltar, aber mein Vater beugt nur den Kopf, und sie sprechen flüsternd weiter. Aber Ludwisia und ich haben uns kräftig bekreuzigt, dreimal, für das Herz, wie meine Mutter und Baśka uns eingeschärft haben, und Ludwisia knickst tief, jedesmal, wenn sie an einem der Altäre vorbeimuß, denn Ludwisia ist so fromm, und es duftet wie immer, Wachs, Staub, Weihrauch, und wir gehen herum, auf eigene Faust, leise, jedes für sich, obwohl fast niemand in der Kirche ist. Und dann plötzlich. Ludwisia auf die Kanzel. Sie guckt über den Rand, sie reicht gerade bis daran. Winkt mir zu, und ich laufe hin, um zu ihr hinaufzukommen. Ludwisia, was machst du denn da, die Stimme meines Vaters, komm sofort herunter, die Kanzel und der Altar sind heilige Orte, und es hallt, daß die wenigen Leute in der Kirche zu ihm hinsehen, und Ludwisia weiß nicht, was sie mit sich anfangen soll vor lauter Verlegenheit. Und ich werde rot, aber glücklich, daß ich nur bis zum Fuß der Kanzel gekommen bin. Denn was wäre passiert, wenn ich auch dort hinaufgekommen wäre. Sakrileg, ich kenne das Wort. Sakrileg. Ich erröte tiefer, nur der Gedanke! Was hätte nicht alles passieren können! Ich auf der Kanzel, ein heiliger Ort, Entweihung, Sakrileg. Ich werde rot und röter, einen heiligen Ort betreten, verzweifelt, ratlos, einen heiligen Ort betreten, Entweihung, denn ich hätte es ja tun können, Entweihung, und das ist dasselbe, als hätte ich sie schon begangen.

Ich habe eine Mazurka komponiert. Es ist die dritte. Ich kann sie auswendig, denn ich habe noch nicht richtig Noten schreiben gelernt. Und ich spiele sie wieder und wieder, und Ludwisia nimmt Izabelka an die Hand und dann Emilka, und sie tanzen zusammen zu meiner Mazurka, obwohl Emilka fast gerade erst gehen gelernt hat. Und später ist es still, und wir sitzen jedes für sich an unseren Schularbeiten, und Izabelka lernt gerade sticken. Und plötzlich höre ich Baśka draußen in der Küche. Sie singt meine Mazurka. Sie hat die Worte eines anderen Liedes genommen und singt sie zu meiner Melodie. Ich kann es fast nicht begreifen, daß es meine Mazurka ist, sie so gesungen zu hören, von einem erwachsenen Menschen. Es ist, als gehörte sie mir gar nicht mehr, es ist wie ein Vogel, der freigelassen wurde und seines Weges fliegt. Ganz still sitze ich da und tue, als würde ich lesen, und ich höre zu, und ich kann es gar nicht fassen.

Zuzia hat meinen Vater geschickt dazu gebracht, zu erzählen, und von damals, als er den König und die Königin in Nancy gesehen hat, als sie mit ihrem Gefolge einzogen und von dem Bürgermeister und dem ganzen Rat der Stadt empfangen wurden. Und alle Leute waren auf der Straße, denn alle Leute wollten den König und die Königin sehen, und man erzählte von der Tafel, die für sie vorbereitet war, und es waren vierundzwanzig Gänge, und der König hatte sein eigenes Service aus Gold mitgebracht und seine eigenen Köche, denn er hatte kein Vertrauen zu anderen. Und einen Mundschenk, ruft Izabelka, war ein Mundschenk dabei, und mein Vater erzählt, es sei eine Ehre für jeden Edelmann, Mundschenk für seinen König und seine Königin zu sein, obwohl so ein richtiger Mundschenk, das brauchten sie nicht, und wer weiß, wenn man daran denkt, wie es später ging, und mein Vater hat sie gesehen, sie kamen in ihrer goldenen Kutsche, und es waren acht Pferde vorgespannt, acht Pferde, und sie waren schwarz, Rappen, meint mein Vater, schwarze Rappen, und zuerst kamen die Trompeter und bliesen das Signal, und zwar Stunden, bevor der König und die Königin kamen, und dann kamen die ersten des Gefolges, und es war meilenlang, und dann kamen der König und die Königin und in goldener Kutsche, und denk, einen richtigen König und eine richtige Königin zu haben, und wir haben nie einen König oder eine Königin gesehen, aber mein Vater hat sie gesehen, und es waren König Ludwig und Königin Marie Antoinette, und ich sehe es vor mir, sehe meinen Vater vor mir, in der Menschenschar, ein Junge, wie ich, und er ruft und er schreit Vivat und ich spüre die Hitze in meinen Backen, und hast du Napoleon gesehen, ich rufe es fast, und dann, hast du den Kaiser gesehen, ich schreie fast, und wenn du dich so aufführst, dann lasse ich es lieber ganz bleiben, euch etwas zu erzählen, sagt mein Vater, und er schweigt, und dann ist es auch wohl an der Zeit, daß die Kinder ins Bett kommen, Fryc ist müde, ich merke es ihm an.

Denn du bist ein Junge, und ich bin ein Junge, und ein Junge, das ist mehr als ein Mädchen, denn es gibt ja auch nur einen Jungen, und es gibt drei Mädchen, ja vier Mädchen, ist das kein Beweis dafür, daß ein Junge mehr ist als ein Mädchen, und wer bekommt das Essen vor den Mädchen gereicht, und auch vor Ludwisia, obwohl sie meine große Schwester ist, denn wir sprechen ja nicht von Zuzia, aber Ludwisia ist älter als ich, und trotzdem bekomme ich nach meiner Mutter, sofort nach meiner Mutter, und Zuzia bekommt zuletzt, denn Zuzia ist eine Art Mutter, und sie bekommt, was wir übrig lassen, so wie meine

Mutter das bekommt, was mein Vater übrigläßt, aber ich bin ein Junge, und ich bin mehr als ein Mädchen, und die Art, wie meine Mutter mich ansieht, wenn ich mir nehme, daß ich bekomme, was ich brauche, und daß ich genug bekomme, und nimm noch ein bißchen mehr, und das sagt sie nicht zu Ludwisia, denn ich bin ein Junge, und sie nimmt selbst nicht das zweitbeste Stück, sondern überläßt es mir, denn ich bin ja ein Junge, und ein Junge muß wachsen und ein Junge braucht das Beste, nach seinem Vater natürlich, und natürlich verstehen die Kinder das auch, auch Ludwisia, obwohl sie manchmal tut, als ob, aber dann stoppt meine Mutter sie, und dann stoppt sie.

Meine Eltern mögen meine Improvisationen, besonders die Tänze, und Ludwisia und Zuzia machen geradezu Ballettschritte danach, und mein Vater meint, sie müßten aufgeschrieben werden, aber es ist noch zu früh, daß ich richtig Noten schreiben lerne, es ist nicht gesund in meinem Alter, darum will er es für mich tun, und ich sitze am Klavier und muß genau Akkord für Akkord, Melodielinie für Melodielinie wiederholen, und mein Vater liest es von meinen Fingern ab, und dann schreibt er, und ich langweile mich und langweile mich, denn es geht so langsam, und später versucht meine Mutter, zu spielen, was mein Vater hingeschrieben hat, denk, Fryc hat das komponiert, Fryc ist Komponist, und es geht langsam, und hackend, und ich kann fast nicht meine ursprünglichen Klänge wiedererkennen, nein, so, und ich setze mich ans Klavier, und es klingt wieder, wie es klingen soll, und meine Mutter setzt sich wieder hinter die Noten, und es klingt wieder ganz anders, nicht so, nicht so, das ist falsch, aber meine Eltern lachen mich beide aus, er ist so klein, er erinnert sich nicht, denn was sie geschrieben haben, ist ja korrekt, so soll es sein, und ich bin der, der nicht genug weiß und klein ist, und was hingeschrieben ist, das ist immer richtig, und ich verstehe nicht einmal, was ich selbst komponiert habe, dazu bin ich zu klein, aber das tun sie, denn ich bin ja trotz allem noch ein Kind, und meine Mutter spielt meine Melodien, und Ludwisia und Zuzia tanzen, und ich selbst bleibe sitzen, und es ist nicht, wie es sein soll, denn es ist nicht so, wie ich es gewollt habe, und gewollt und gewollt, und du hast keinen Willen zu haben, und dann habe ich Lust, das Notenblatt vom Klavier zu reißen und es in tausend Stücke zu zerfetzen, aber ich traue mich nicht, denn mein Vater hat es geschrieben, und nach meinen Fingern, und ich habe meinen Vater mit meinen Fingern gezwungen, aber er hat mich zurückgezwungen.

Der Geruch meines Vaters ist so fein, denn mein Vater bekommt ein echtes Eau de parfum aus Frankreich geschickt. Dein Vater riecht diskret. Aber man muß sparen. Es ist nicht jeden Tag so, nicht für den Alltag, sondern nur, wenn er barbiert worden ist. Ich liebe den Geruch meines Vaters, wenn er barbiert worden ist. Ein Barbierkuß. Und echt französisch, ganz aus Frankreich, und dieselbe Sorte, die Fürst Czartoryski verwendet, erzählt meine Mutter. Und sonst, und es ist Tabak, und der Tabak übertäubt das richtige Eau de parfum, denn der Tabak sitzt in den Kleidern, sagt meine Mutter. Und mein Vater riecht nach Mann. Meine Mutter hat an der Hose meines Vaters geschnuppert, als sie sie stopfte, und sie riecht nach Mann, sagte meine Mutter. Und ich habe Angst vor dem Geruch meines Vaters, denn er ist nicht fein, es ist ein Geruch von Mann, und es ist ein Geruch von Tabak, und ich zittere, und ich rieche ihn, und ich drücke mich an ihn, und ich reiße mich los, und was ist denn mit dir, Kind, und ich habe Angst, mein Vater riecht.

Er ist taubstumm sagt Feliks und sieh ihn dir einmal an er ist taubstumm und er begreift nichts denn er kann nichts hören denn er ist taubstumm und es ist mein Bruder aber wenn man ihn zwickt dann kann er etwas sagen aber keine Worte nur solche Laute und er kann nichts verstehen denn er ist taubstumm und was sollen wir tun und mein Vater und meine Mutter wissen auch nicht was sie tun sollen und es ist ein Kreuz denn es ist ein Kreuz für eine Familie daß man taubstumm ist und denk taubstumm sein und nichts hören können und nichts sagen können das bedeutet taubstumm und eigentlich ist er sehr nett aber spielen kann man auch nicht mit ihm und was soll man mit einem Kind anfangen das taubstumm ist und Feliks' Vater und Mutter wissen es auch nicht und soll man was soll man und die ganze Zeit und wenn ich alt genug bin muß ich für ihn sorgen sagt Feliks das haben seine Eltern gesagt denn wenn man einen taubstummen Bruder in der Familie hat ist es immer der älteste Bruder der ihn versorgen muß wenn die Eltern sterben und wann sterben die Eltern und man muß hoffen und Feliks hofft daß es wenigstens nicht sofort ist denn was sollen sie tun wenn die Eltern sterben und mit einem Bruder der taubstumm ist nein es wäre besser wenn er stürbe oder nie geboren wäre und das sagen Feliks' Vater und Mutter auch oft und wäre er doch bloß nie geboren worden.

Die armen Eltern, denn Feliks' taubstummer Bruder kann gar nichts hören, und dann kommt er ans Klavier, als ich mich hingesetzt habe, um zu spielen, und er kann nicht verstehen, überhaupt nicht begreifen, und ich spiele, und er betrachtet meine Hände, und ich spiele, und er sieht nur auf meine Finger, und dann will er, aber laß ihn doch, und die Kinder ermuntern ihn, laß ihn doch, zum Spaß, und die Kinder tanzen, und die Kinder kreischen, und sie tanzen, und Feliks tanzt mit, hör, der Taubstumme spielt Klavier, und er spielt und spielt, und er lacht darüber, daß sie lachen, und er lacht mit seinen heiseren Stößen, als er sie lachen sieht, er lacht und er lacht, hört den Taubstummen Klavier spielen, und was ist denn das für ein Lärm, und schämt ihr euch nicht, sich über das arme Kind lustig zu machen, und dann sieht meine Mutter, und dann kann meine Mutter aber auch nicht mehr, meine Mutter muß einfach lachen, und nein, das muß Baśka aber auch, und sie ruft Zuzia, und Baśka, und sie lachen und lachen, und sie halten sich den Bauch, und zum Glück kann er ja selbst nichts hören.

Mein Vater darf nichts wissen, aber Zuzia hat für ihr eigenes Geld Knoblauch gekauft. Wir haben alle geschworen, zu schweigen. Und Zuzia bestreicht jedes einzelne der Fenster untendrunter, unter dem Fenster selbst, und sie streicht die Schwelle an allen Außentüren und die Klinken, wir hoffen bloß, daß mein Vater nichts merkt, wenn er die Wohnungstür anfaßt, aber Ludwisia hat versprochen, nachzusehen, und ihm dann wie zufällig die Tür zu öffnen, wenn er kommt. Es hält sich ein Jahr, und es ist gegen Vampire, aber mein Vater glaubt nicht an Vampire, und er will, daß wir auch nicht daran glauben. Meine Mutter weiß das, aber sie hat gar nichts gesagt. Es ist, als wäre sie ebenfalls erleichtert. Vielleicht genauso sehr wie Zuzia. Und das sind wir alle. Und Baśka meint, wir hätten damit vor Jahren anfangen sollen. Höchst dummdreist, findet Baśka. Das Schicksal herauszufordern.

Müßiggang ist die Wurzel allen Übels, seht euch eure Mutter an, und meine Mutter nickt, denn Müßiggang ist die Wurzel allen Übels, und seht euch nur euren Vater an, und mein Vater muß jeden Morgen um acht im Gymnasium sein, und bis um fünf, und in der Mittagspause Aufsicht mit den Zöglingen, und wenn er endlich zu Hause ist, Hausaufgaben mit den Zöglingen, und abends, und meine Mutter, ja, sie ist vor meinem Vater auf, und habt ihr jemals eure Mutter mit den Händen im Schoß sitzen sehen, sie hat immer etwas zu tun, wenigstens eine Handarbeit, und all das, was eine Hausfrau zu tun hat, und wann hat eine Hausfrau Zeit, stillzusitzen, und wann hat ein Vater einen Augenblick, in dem er nicht schreiben oder sich vorbereiten muß, aber habt ihr jemals gehört, daß eure Eltern sich beklagen, und von morgens bis abends, und Baśka, und sie muß vor meiner Mutter aufstehen, denn sie muß die Öfen anheizen, und Zuzia, und sie muß zusammen mit Baśka aufstehen, denn sie muß Baśka helfen, und so muß es sein, denn das müßt ihr verstehen, Müßiggang ist die Wurzel allen Übels, auch wenn man so gern Klavier spielt, denn das ist nicht das Wichtigste in dieser Welt, und wenn überhaupt, dann muß man üben, denn es nützt nichts, daß es einem leichtfällt, das ist nicht genug, man muß arbeiten, wie deine Mutter arbeitet, wie dein Vater arbeitet, das kommt zuerst in dieser Welt, und das gilt im übrigen auch für die Mädchen.

◇ ◇ ◇

LUDWIKA *(kommt herein, ganz außer Atem):* Ich habe es gefunden! Ich habe es gefunden! Ich habe es gefunden! Sieh nur, alter Mann, hier ist dein ganzes Geld – alles – fünfzehneinhalb Złoty – genau, was er uns gesagt hat, Herr Vater.

DIE HAUSHÄLTERIN *(kommt herein):* Oh, Ihro Gnaden, haben Ihro Gnaden dergleichen je gehört?

DER RICHTER: Noch habe ich nichts gehört, was ich verstehen kann. Aber zuallererst, ist der Dieb gefangen?

LUDWIKA *(gibt der Haushälterin ein Zeichen, still zu sein):* Ja, ja – wir haben ihn gefaßt – wir haben ihn gefangengenommen. Soll ich ihn hereinbringen, Herr Vater?

DER RICHTER: Ja, mein Kind, das tu geschwind; und jetzt will ich endlich erfahren, was ihn dazu verleitete, Geld zu stehlen, aber die Geldkasse stehenzulassen – ich begreife es nicht – das Ganze hat etwas Mysteriöses – ich begreife es nicht.

Ludwika kommt mit einem riesigen Vogelkäfig in der Hand her-

ein. Es sitzt eine Elster darin. Dem Richter fällt der Haftbefehl aus der Hand.

DER RICHTER: Aber was ist das, Frau Haushälterin. Die alte Elster!

DIE HAUSHÄLTERIN: Ach ja, Ihro Gnaden, meine alte Elster – wer hätte das gedacht. Das junge Fräulein war sehr klug, sie faßte den Dieb. Das junge Fräulein war sehr klug.

DER ALTE MANN: Ach, ich bin der allerglücklichste alte Mann auf dieser Welt! Jetzt wißt ihr alle, daß ich nicht log. Ich bin der allerglücklichste! Junges Fräulein, Sie haben mich zu dem allerglücklichsten alten Mann auf dieser Welt gemacht! Gott segne Euch!

DER RICHTER: Mein liebes Kind. Papas kleines Mädchen! Denk. Den Dieb auf frischer Tat ertappt. Erzähl uns nun alles. Ich muß alles wissen.

LUDWIKA: Erinnern Sie sich, Herr Vater, als wir im Sommer einen Herrn Geschichten von Elstern erzählen hörten, die Geld stehlen, und danach stellten wir die alte Elster auf die Probe und legten eine Münze auf den Tisch, und sie nahm sie sofort und brachte sie in ihr Versteck.

DER RICHTER: Ei, ei, du solltest Richter sein statt meiner, meine liebe Tochter, haha, haha!

LUDWIKA: Dann ging ich sofort zu ihrem alten Versteck, und da lag das Geld, und deswegen nahm der Dieb nicht die Geldkiste mit.

DER RICHTER: Ja, weil der Dieb eine Elster war. Haha, haha!

LUDWIKA: Aber jetzt will ich dir etwas sagen, alter Mann. Du sollst die Elster behalten, und dann sollst du sie vorführen, ich bin sicher, sie wird dir viel Geld einbringen, denn dies ist eine wahre Geschichte, und wahre Geschichten wollen die Leute gerne hören.

DER RICHTER *(lebhaft):* Ja, mein Freund, und heute abend wirst du mit uns zusammen essen, wir haben Wein und Kuchen und einen herrlichen kalten Braten.

◇ ◇ ◇

Als meine Mutter bei den Fremden war. Und da war eine Wiese. Und auf der Wiese war ein Stein. Und meine Mutter konnte sich hinter dem Stein verstecken. Und dann dachte sie an ihre Mutter und an ihren Vater und an ihre drei Geschwister, die jetzt im Himmel sind. Und meine Mutter denkt jeden Tag an ihren Vater und ihre Mutter und ihre drei Geschwister. Denn das muß man. Und niemand entdeckte sie hinter dem großen Stein. Und es wurde gerufen und gerufen. Aber sie entdeckten sie nicht. Denn meine Mutter lag hinter dem großen Stein versteckt. Und es kam ein Duft von der Wiese. Und er war von Trollblumen und Sumpfdotterblumen gewürzt, und später konnte man vor lauter Ampferblättern gar nicht sehen, wo man war. Und vor Schilf. Und niemand entdeckte meine Mutter. Und meine Mutter mußte die Gänse hüten. Und natürlich hütete sie die Gänse. Und wenn sie lange genug gerufen hatten, kam Mama zum Vorschein. Und die Gänse waren vollzählig. Denn man soll immer seine Pflicht tun.

Was arbeitest du, was tust du, denn man darf nicht stillsitzen, ohne etwas zu tun. Der Mensch soll sich mit etwas beschäftigen. Der Mensch muß arbeiten. Und das Schlimmste, was ein Mensch tun kann, das ist, sich treiben zu lassen und nichts auszurichten. Es ist fast noch schlimmer, nichts zu tun, als etwas zu tun, was man nicht darf. Denn wir Menschen sind auf diese Erde gekommen, um zu wirken. Und nicht, um auf der faulen Haut zu liegen. Denn wozu kann Faulheit nicht alles führen! Zu den schrecklichsten Gedanken und Ideen. Zu den furchtbarsten Handlungen. Alles von Untätigkeit eingegeben. Denn was ist das Kopfkissen des Teufels? Ja, was ist das Kopfkissen des Teufels? Und darum, das ist wichtig. Meine Kinder müssen immer. Sie müssen immer antworten können, wenn man sie fragt. Was tust du? Und wenn man fragt, was sie tun, müssen sie antworten. Sie müssen antworten können. Gleichgültig was sie antworten. Aber sie müssen antworten können. Was tust du? Ich lese. Ich spiele mit meinen Puppen. Ich schaukle auf meinem Schaukelpferd. Ich gucke in mein Bilderbuch. Ich helfe meiner Mutter. Ich spiele. Denn Fryc. Es ist ein wahres Glück, daß er seine Musik hat. Auch wenn es einem manchmal auf die Nerven gehen kann. Bei ihm weiß man immer. Da gibt es kein Kopfkissen des Teufels. Denn der Mensch muß immer. Immer antworten können, daß ich etwas tue. Und nie untätig herumsitzen. Nie nicht wissen, was er tun soll. Und dein Brot im Schweiße deines Angesichts essen.

Sing eines der Lieder, das du kennst, aber der Junge ist ja ganz verrückt, man kann doch nicht den ganzen Tag herumgehen und singen, als hätte man nichts anderes zu tun, und es mag ja ganz schön sein, daß er es hinterher auf dem Klavier nachahmen kann, aber darum hat man ja trotzdem das Seine im Haus zu tun, und wenn ich Stachelbeeren entstielen muß, kann ich wirklich nicht einfach anfangen, Lieder zu singen, und die ich kenne, hat er schon gehört, und ich kann keine neuen Lieder, und die ganze Zeit soll ich singen und diese Lieder singen, aber wenn ich nun mal nicht kann, und ich habe anderes zu tun, und man hat ja keine Ruhe hier im Hause, und ich kann mich wirklich nicht an so viele Lieder erinnern, und bloß noch eins hier und eins da, und bloß noch eins, und wenn man dann endlich noch eins singt, kennt er es schon, und es ist nicht auszuhalten mit diesem Jungen, und dann spielt er sie hinterher stundenlang auf dem Klavier, so daß man ganz täppisch wird, es ist nicht auszuhalten, was will er nur mit all den Liedern, nur damit er sie auf dem Klavier spielen kann, nein, etwas Nützliches sollte er tun, wenn ich an meine Brüder in seinem Alter denke, die waren schon längst seit Jahren mit den Schweinen draußen.

Du mußt schön schreiben und du mußt lernen was das heißt eine schöne Schrift und wenn du deinen Vater siehst wenn er schreibt und es ist eine Freude deinen Vater zu sehen wenn er schreibt und wie elegant die Handschrift deines Vaters ist und sie hat einen Schwung in den letzten Buchstaben den ich noch nie bei jemand anderem gesehen habe denn mein Vater kann schreiben und er kann den Zöglingen zeigen wie man schreibt und darum bekommen unsere Zöglinge immer die besten Noten im Schreiben denn mein Vater hat Schreiben gelernt und damals in Frankreich da wußte man wie man schreiben muß und du auch du mußt lernen und ich rieche an der Feder und ich rieche an der Tinte und sie riechen nach Schreiben und sie riechen nach meinem Vater denn mein Vater kann schreiben sieh die Schrift meines Vaters und wenn du nur einmal so schreiben könntest wie dein Vater nur ein Mal sagt meine Mutter die Schrift deines Vaters ist echte Schönschrift heute sieht man nicht ihresgleichen besieh dir die Schrift deines Vaters freue dich über die Schrift deines Vaters die Schrift deines Vaters erfreut das Auge.

Denn meine Mutter liebt Kinder. Meine Mutter mag Kinder so gern. Und wenn meine Mutter Kinder sieht. Wie meine Mutter sich freut. Und Frau Kolbergs Kleines und das Neugeborene. Und meine Mutter hat vier Kinder geboren und eigentlich fünf. Meine Mutter weiß alles darüber, Kinder zu haben. Und sie kann Frau Kolberg erzählen. Und ich höre meiner Mutter zu, wenn sie Frau Kolberg erzählt. Obwohl Frau Kolberg auch Kinder geboren hat. Denn meine Mutter liebt Kinder. Und gibt es etwas Entzückenderes. Und auch wenn sie größer werden. Kinder geben einem Freude. Kinder geben einem die größten Freuden im Leben. Meine Kinder sind mir die größte Freude im Leben. Ich möchte sie nicht entbehren. Ich wüßte nicht, was ich tun sollte. Aber Kinder müssen auch artig sein. Und es nützt nichts, daß Kinder nicht wissen, wie Kinder sein sollen. Und wie sollen Kinder sein? Sag mir, wie Kinder sein sollen. Ja, Kinder sollen artig sein. Denn meine Mutter liebt Kinder. Aber das ist klar. Unartige Kinder. Die kann sie gerne entbehren.

Sie soll gequält werden zu Tode gequält werden denn es ist ja nur eine Maus und wenn man sieht wie die Katze mit der Maus spielt und sie ist klein und wir haben sie der Katze abgeluchst und die Katze ist beleidigt schau wie beleidigt die Katze ist und sie kann nicht mehr laufen und sie soll gequält werden und sie soll zu Tode gequält werden und dann kann die Katze sie zurückbekommen denn hier ist ein Stöckchen ein ganz hartes und wir bohren es hindurch und wer hat eine Nadel ist niemand hier der eine Stopfnadel hat und wenn man sie hier drückt und du brauchst keine Angst zu haben sie anzufassen denn sie kann nichts tun und schau ihre Augen sie leidet aber es ist ja nur eine Maus und schau wie sie zittert ob sie Angst hat ob eine Maus Angst haben kann und wenn wir sie nun hier an beiden Beinen ziehen und ob sie dann ausgerenkt werden ob man die Glieder einer Maus ausrenken kann und sie pfeift wie lustig sie pfeift und stell dich nicht so an und schau ob du sie ins Herz treffen kannst aber wo sitzt das Herz einer Maus ein Säbel muß durch das Herz gehen und sie zittert und jetzt haben wir sie und sieh mal wie sie den Mund öffnet und sieh mal ihre Zähne ihre kleinen Backenzähne und sieh mal wie sie mit dem Schwanz schlägt und jetzt ist sie tot wir haben sie zu Tode gequält und wo ist die Katze die Katze soll kommen und sie fressen fang mal die Katze sag sie soll mal herkommen essen kommen das Essen ist fertig.

◇ ◇ ◇

Eine Bauersfrau hatte den feinsten Acker und das gesündeste Vieh im ganzen Dorf, und doch war sie neidisch auf alle. Wenn das Vieh des Abends nach Hause getrieben wurde, stellte sie sich in die Tür ihres Hauses und ärgerte sich, wenn eine Kuh vorbeiging, die einem Nachbarn gehörte. Wenn sie guten Flachs auf dem Feld sah und es nicht ihrer war, sagte sie: „Ich weiß nicht, was diese Leute tun, alles glückt ihnen, nur mir glückt nichts.“ Indem sie so dachte, gewann sie nicht nur nichts, sondern sie schadete sich obendrein selbst. Denn weil sie sich ständig ärgerte und unzufrieden war, war sie ständig krank. Sie starb in ihren besten Jahren an Gallenfieber, nachdem sie in Erfahrung gebracht hatte, daß ein Nachbar 100 Złoty von einem fernen Verwandten geerbt hatte.

◇ ◇ ◇

Es ist ganz still im Kinderzimmer, denn wir schlafen alle, und Ludwisia und ich schlafen nicht mehr in Kinderbetten, wir schlafen in richtigen Betten, und ich höre sie alle tief schlafen, und ich bin wach, ich kann nicht schlafen, denn ich kann nicht schlafen, und ich drücke mich an die Wand, und ich höre Ludwisia tief atmen, und Izabelka schnarcht fast, und Emilka atmet bloß und atmet, und ich selbst, ich bin wach, und ich drücke mich gegen die Wand, denn ich weiß, auf der anderen Seite, auf der anderen Seite der Wand liegt meine Mutter, und sie drückt sich gegen die Wand, und ich drücke mich gegen die Wand, und die Wand ist kalt, und ich will die Wand mit meinem Rücken wärmen, und meine Mutter wärmt die Wand mit ihrem Rücken, und sie wird ganz warm werden, und dann werde ich einschlafen, und ich schlafe ein, und ich bin meiner Mutter ganz nahe, ich spüre sie Rücken gegen Rücken, ihren Rücken gegen meinen Rücken.

Emilka ist stolz, denn sie hat den ersten Vers von Justyna auswendig gelernt, sie hat geübt und geübt, sie kann ihn richtig aufsagen, ihn rezitieren, richtig rezitieren, und das mußt du rezitieren, denn Papa, wenn er hereinkommt, und meine Mutter verwendet auch das Wort rezitieren, und wenn Papa hereinkommt, und dann mußt du es vor ihm rezitieren, und sobald mein Vater hereinkommt, und Emilka zieht ihn am Ärmel, und er versteht, und sie stellt sich vor ihm auf, und sie rezitiert und sagt auswendig, So hell der Sonne Strahlen leuchten Auf schönen, klaren Tag und mein Vater beugt sich herab und er sagt, aber das war ja fein, glänzend, und wie beginnt der zweite Vers, und Emilka stottert, denn sie weiß nicht, denn sie hat den zweiten Vers noch nicht gelernt, sie weiß vielleicht nicht einmal genau, daß es so etwas wie einen zweiten Vers gibt, und was ein zweiter Vers eigentlich ist, und wie das, sie kann nicht den zweiten Vers, und mein Vater sieht meine Mutter an, du kannst nicht den zweiten Vers, und er sieht auf Emilka hinab, sie kann nicht den zweiten Vers, und mein Vater beginnt, Nun hoch zur Wolke Weizen wuchert, und noch nie habe ich seinen französischen Akzent so widerwärtig gefunden.

Schlechte Luft, was bildet er sich eigentlich ein, sagt Baśka, schlechte Luft, und meine Mutter findet es auch die Höhe, ja mehr als das, meine Mutter ist empört, und da kann er soviel Arzt sein, wie er will, Doktor Malcz, schlechte Luft, als wäre in ihrem Heim schlechte Luft, als würde nicht dafür gesorgt, als würde in ihrem Heim nicht ordentlich reingemacht, und mitten im Winter, was meint er eigentlich, natürlich müssen die Fenster abgedichtet werden, aber er ist vielleicht so reich, daß er sich erlauben kann, für die Spatzen zu heizen, ja mit den Honoraren, die er mittlerweile bekommt, schlechte Luft, unerhört, und weiß er nicht, was Zugluft ist, was Zugluft bedeutet, Erkältung so leicht wie nichts, Rheuma, aber er ist auch so jung, im Grunde genommen ist Doktor Malcz zu jung, er kann natürlich einiges, aber ganz verstehen tut er es nun nicht, schlechte Luft, was bildet er sich eigentlich ein, sagt meine

Mutter, auslüften, auslüften, ja, das ist all das Neumodische, aber als meine Mutter Kind war, und als Baśka Kind war, und es Brennholz sparen hieß, so heißt das, und ein Professor, der zudem noch Zöglinge aufnehmen muß, und jedes Heim hat ja seinen Geruch, seinen eigenen Geruch, und ein Nachtgeschirr riecht nun einmal, das ist nicht zu vermeiden, und ist es nicht schlimmer, zu frieren, Zug zu bekommen, weiß er überhaupt, was Zug bedeutet, der gute Doktor Malcz, wie gefährlich es ist, Zug zu bekommen, die Fenster weit offenstehen zu lassen, und mitten im Winter, will er das, vor Kälte sterben, und schlechte Luft, als ob schon mal jemand gestorben ist, weil man dafür sorgt, daß keine Zugluft im Hause herrscht, was bildet er sich eigentlich ein, schlechte Luft, gefährlich für die Gesundheit, möchte er vielleicht, daß Weihrauch abgebrannt wird, ja, man versteht, daß Baśka sich das fragt, sagt meine Mutter.

So schade, denn eigentlich hatte die Gräfin die schönsten Zähne, die man sich vorstellen kann, und dann ist ein Schneidezahn ausgefallen. Aber die Gräfin hat gar keine schönen Zähne, denn ihr fehlen alle Backenzähne, das kann ich sehen. Und hinter dem Loch, wo der Schneidezahn saß, ist es schwarz, und es riecht ekelhaft, wenn sie mich küssen und umarmen will. Und sie hat ganz oft Zahnschmerzen. Aber meine Mutter, sie hat schöne Zähne, und meine Mutter hat starke Zähne, sie sind breit und kurz. Und sie zeigt mir ihre Zähne, und sie hat noch alle, sogar die Weisheitszähne. Abgesehen von. Ja leider. Sie fiel. Als Kind. Neunjährig. Äußerster Schneidezahn im rechten Oberkiefer. Weg. Aber man merkt es fast nicht. Nicht wie bei der Gräfin. Und meine Mutter riecht nicht, wenn sie mich küßt. Und meine Mutter kann mit ihren Zähnen Nüsse knacken. Das ist mehr als mein Vater. Denn mein Vater hat schlechte Zähne. Sie sitzen viel zu dicht zusammen. Und wenn sie nicht ohnehin ausfielen, würde er welche entfernt bekommen müssen. Dafür hätten seine Eltern sorgen müssen. Dergleichen muß man tun, während man ein Kind ist. Aber was kann man von einem Stellmacher in Frankreich erwarten.

Es gibt gute und es gibt schlechte Zahlen, aber es gibt auch richtig böse Zahlen. Baśka weiß alles darüber, was Zahlen bedeuten. Zwei kann gefährlich sein, erzählt sie, man soll sich immer vor Zwillingen in acht nehmen, sie können etwas Gutes bedeuten, aber auch Unglück bringen, das kann man nicht im voraus sagen. Drei geht so an, ist aber nichts Besonderes. Dagegen ist Baśka immer erleichtert, wenn sie auf vier oder etwas mit vier stößt, zum Beispiel acht, was zweimal vier ist. Die Acht, das ist eine sehr bedeutende Zahl, sagt Baśka bedeutend. Und fünf kann auch ganz ausgezeichnet sein, in gewissen Fällen, meint Baśka, ist fünf dazu noch eine sehr glückbringende Zahl, es kommt ganz auf einen selbst an, denn da war eine Frau nicht weit von dort, wo Baśka herkommt, und sie bekam Fünflinge, und nicht eines überlebte, und sie selbst auch nicht, darum muß man also trotzdem etwas auf der Hut sein. Und sechs ist eine herrliche Zahl, sagt Baśka, das ist so gut, wie wenn man einen Sechser würfelt. Aber sieben, es gibt keine Zahl, die soviel Unglück bringt wie die Sieben, das ist schlimmer als elf, und es ist sogar schlimmer als dreizehn. Sieben, das ist die Zahl des großen Unglücks. Wie der siebenarmige Kerzenleuchter. Wo auch immer dir etwas mit sieben begegnet, weiche ihm aus, sagt Baśka. Sieben ist die Zahl der Krankheit und des Todes. Und sie kannte eine Familie, die kümmerte sich nicht um die Zahl Sieben und spottete, und als die Pest kam, wurde nicht einer von ihnen verschont, die ganze Familie starb, Eltern und Kinder und sogar die alte Großmutter, die am längsten ausgehalten hatte, alle starben, bloß weil sie nicht die Zahl Sieben geachtet hatten. Hüte dich vor der Zahl Sieben, sagt Baśka. Und sie sieht meine Mutter an. Und meine Mutter nickt. Und sie sieht entsetzt aus, so daß ich selbst ganz entsetzt bin und das Kreuzzeichen machen muß. Ja, schlag du nur ein Kreuz, sagt Baśka, und sie und meine Mutter schlagen jede ein Kreuz. Denn sieben, das ist der Tod selbst.

Ich weiß genau, das ist so, weil er es fein findet, daß mein Vater will, daß wir alle zusammen gemalt werden sollen, alle außer Zuzia natürlich, denn jetzt ist Emilka fast vier. Der junge Herr Jiří aus Prag wird ersucht, und er kommt und skizziert einen Vorschlag für unsere Eltern. Ich und Ludwisia hinten ganz ernst und Izabelka vorne mit dem Vogel im Käfig und Emilka mit einem Kreisel in der Hand, aber Emilka kann ja noch gar nicht richtig mit einem Kreisel spielen, wende ich ein. Eins nach dem anderen stehen wir Herrn Jiří Modell, er malt unsere Gesichtszüge mondartig auf die Leinwand, und Izabelka und Emilka sind vor mir fertig, aber sie haben noch keinen richtigen Körper. Herr Jiří sagt nichts, während er arbeitet, er mißt, er zeichnet, er malt, er ist ganz konzentriert, und ich fühle, daß ihm mein Kopf zu schaffen macht, ich bin plötzlich nicht mehr als Mensch da, als Junge, ich bin eine Aufgabe für ihn geworden. Er sieht mich an, und einen kurzen Augenblick fühle ich, daß er mich nicht ansieht, sondern in mich hereinsieht, wiedererkennend, der tiefe Blick, so, so ist es, Künstler zu sein, und ich strecke den Rücken. Fachleute.

Die arme Vogelmutter, und ich habe sie beobachtet, und sie haben ein Nest gebaut in dem großen Busch, und ganz oben, aber ich kann sie trotzdem sehen, und ein immergrüner Busch, fast wie eine Tanne, aber so dicht, und sie hat auf ihrem Nest gelegen, und ich habe es den Kindern gezeigt, denn ich habe sie zuerst gesehen, schaut, da ist ein Vogelpaar, und sie bauen ein Nest, aber es ist unser Nest, und ihr dürft es keinem sagen, und Emilka hat gestarrt und gestarrt, denn ist es wirklich ein wirklicher Vogel, ein wirkliches Nest, und wann legen sie Eier, aber sie haben schon längst Eier gelegt, und jeden Tag, und dann trotzdem, obwohl wir sie beobachtet haben, von einem Tag zum anderen sind die Eier ausgebrütet, und die Jungen sind groß, denn es geht so schnell, und ehe man sich versieht, und die Eltern fliegen, und sie glauben nicht, daß wir wissen, daß sie fliegen, mit Futter im Schnabel, für die Jungen, und sie ahnen nicht, und wenn sie wüßten, aber wir sind klüger als sie, der Mensch ist klüger als die Tiere, und wir können sehen, und sie fliegen und sie fliegen, und sie glauben nicht, daß wir sie fliegen sehen können, und sie füttern ihre Jungen, und sie glauben nicht, daß wir hören können, wie sie ihre Jungen füttern, und daß ihre Jungen schreien, und dann liegt es da, das kleine Vogeljunge, aus dem Nest geworfen, aus dem Nest gefallen, und die Katze hat es schon gepackt, und wenn wir es nicht gefunden hätten, und hinausgeworfen, und hinausgefallen, und dann stirbt es, während ich es in der Hand halte, und es ist tot, ein totes Vogeljunges, und die anderen piepsen, und die anderen schreien, und die Katze, zerfleddert von der Katze, und tot, und in meinen Händen, aus dem Nest geworfen.

Frau Zyberts Schwester ist merkwürdig sie ist nicht wie die Leute meistens sind und was soll die arme Frau Zybert machen aber eine Schwester ist ja eine Schwester und sie geht die ganze Zeit mit ihrer kleinen Karre herum und spricht mit sich selbst und lacht ohne daß es etwas zu lachen gibt sie lacht nur und wenn man sie fragt und sie geht mit ihrer kleinen Karre herum und sie antwortet nicht und manchmal droht sie uns mit ihrem Stock denn sie muß am Stock gehen und eigentlich ist sie eine Hexe eine richtige Hexe aber dann ist sie trotzdem keine Hexe denn sie ist die Schwester von Frau Zybert und die arme Frau Zybert und gottlob ist es nicht Frau Zybert selbst die sie pflegen muß aber was kann nicht alles geschehen und wenn nun denn die Leute die sie pflegen könnten ja plötzlich und wenn ihnen etwas geschähe oder sie nicht mehr wollen denn eine Schwester ist ja eine Schwester und es ist ein Kreuz mit solch einer Schwester es ist wie ein Damoklesschwert sagt Frau Zybert meine Schwester ist mein Damoklesschwert meines und das meiner Familie und niemand will sich um sie kümmern ich bin die einzige sagt Frau Zybert aber zum Glück ist sie nicht boshaft oder gefährlich aber was sie nicht ist das kann sie ja noch werden sagt meine Mutter hinterher und die armen Leute was sollen sie nur mit ihr machen manchmal muß man sich fast glücklich preisen daß man keine Angehörigen hat sagt meine Mutter und mein Vater nickt ein Damoklesschwert.

Sie sind so vertieft, du darfst sie nicht stören, sie sind so vertieft, denn sie spielen Vater, Mutter und Kind, und Fryc ist Vater, und hör mal, was er sagt, und wie er dich imitieren kann, es ist genau dein Tonfall, es ist deine Art zu sprechen, aber du darfst nicht böse werden, denn er macht sich nicht lustig über dich, es ist Bewunderung, lauter Bewunderung, aber hör, wie er spricht, genau mit deinem Akzent, und ich höre meine Mutter zu meinem Vater sprechen, und sie glaubt, ich hörte sie nicht zu meinem Vater sprechen, und ich gebe mir Mühe, ernsthaft zu klingen, eben nicht mich lustig zu machen, ernst wie mein Vater, und hör ihm mal zu, und er wird bestimmt ein guter Lehrer, das kann man an der Art merken, wie er mit den Kleinen umgeht, er ist Vater, und sieh mal, wie er Emilka richtig unterrichtet, er hat ohne Zweifel pädagogische Fähigkeiten, er wird ein glänzender Lehrer, in welchem Fach wohl, das hat er von dir geerbt, vielleicht sogar auf der Universität.

◊ ◊ ◊

Wir sind alle Kinder Gottes; Er kennt jeden einzelnen von uns wie der Hirt seine Herde; wir beten zu ihm in verschiedenen Sprachen, aber Er versteht sie alle; Er hört alle; Er behütet alle; niemand ist so groß, daß Er ihn nicht strafen kann; niemand so klein, daß Er ihn nicht beschützen will.
Negerin, die du in deiner Gefangenschaft schmachtest und über dein krankes Kind weinst; obwohl niemand dich sieht, sieht Gott dich, obwohl niemand Mitleid mit dir hat, hat Gott Mitleid mit dir; erhebe deine Stimme, du hoffnungsloses und verlassenes Gotteskind; rufe Ihn an in deiner Knechtschaft; wahrlich Er wird dich hören.
Du König, der du über Hunderte von Ländern gebietest; dessen finstere Augenbraue furchtbarer ist als der Tod; dessen Heerscharen ganze Erdteile bedecken; überhebe dich nicht, als wäre niemand über dir. Gott ist über dir; und wenn du Unrecht tust, wird er dich strafen. Nationen aller Welt, fürchtet den Herrn; Menschenkinder ruft euren Gott an.
Gibt es einen Menschen, den Gott nicht geschaffen hat? So laß ihn nicht den Herrn preisen. Gibt es einen Menschen, den Er nicht gesegnet hat? So laß ihn nicht den Herrn anbeten.

◊ ◊ ◊

Die Söhne von Frau Dziekoński, und sie sind so tüchtig, und wir sollten sie nur sehen, wie sie auf ihren Steckenpferden reiten können, und wie sie zusammen spielen, alle drei, sogar der größte, er spielt mit seinen kleineren Brüdern, und sie spielen mit ihren Steckenpferden, aber Herr Dziekoński ist ja auch ein solch wunderbarer Reiter, ist es also ein Wunder? Und Jungen müssen lernen, das ist wichtig für einen Jungen, denn ein Mann muß reiten können, was ist das für ein Mann, der nicht reiten kann, und man merkt es ja Herrn Linde an, sagt Frau Dziekoński, hat man jemals Herrn Linde zu Pferde gesehen, nur der Gedanke, und eigentlich ist ja auch etwas an Herrn Linde, denn ein richtiger Mann, und ihre Söhne, und mit den Steckenpferden, es ist fast wie Hohe Schule, wie sie miteinander reiten, und wenn der älteste die beiden jüngsten kommandiert, die Art, wie er es tut, sie werden vortreffliche Reiter, das versteht sich, und gibt es etwas Schöneres, als einen Mann zu sehen, der ein vortrefflicher Reiter ist, einen Mann zu Pferde zu sehen, wie er reitet, und ihre Söhne, und nur die Art, wie sie mit ihren Steckenpferden spielen, und was ist denn das, die Art, wie sie mit ihren Söhnen prahlt, was soll das darstellen, würde es uns jemals einfallen, so mit Fryc und seiner Musik zu prahlen oder mit Ludwisia und ihrem Lesen, und Izabelka, ganz zu schweigen von Emilka, und so klein sie ist, so hat sie schon ihren ersten Vers gemacht, aber es würde uns nie einfallen, was soll das denn bedeuten, lauter Unbescheidenheit, sagt meine Mutter, lauter Unbescheidenheit sagt mein Vater, so mit seinen Kindern zu prahlen, und sie nicken einander zu, ganz zu schweigen von meinem Vater als junger Mann in Frankreich, ja, gab es in der ganzen Gegend einen besseren Reiter als meinen Vater, und Fryc wird es schon auch noch lernen, auch wenn er sich nicht besonders für sein Steckenpferd interessiert.

Und erst das eine, und dann das andere, und es ist zum Verzweifeln, alle vier, und Zuzia auch, das fehlte noch, alle fünf, und erst das eine und dann das andere, und wann hört das auf, und alle fünf, und krank, und das eine heult und das andere heult, und da ist nichts zu machen, sagt Doktor Malcz, denn wenn das eine es bekommt, dann bekommt das andere es auch, und wenn sie es nicht gehabt haben, und es sieht so aus, als hätte es keines von ihnen gehabt, ja, dann bekommen sie es, und es ist schrecklich, krank zu sein, und Baśka schimpft, denn fünf kranke Kinder, und alle auf einmal, und das Zimmer ist plötzlich so klein, und plötzlich ist es, als gäbe es nichts als Betten, aber es ist nicht gefährlich, es muß nur überstanden werden, vorausgesetzt, man ist nicht unvorsichtig, denn es kann ja immer etwas dazukommen, und dann muß Ludwisia sich wieder übergeben, und sie schafft es gerade noch, und natürlich wäre es der reine Wahnsinn, zur Ader zu lassen, sagt Doktor Malcz, aber Baśka weiß doch nicht, wenn es nach Baśka ginge, aber sonst, da ist nichts zu machen, und eure Mutter hat mehr als genug an den Zöglingen, wenn es nur nicht auf sie übergreift, das wäre eine schöne Bescherung, und mein Vater, und nur gute Nacht sagen, und puh, wie es hier stinkt, es stinkt ja im ganzen Haus, aber Baśka hat anderes zu tun, als jeden zweiten Augenblick Nachttöpfe zu leeren, mit kranken Kindern, und mein Vater hält sich das Taschentuch vor die Nase, und er streichelt Ludwisia und mir die Backe, und er kommt nicht an die anderen heran, denn die Betten stehen so dicht, und Herr Professor wäre natürlich fast in einen der Nachttöpfe getreten, sagt Baśka, das hätte noch gefehlt.

Zu dem Namenstag meiner Mutter habe ich eine Karte gemacht und ich habe schwarzes Papier ausgeschnitten und ich habe geklebt und ich habe mehrere Tage darüber gesessen und keiner hat sehen dürfen und meine Mutter hat nicht wissen dürfen aber auch nicht die Kinder oder Zuzia denn keiner darf denn es ist für meine Mama und es soll eine Überraschung sein für meine Mama und für ihren Namenstag und ich dichte ein Gedicht und ein richtiges Gedicht das sich reimt und ich male mit den feinsten Farben und es ist für meine Mutter und dann ist ihr Namenstag und endlich der Namenstag meiner Mutter und ich überreiche aber du mußt vorsichtig sein denn es ist sehr empfindlich denn ich habe ausgeschnitten und ich habe mir Mühe gegeben denn es ist für dich es ist für meine Mutter und meine Mutter schaut darauf und sie faßt es an aber du mußt vorsichtig sein aber meine Mutter ist nicht vorsichtig und was ist das für eine Kleberei und man bekommt ja ganz schwarze Finger und meine Mutter legt die Karte von sich und sie sieht sie nicht an und sie fällt auf den Fußboden und sie sieht sich die anderen Karten an aber sie hat ja ganz schwarze Finger und vielleicht färbt es ab aber ich habe ja ganz schwarze Finger und was ist denn das und es ist meine Schuld und es färbt ab und daß meine Mutter ganz schwarze Finger bekommen hat und vielleicht verschandelt sie damit alle anderen Karten und es ist meine Schuld und du mußt mir verzeihen du mußt verzeihen kannst du mir verzeihen daß ich nicht nachgedacht habe daß es mir einfallen konnte denn sie färbt ab und verschandelt alle deine anderen Karten bloß weil und ganz schwarze Finger du mußt mir verzeihen verzeih mir weil dein Namenstag ist darum verzeihst du mir wegen deines Namenstags.

Eine Mutter liebt jedes ihrer vier Kinder gleich, eine Mutter macht keine Unterschiede zwischen ihren Kindern, keine richtige Mutter jedenfalls, und sogar Zuzia, denn sie ist ja fast eines von uns, und ein Vater liebt seine Kinder auch genauso sehr, denn das tut ein Vater, aber ich weiß ja gut, ich weiß gut, daß meine Mutter mich am meisten liebt, denn sie liebt mich richtig und am allermeisten, und Izabelka liebt sie am wenigsten und am allerwenigsten, und mein Vater auch, aber am meisten meine Mutter, und am meisten von allen, am meisten mich, Mamas Herzenskind, sagt meine Mutter, Mama hat dich unter ihrem Herzen getragen.

Und Frau Linde schweigt, während ich spiele. Und es ist meine eigene Mazurka, die ich gestern komponiert habe. Es ist seine ganz neue Mazurka, die er gestern erst komponiert hat. Und es ist sicher zu Ihrer Ehre. Denn er wußte ja, Sie würden kommen. Sicher Ihnen zu Ehren. Und Frau

Linde schweigt. Und ich kann Frau Linde mit meiner Mazurka zum Schweigen bringen. Und ihr zu Ehren. Aber das ist ja unfaßbar, wie stolz Sie sein müssen, so etwas habe ich noch nie gehört. Wie tüchtig er doch ist. Aber so spiel sie doch noch einmal. Ja, spiel sie wieder. Für Frau Linde. Und wer ist Frau Linde, denn Frau Linde ist Begeisterung, und Frau Linde ist fein, und Frau Linde ist vornehm, und Frau Linde hört mir zu, und Frau Linde ist Bewunderung und mehr Bewunderung als meine Mutter und die Kinder und meine Mutter und mein Vater zusammen. Und ich bewundere Frau Linde. Frau Linde hört mir zu, und alle werden mir zuhören, alle werden meine Mazurka hören, und Frau Linde wird sich geschmeichelt fühlen, denn es war ihr zu Ehren. Frau Linde schweigt. Frau Linde ist beehrt. Und was soll er einmal werden? Eine gute Ausbildung soll er auf jeden Fall haben, sagt mein Mann. Er wird selbstverständlich einmal studieren. Mit diesem Gefühl für Musik. Vielleicht Jura. Er kann weit kommen.

Und wir kommen allmählich wieder auf die Beine, alle fünf, und jetzt unter die Decken mit euch, denn Doktor Malcz kommt, und Doktor Malcz hat gesagt: und haltet euch nur ja gut unter der Decke, und dann einen Augenblick, einen ganz kleinen Augenblick, und das kleine Klappfenster, aber Emilka liegt dem Fenster am nächsten, und wir müssen aufpassen, Emilka darf keine Zugluft bekommen, also nur einen ganz kleinen Augenblick, und es wird Emilka doch nicht kalt, sie hat doch wohl keine Zugluft abbekommen, Emilka friert doch wohl nicht, denn die kalte Luft, und das kann doch nicht gesund sein, da kann Doktor Malcz sagen, was er will, und Baśka muß alle Nachttöpfe entfernen, denn das sieht nicht gut aus, und der Spucknapf muß auch geleert werden, und es nützt ohnehin nichts, sagt Baśka, denn wenn es nach Nachttopf riecht, dann riecht es nach Nachttopf, und was kann man in einem Zimmer machen, in dem fünf Kinder schlafen, dort muß es riechen, und wenn Baśka daran dachte, und als Baśka Kind war, und Doktor Malcz ist auch verwöhnt, denn so riecht es natürlich und tut es nun einmal, wenn fünf Kinder im selben Zimmer schlafen, und als Baśka Kind war, dann muß Doktor Malcz eben umdenken, er soll froh sein, daß es nicht auch noch fünf Erwachsene sind und Schafe und Böcke, denn so war das, als Baśka Kind war.

Ihr dürft nicht, nein, das möchte ich nicht, das dürft ihr nicht, ihr dürft nicht mit diesen Kindern spielen, denn mit dieser Art Kindern spielt man ganz einfach nicht, diese Art Kinder meidet man, und es ist wichtig für euch, beizeiten zu wissen, welche Leute man meidet, und mit welchen Leuten man verkehrt, und es gibt Leute, die meidet man, denn es ist ganz sicher, daß Baśka, und Baśka hat auch von dem Mädchen dieser Leute gehört, und was er nicht tut, was ihr Vater nicht alles tut, wenn er des Abends, und von einem stillen und ordentlichen Familienleben nicht die Rede, von einem gesunden Familienleben kann nicht die Rede sein, und ihre Mutter, was Baśka nicht alles von ihrem Mädchen gehört hat, denk nur, was ihre Mutter, und dann sollte man als Mutter euch mit solchen Leuten verkehren lassen, auch wenn man einen gemeinsamen Garten hat, aber es genügt nicht, gemeinsam einen Garten zu haben, und ihr habt es auch ausgezeichnet in eurer Wohnung, warum sollt ihr überhaupt in den Garten hinunter, das ist nicht gesund, all die frische Luft, das verschleißt die Lungen, und die starke Sonne, da kann euer Vater sagen, was er will, euch tut all die starke Sonne nicht gut, und die Spiele, die sie spielen, Kinder heutzutage, glaubt ihr, es macht einer Mutter Spaß, und wenn ihr bloß wüßtet, was Baśka erzählt hat.

◇ ◇ ◇

Dies ist Jaśko Kępczyks kurzer Lebenslauf, denn er lebt noch bis auf den heutigen Tag, im Jahr des Herrn 1817.
Jaśko Kępczyk wurde in dem großen, wilden Wald geboren. Seine Mutter war eine arme Witwe, die ihr einziges Kind hegte und pflegte, und sie gab ihm lange die Brust. Später hielt sie ihn nicht zur Arbeit an, sondern richtete ihm ein weiches Lager am Ofen, und da lag er, bis er zwanzig Jahre alt war. Er lernte nicht sein Vaterunser, und er hütete nur Gänse. Er wurde groß und stark und hatte die Kraft eines Bären. Er konnte ohne einen Mucks zwei Säcke Korn auf den Speicher tragen. Aber trotz seiner Kraft tat er keinem Menschen etwas zuleide; er erfand selbst Gebete, die er laut vor sich hin sagte, und brachte sich fromme Lieder für alle Kirchenfeste bei und sang sie mir immer vor. Weihnachten, Ostern oder an anderen Festtagen.
Er konnte es nicht aushalten, in Stiefeln zu gehen; im Sommer flocht er sich darum Schuhe aus Weidenrinde, und im Winter nähte er sie selbst aus Hasenfell.
Als seine Mutter starb, kam er nicht allein zurecht, sondern verließ den Wald und trat in einen Dienst ein. Er war fleißig und ehrlich, aber ein kleines Schleckermaul; er mußte Holzkohle machen, und wenn er eine Gans oder eine Ente, ein Ferkel oder ein Huhn erwischte, drehte er ihm leise den Hals um, salzte es, briet es auf den Kohlen und aß es; etwas anderes rührte er nicht an, und wenn er Geld fand, gab er es doppelt zurück.

◇ ◇ ◇

Es ist Wiluś von der Wilusbande, und sie verfolgen mich, und da kannst du sehen, du bist selbst schuld, denn du weißt, du darfst nicht auf die Straße gehen, und einmal, als ich mit meinem Vater ging, und ein richtig harter Stein traf mich in den Rücken, und Lümmel, und mein Vater drehte sich um und drohte mit seinem Stock, aber weg war er, der Lümmel, aber ich weiß, es war Wiluś, denn Wiluś von der Wiluśbande ist klein, und er ist schmutzig, und er ist häßlich, und er ist fast mißgebildet, aber trotzdem, obwohl er klein ist, ist er der Anführer der Wiluśbande, denn er ist stark, und er hat Mut, und er verfolgt mich, und er ruft hinter mir her, jedesmal, wenn ich auf die Straße komme, und die anderen von der Wiluśbande rufen hinter mir her, und das Engelchen, und Mamas kleines Wickelkind, und sie hänseln mich, wo sie nur können, und es ist ein Auflauf auf der Straße, und ich komme mit meinem Vater, und eigentlich soll man nicht so zusammenlaufen, sagt mein Vater, es ist törichte Neugier, aber vielleicht sollte man trotzdem, es könnte sein, sagt mein Vater, etwas Wichtiges, und sie rufen, und es ist ein Junge, und wie ist es passiert? und unter die Pferde, und der Kutscher konnte nichts dafür, es war völlig unmöglich, er hatte sie nicht mehr anhalten können, zwischen die Pferde, ein kleiner Kerl, nicht größer als, und er hatte wohl versucht, nur um zu ärgern, um zu zeigen, daß er sich traute, und zwischen die Pferde, und dann, und der Kutscher konnte nichts dafür, sie waren scheu geworden, er hatte sie nicht halten können, und mitgeschleift, zu Tode geschleift, und Wiluś, und es ist Wiluś, und er ist tot, und es ist ihm nichts anzusehen, nur ganz still und leblos, nur so schlenkerig, und kein Blut, bloß die Kleider ein wenig zerrissen, aber sie sind ja immer zerrissen, nicht mehr als sonst, mein Plagegeist, und er ist leblos, von den Pferden mitgeschleppt worden, tot, das ist Wiluś von der Wiluśbande, mit den scharfen Steinwürfen, Wiluś, und komm, wir gehen, wie ich sagte, sagt mein Vater, da kannst du sehen, es gehört sich auch nicht, so zusammenzulaufen, man soll nie dorthin gehen, wo ein Auflauf ist, das ist nichts für dich, aber da kannst du sehen, der arme Junge, und arme Eltern, aber er war ja selbst schuld, und sie auf ihre Weise auch, fügt mein Vater hinzu, und ich kann nicht ganz verstehen, daß es wirklich Wiluś sein kann, und so friedlich, so still, und so klein, und ich werde nie mehr getroffen werden, und die scharfen Steinwürfe, nein, danke du deinem Gott, daß du ein ordentliches Zuhause hast, sagt mein Vater.

Und jetzt müßt ihr lieb sein, und ihr müßt zeigen, was ihr könnt, und ihr müßt euch von eurer besten Seite zeigen. Denn es sind Gäste da. Und Izabelka will sich nicht von ihrer besten Seite zeigen, und Izabelka hat keine Lust, zu knicksen, denn warum sollte Izabelka knicksen, bloß weil Gäste gekommen sind? Aber gerade vor Gästen knickst man ja. Aber Izabelka will nicht, und Izabelka ist unartig. Und Ludwika knickst, denn wenn Izabelka nicht will, und sie weiß genau. Und dann muß Izabelka auch knicksen. Und Ludwika sagt das Gedicht vom Frühjahr auf, Erfreut das Herz, ihr ersten Frühlingsboten, Noch kurz zuvor die kahlen Bäume drohten. Und Emilka kommt herein, und obwohl sie die Allerjüngste ist und viel jünger als Ludwika, kann sie trotzdem schon das Gedicht an den Frühling aufsagen und überdies auf französisch, nicht nur auf polnisch. Denn mein Vater verwendet es in seinem Unterricht. Und man sieht meinen Vater an, als man Emilka angesehen hat. Und ich setze mich ans Klavier. Und man sieht nicht nur meinen Vater an, man sieht auch meine Mutter an. Und dann sieht man mich an. Und dann spricht man über mich. Und Ludwisia und Emilka und sogar Izabelka sind vergessen. Und ich verstehe, was man über mich sagt. Und warum soll man sie nicht vergessen? Und man vergaß sie. Und sie vergaßen mich. Und du vergaßest mich, wie es in dem Volkslied heißt, das ich gerade spielte.

Aber was gibt es da zu erzählen. Meine Kindheit. Laßt doch lieber euren Vater von seiner erzählen. Meine ist ja nichts. Mein Vater erschlagen. Von einem Blitz erschlagen. Und bevor meine Mutter sich richtig an ihren Vater erinnern konnte. Es war bloß, was fremde Leute ihr erzählt hatten. Und von den fremden Leuten, von denen sprechen wir lieber nicht. Denn meine Mutter litt bei den fremden Leuten, und sie war allein. Und man darf nicht hassen. Denn es ist nicht recht für einen Christen, zu hassen. Aber wenn meine Mutter hassen könnte. Und die fremden Leute. Bis die Gräfin sie entdeckte. Und darum ist sie der Gräfin so tief dankbar. Und die Gräfin hatte sich ihrer angenommen. Und ihr geholfen. Sie auf den Weg gebracht. Und sie erinnert sich noch an die erste Begegnung mit der Gräfin. Aber wer ist das kleine Mädchen dort, hatte die Gräfin gesagt. Und sie waren mehr als glücklich gewesen, sie loszuwerden. Und erwarte dir nur nichts von der Gräfin, hatten sie gesagt. Dort stellen sie dich an die Arbeit. Aber sie waren bloß neidisch gewesen. Der reine Neid. Und Neid ist eine Todsünde. Aber sonst gibt es nichts zu erzählen. Bei den Fremden. Da fragt lieber euren Vater.

Denn Fryceks Nase ist so groß, ist so groß, ist so groß. Singt Zuzia plötzlich eines Tages. Und dann Ludwisia und dann Izabelka. Und es ist, als sänge sogar Emilka mit. Und wie ist es, eine solch große Nase zu haben? Fryc hat einen Rüssel. Sagt Zuzia. Und Fryc muß aufpassen, daß ihm nicht die Mücken in die Nase stechen, denn dann wird sie doppelt so groß. Sagt Ludwisia. Und sogar Ludwisia. Und Baśka. Sie kann es nicht lassen. Sie muß einfach lachen. Und nimm es doch nicht so ernst. Und dann lacht sie wieder. Aber ich gehe auf Ludwisia los. Denn Zuzia ist trotzdem zu groß. Und ich hämmere auf sie ein. Und ich ziehe sie an den Haaren. Und was ist denn jetzt wieder mit euch, Kinder. Könnt ihr denn nie. Aber Fryc. Und auf ein Mädchen. Schämst du dich nicht. So etwas Unerhörtes habe ich doch noch nie erlebt. Was soll das denn bedeuten. Das wird dein Vater nun doch erfahren. Nein, ich will keine Ausreden hören. Ich habe es mit eigenen Augen gesehen. Auf ein Mädchen.

Und Żywny ist ja auch nicht so teuer. Und wir können auch kaum umhin. Wo er doch so oft bei uns zu Gast ist. Was soll ich ihm sagen? Wo Fryc doch so tüchtig spielt. Und er hat ihn ja gehört. Und wenn du nun partout meinst, daß du ihn nicht länger unterrichten kannst. Und es ist ja seine größte Freude. Und wenn er nun hierher kommt und hört, daß es einen anderen gibt. Er wird sich gekränkt fühlen. Und wir können ja auch nicht allzu viel bezahlen. Er hat seinen Preis. Und den hat er jetzt seit Jahren gehalten. Man weiß, wo man ihn hat. Zwei Złoty die Stunde. Das ist doch ganz bescheiden. Wenn man daran denkt, was ich selbst nehme. Aber das ist ja auch wichtig. Und Sprachen. Und wo Żywny alles unterrichtet. Denk daran. Bei Fürst Sapieha. Damals. Das ist doch etwas. Und die Häuser, in die er kommt. Und komponieren tut er auch. Nein, ich meine, er ist der Beste für Fryc. Man kann sich auf ihn verlassen. Und er wird ja auch nicht jünger. Darum kann er sich nicht erlauben. Er wird nicht plötzlich sein Honorar erhöhen. Dann hätte er es längst tun müssen. Daran muß man auch denken. Also Żywny.

◇ ◇ ◇

Es waren zwei Jungen, sie hießen Kostuś und Wiluś; sie waren nicht boshaft, aber sie spielten gerne Streiche, und es war ihnen gleich, ob sie jemandem weh taten oder nicht, wenn sie nur ihren Spaß dabei hatten. An einem schönen Sommertag, als sie mit ihren Schulaufgaben fertig waren, gingen sie hinauf auf die Wiese ins hohe Gras. Kostuś blies Pusteblumen, und die Samen flogen wie Pfeile in den Wind, aber Wiluś sagte: „Wir wollen das Gras zusammenbinden, das ist lustig, wir binden die langen Grashalme quer über den Weg zusammen und sehen uns an, wie die Leute auf die Nase fallen, wenn sie arglos vorbeigegangen kommen.“ Sie banden also das Gras an mehreren Stellen zusammen und versteckten sich, so daß sie sehen konnten, wer kam. Bald darauf kam ein Bauernjunge dahergewandert. Er fiel hin und lag mit den Beinen strampelnd auf der Erde. Aber er brauchte nur wieder aufzustehen, es war also nicht sehr viel passiert. Dann kam Bogusia, das Milchmädchen, sie kam vorbeigetrippelt mit den Milcheimern im Joch, und sie sang wie eine Lerche. Als ihr Fuß dorthin trat, wo das Gras zusammengebunden war, fiel sie um, und ihre Eimer rutschten ihr rasselnd von den Schultern, und alle Milch rann auf die Wiese. Kostuś sagte: „Arme Bogusia, ich wäre nicht froh, wenn mir das geschähe, komm, binden wir das Gras wieder auf." – „Nein", sagte Wiluś, „wenn die Milch ausgelaufen ist, kommen sicher Schweine und lecken sie wieder auf. Machen wir ein wenig mehr Spaß, sieh, da kommt ein Mann, er läuft so schnell er kann, als liefe er um die Wette. Ich bin sicher, er fällt auf die Nase." Und das tat der Mann, und Kostuś und Wiluś lachten beide; aber da der Mann sich nicht wieder erhob, bekamen sie es mit der Angst zu tun, und sie gingen zu ihm und fragten, ob er sich wehgetan habe. „Ach, Jungen", sagte der Mann, „einige gedankenlose Jungen, ich weiß nicht, wer es sein kann, haben Gras über dem Weg zusammengebunden, und ich lief so schnell ich konnte, aber ich fiel, und ich habe meinen Fußknöchel verstaucht, so daß ich einen ganzen Monat nicht gehen kann." – „Das tut mir sehr leid", sagte Kostuś; „tut es sehr weh?" – „Ja", sagte der Mann, „aber das ist nicht mein größter Kummer, ich hatte es sehr eilig, denn ich sollte den Arzt holen. Er sollte einen Herrn zur Ader lassen, der in Ohnmacht gefallen ist, und sie sagen, er wird sterben, wenn er nicht zur Ader gelassen wird." Da wurden Kostuś und Wiluś beide so bleich wie ein Laken und fragten, wo der Arzt wohne. „Wir holen ihn, wir laufen den ganzen Weg", sagten sie wie aus einem Munde. „Er wohnt im nächsten Dorf", sagte der Mann, „aber das ist eine Meile weg, und ihr könnt nicht so schnell laufen, wie ich es gekonnt hätte, ihr seid noch Kinder." – „Zu wem soll der Arzt kommen?" sagte Wiluś. „In das weiße Haus am Ende der langen Kastanienallee", sagte der Mann, „ein sehr feiner und guter Herr wohnt dort." – „Ach, es ist unser Vater! Es ist unser teurer Papa. Oh, Papa stirbt, was sollen wir tun." – Ich weiß nicht, ob ihr Vater starb oder nicht; ich glaube, er wurde wieder gesund; aber eins weiß ich, Kostuś und Wiluś banden nie mehr, solange sie lebten, Gras zusammen, so daß die Leute auf die Nase fielen.

◇ ◇ ◇

Und wir haben richtig Stunde, Izabelka und ich, denn es ist ja höchste Zeit, Izabelka muß lesen lernen, und ich selbst habe es von Ludwisia gelernt und von meiner Mutter, jetzt muß ich natürlich Izabelka das Lesen beibringen, und komm her, und ist es nicht reizend, wie sie spielen, sagt meine Mutter, Fryc spielt Lehrer mit Izabelka, er spielt, er kann Izabelka lesen lehren, aber es ist kein Spiel, denn Izabelka muß lesen lernen, und ich nehme mein Buch, und sie soll hineinsehen, und schau hier, und kannst du nun sehen, was es ist, das ist ein A, und A macht A, und was ist das, das ist eine Kuh und K macht Kuh, und das, was ist das, das ist noch ein K, kannst du das nicht sehen, und K macht Katze, aber wie kann ein K das eine Mal Kuh machen und das andere Mal Katze, sagt Izabelka, und ich werde ungeduldig, und kannst du denn nicht begreifen, und denk mal nach, gebrauch nur deinen Verstand ein kleines bißchen, und ich spreche wie mein Vater, und schön stillsitzen, und schau mal hier, und was ist dieser Buchstabe, denn wir haben Stunde, richtige Stunde, und ich werde Izabelka lesen lehren, aber Izabelka ist unmöglich, Izabelka wird niemals lesen lernen, aus Izabelka wird nie etwas werden, und ich bin unmöglich, denn ich kann Izabelka nicht einmal Lesen beibringen, und aus mir wird nie etwas werden, und nie ein richtiger Lehrer, nie wie mein Vater.

Wieder und wieder, erzähl es mir wieder, denn du wärest fast gestorben, und wäre deine Mutter nicht gewesen, dann wärest du ganz sicher gestorben, denn plötzlich eines Abends fingst du an zu husten, und am Anfang glaubte Mama, es sei ein ganz gewöhnlicher Husten und es bedeute nichts, und Mama legte dich ins Bett, und du hustetest immer weiter, aber nicht besonders stark, und dann fand Mama, es ließe nach, und dann gingen Mama und Papa schlafen, aber eine Mutter weiß eben, wenn mit ihren Kindern etwas nicht stimmt, und Mama hatte das Gefühl, mitten in der Nacht wurde Mama unruhig, und Mama stand auf und ging zu ihrem kleinen Fryc hinein, und Mama fühlte seine Stirn, und dann war Mama plötzlich hellwach, und Baśka kam aus den Federn, du mußt sofort den Doktor holen, mit unserem Frycek stimmt etwas nicht, Fryceks Stirn brennt, Fryceks Stirn ist glühend heiß, du mußt sofort gehen, und Baśka hatte fast keine Zeit, sich anzuziehen, und es dauerte keine Viertelstunde, da war sie wieder zurück und sie sagte, der Doktor käme sofort, und als er dich sah, war das erste, was er tat, daß er sagte: der Junge muß sofort zur Ader gelassen werden, er kann sterben, wenn er nicht augenblicklich zur Ader gelassen wird, und glaub mir, einer Mutter macht es keinen Spaß, zu sehen, wie ihr kleiner Junge zur Ader gelassen wird, wie das Blut aus seiner Ader strömt, das tut weh im Herzen einer Mutter, aber es ging ja nicht anders, und Mama wußte, daß ihr kleiner Frycek zwischen Leben und Tod schwebte, und dann wurde Frycek zur Ader gelassen, und dann ging es besser, und die Temperatur fiel sofort, aber der Doktor blieb die ganze Nacht bei Mama und Frycek, und Papa kam auch herein und saß bei Frycek, und als der Morgen kam, sagte der Doktor, Gott sei gedankt, jetzt ist die Krise überstanden, und Mama hatte wieder ihren Frycek gesund und munter, aber du mußtest noch zwei Wochen im Bett bleiben, und denk, zwischen Leben und Tod geschwebt zu haben.

Denn was sollen unsere Kinder eigentlich mit anderen Kindern, gibt es einen Grund, sich mit dem gemeinen Haufen zu vermischen? Und wir haben es ja so gut zusammen. Und wir können so lieb gemeinsam spielen. Und ihre kleinen Theatervorstellungen, wenn sie ihre Eltern einladen. Und sie lesen sich laut Geschichten vor. Und sie spielen Vater, Mutter und Kinder. Sie haben sich gegenseitig. Unsere Kinder haben sich gegenseitig, und sie brauchen keine anderen Kinder. Und es gibt keinen Grund, daß Fryc mit den Zöglingen spielt. Er kann warten, bis er etwas größer ist. Dann kommen ja sicher welche, die in seinem Alter sind und die er kennt. Fryc hat seine Musik. Und Fryc hat seine Schwestern. Und wie sie tanzen, wenn er spielt. Und wie sie zu seinen kleinen Kompositionen singen. Nein, unsere Kinder brauchen keine anderen Kinder. Und am besten, sie spielen für sich. Und eigentlich mögen sie auch gar keine anderen Kinder. Das sieht man deutlich. Allein die Art, wie sie sich über Kolbergs Jungen lustig machten. Aber Kolbergs wissen ja auch wirklich nicht, wie man Kinder erzieht. Im Grunde merkwürdig. Aber so sind die Leute nun mal.

Frau Linczewska lacht nie. Denn es ist nicht fein zu lachen. Das merkt man ihr an. Die Art, wie sie die Stirn runzelt, wenn andere lachen. Und nicht einmal zu den Kleinen. Sie lächelt nur. Aber sie lächelt mit geschlossenem Mund. Und wenn sie spricht, dann mit ganz steif heruntergestreckter Oberlippe. Manchmal ist nicht zu verstehen, was sie sagt. Aber es ist vornehm. Denn Frau Linczewska ist eine vornehme Dame. Vornehm hin, vornehm her, sagt Baśka. Sie hat bloß keine Schneidezähne im Mund, das ist alles, fährt Baśka fort. Aber das vor uns Kindern zu sagen kann sie sich nun doch nicht erlauben. Und ich habe schon gelernt, Frau Linczewska zu imitieren. Ich kann genau so sprechen wie sie. Und ich kann lächeln wie sie. Daß du dich nicht schämst, sagt meine Mutter. Das ist richtig unartig, sagt mein Vater. Aber sie können sich trotzdem das Lachen nicht verbeißen.

Und die Mutter meiner Mutter mit dem goldenen, langen Haar und einmal, als sie ein ganz kleines Mädchen war, wurde sie losgeschickt, um etwas zu holen, und sie mußte über ein Feld gehen, und dort stand ein großer Stier, und sie hatte ein rotes Kleid an und sie hatte Angst, und dann ging sie zurück zu ihrer Mutter und sagte, sie traue sich nicht, aber ihre Mutter, und das war die Mutter eurer Großmutter, eure Urgroßmutter, sie sagte bloß: welch ein Unsinn, aber die Mutter eurer Mutter, eure Großmutter, wußte, daß Stiere ganz wild werden, wenn sie Rot sehen, und sie schlich ganz vorsichtig weg, und sie hatte solche Angst, daß sie fast nicht weiterzugehen wagte, aber sie mußte ja, denn das hatte ihre Mutter gesagt, und sie wäre vor Schreck fast gestorben, und dann fiel ihr ein, den Rock auszuziehen und ihn zusammenzuknautschen und das Bündel unter der Schürze zu verstecken, und auf diese Weise kam sie an dem Stier vorbei, war das nicht klug von eurer Großmutter?

Meine Frau, und sie ist eine prächtige Pädagogin, und obwohl sie sich selbst erst spät ihr Wissen erworben hat, aber vielleicht gerade darum, sie weiß, was es heißt, was es bedeutet, und wir brauchen keine Fremden, meine Frau, und dann ich, sie kann das ganze notwendige Grundwissen beibringen, meine Frau kann mit den Kindern lesen, und was macht es, daß sie ihnen manchmal nur einen Schritt voraus ist, das ist gar nicht das Schlechteste, dann ist das Wissen umso frischer, denn meine Frau und ich, und wir nehmen zusammen durch, und alles, was die Kinder wissen müssen, und das kann meine Frau, auf jeden Fall die Mädchen, denn da kann eine Frau ja viel mehr als ein Mann, aber auch Fryc, sie hält Schule, eine strenge Schule, sie lernen, was sie brauchen, und mehr als so manches andere Kind in ihrem Alter, meine Frau kann unterrichten, und meine Töchter werden jedenfalls niemals einen anderen Unterricht brauchen, ja natürlich, Zeichnen, da kommt Herr Vogel, und dann etwas Deutsch, Sprache lernen Mädchen ja fast von selbst, sie sprechen schon fließend Französisch, und ohne daß ich eigentlich auf irgendeine Weise, nein, meine Frau, sie ist für allen Unterricht zuständig, und es ist ein Glück, daß die Kinder sich nicht unter die Kinder anderer Leute zu mischen brauchen, nein, innerhalb der eigenen vier Wände, und wenn Fryc so groß ist, er wird schon noch ins Gymnasium kommen, er ist ja aufgeweckt, und seine Mutter und ich werden schon wissen, wie wir ihn bei der Stange halten, innerhalb der eigenen vier Wände, dort werden Kinder nun mal am besten erzogen, dort bekommen sie das rechte Wissen, und fürs ganze Leben, es geht nichts über den Unterricht, den ein Vater und eine Mutter ihren Kindern geben können, innerhalb der eigenen vier Wände, Kinder können noch früh genug unter Menschen kommen und sich schlechte Gewohnheiten zulegen.

Und er soll mein Lehrer sein. Statt meiner Mutter. Denn ich bin zu tüchtig geworden für meine Mutter. Und Herr Żywny hat keine Zähne im Mund. Und Herr Żywny ist lang und vornübergebeugt. Und alle Jungen machen sich lustig über Herrn Żywny. Wenn sie sich trauen. Denn Herr Żywny ist schnell. Obwohl er sechzig Jahre alt ist. Und er kann sich umdrehen. Und er hat lange Arme. Und eine lange Nase. Und ich kann Herrn Żywny nachahmen, wenn er polnisch spricht. Mit tschechischem Akzent. Und ohne Zähne im Mund. Und meine Eltern finden es unartig. Und die Kinder platzen vor Lachen. Und sprich wie Herr Żywny sagt Izabelka. Und seine elegante Weste. Denn Herr Żywny hat die elegantesten Westen in Warschau. Das sagt er selbst. Und er hat viele Westen. Und seine Stiefel. Und sie sind ganz ausgetreten. Und Herrn Żywnys Stiefel, sagt selbst meine Mutter. Und wir versuchen, die Fußböden so schön zu halten. Und sie hat den kleinen Teppich vom Klavier weggezogen. Und dann sein Tabak. Aber das ist ja sein einziger Genuß, sagt mein Vater. Sein Tabak. Und den darf man ihm nicht nehmen. Und schadet es dem Jungen? Und Herrn Żywnys Finger sind ganz gelb, und Herrn Żywnys Kleider sind ganz gelb, und Herr Żywny selbst ist ganz gelb. Und der Spucknapf. Und auf Herrn Żywnys Tabakdose ist ein Porträt. Und das ist Mozart. Der ganz junge Mozart. Sagt Herr Żywny.

Es ist fein, eine große Nase zu haben, sagt mein Vater feierlich. Eine große Nase ist ein großes Adelszeichen. Nur in wenigen Familien hat man eine solch edle Nase wie in unserer. Nicht einmal in den adeligsten. Und mein Vater sieht uns alle an, und wir sitzen in der Dämmerung. Eine Römernase, sagt mein Vater. Eine Adlernase. Nicht einmal in der Familie Potocki. Sie haben vielleicht den Potocki-Daumen. Aber eine Potocki-Nase, die gibt es nicht. Und auch keine Czartoryski-Nase. Aber wir haben die Chopin-Nase. Und mein Vater sieht mich an. Und vielleicht auch Emilka, aber auf jeden Fall ich. Und ich sehe Ludwisia und Izabelka an. Die Armen. Und ich passe auf, daß nur Zuzia selbst sieht, daß ich ihr die Zunge rausstrecke.

Bei Tisch dreht man sich nicht um, gleichgültig, was hinter einem geschieht, nicht in einer ordentlichen Familie, man sitzt still am Tisch, und gerade, und man hält die Ellbogen eng am Körper, was Baśka auch immer einfallen mag, und kannst du dir vorstellen, daß die Fürstin Czartoryska sich bei Tisch umdreht, um hinter sich zu sehen, würde die Fürstin Czartoryska jemals so etwas tun, um zu sehen, was ein Diener hinter ihr tut, ein wohlerzogener Mensch dreht sich bei Tisch nicht um, da kann Baśka machen, was sie will, und man sitzt still und hält sich gerade, und dann, aber was soll das, und mein Vater und meine Mutter, aber Kinder, Kinder drehen sich nicht um.

Ich sitze ganz still, denn das mußt du mir versprechen, du darfst hier bleiben, aber dann mußt du mir versprechen, und es kommen Gäste, und ich liebe es, zu gucken, wenn Gäste kommen, und es sind Herren mit ihren Damen, und Herr Gołuchowski und seine dicke Frau, die immer große entfärbte Schweißflecken unter den Armen hat, und Herr Lanckoroński, und ihm fehlen alle Zähne im Unterkiefer, und ich kann ihn so nachmachen, daß meine Eltern einfach lächeln müssen, und seine Frau, man hört, sie käme ursprünglich vom Lande, eigentlich ein Bauernmädchen, ich begreife es nicht, sagt meine Mutter, und Herr und Frau Kulikowski, und das ist die Jolle und die Galeasse, denn sie ist doppelt so lang wie er, und ihre Stimme ist schön und tief, und ich würde sie gern singen hören, und Herr Wagner, und Frau Wagner ist unwohl, und das ist eigentlich schade, denn sie hat solche merkwürdigen Gesichtszuckungen, und wenn ich mit den Kindern allein bin, dann kann ich Frau Wagner richtig wiedergeben, und Emilka hat einmal in die Hose gemacht vor lauter Lachen, und du mußt ganz stillsitzen, und ich bin ganz Ohr, und Herr Waga spricht wie sein Name, und er hebt die Stimme und senkt sie, ganz langsam und ganz gewichtig, und Frau Lanckorońska kichert und zwinkert Frau Werbusz zu, und Frau Gołuchowski hat immer einen Fächer mit, und sie stöhnt, und ihre Oberarme sind so dick, daß sie die Brüste gleichsam hochkant stellen, und dann kommen Herr und Frau Ciampi, denn Herr und Frau Ciampi sind immer die letzten, und er kann meine Mutter und die Damen wie ein Prinz begrüßen, und er ist ein richtiger Italiener, und er ist aus Paganinis Vaterland, und Frau Ciampi spricht polnisch mit italienischem Akzent, und sie versucht, wie eine italienische Prinzessin zu grüßen, aber das kann sie nicht, und ich freue mich darauf, sie vor den Kindern nachzumachen, Ludwisia wird sich totlachen.

Frédéric, sagt mein Vater, und ich weiß, wenn mein Vater Frédéric sagt, gibt es allen Grund, Frédéric zu sagen, und ich habe vorsichtig an die Tür zu seinem Zimmer geklopft, und mein Vater hat herein gesagt, und mein Vater weiß, wenn ich an die Tür klopfe, und so vorsichtig, und gerade jetzt, wo er zurückgekommen ist, und was gibt es denn, und meine Mutter hat mich geschickt, und er weiß, wenn meine Mutter mich geschickt hat, er weiß, aber ich muß es sagen, trotzdem, meine Mutter hat mich geschickt, denn ich bin ungehorsam gewesen, und ich habe, und was hast du, du hast doch wohl nicht, und mein Vater sieht mich an, und komm einmal her, und ich gehe den ganzen Weg um den Tisch meines Vaters herum, und er steht an seinem Pult, und er sieht mich an, so groß, und es ist halbdunkel, so daß er noch größer ist, und was hast du getan, und ich bin sehr enttäuscht von dir, und sehr enttäuscht, und mein Vater dreht sich seinem Pult zu, und er arbeitet, und ich stehe und stehe und ich höre nur seine Feder und den Sand, wenn er die Tinte trocknet, und sein Pusten, wenn er den Sand wegpustet, und Rieseln, wenn er auf den Fußboden rieselt, und sein Füße, wenn sie Sand gegen den Fußboden quetschen, und mein Vater ist sehr enttäuscht, und Frédéric, und mein Vater sagt nichts, und ich stehe und stehe, und Frédéric, und ich stehe, und mein Vater spricht nicht zu mir, und nicht einmal französisch, und ich stehe und stehe.

Mein Vater ist krank, und wie kann mein Vater krank sein, es ist unfaßbar, daß mein Vater krank sein kann, mein Vater ist so groß, und mein Vater ist so gesund, und jeder kann krank werden, aber mein Vater nicht, denn mein Vater ist gesund, und immer gesund, und mein Vater ist erwachsen, und mein Vater ist ein Mann, mein Vater ist nicht krank, wie Kinder manchmal krank sind, denn nur Kinder sind krank, und hin und wieder meine Mutter, aber das ist nicht ganz wie Kinder, die krank sind, es ist wie Erwachsene, die krank sind, aber mein Vater, mein Vater kann nicht krank sein, das stimmt nicht, mein Vater kann nicht im Bett liegen, wie denn, und daß mein Vater nicht allein zurechtkommt, daß meine Mutter ihn stützen muß, und Doktor Malcz kommt, aber warum soll Doktor Malcz zu meinem Vater kommen, er kommt doch nur zu Kindern, und manchmal vielleicht zu meiner Mutter, Arznei, was soll mein Vater mit Arznei, und zur Ader lassen, das Blut meines Vaters abgezapft, einfach abgezapft werden, Fieber, und mein Vater im Fieberwahn, daß mein Vater nicht vernünftig sprechen kann, daß mein Vater im Fieberwahn spricht, das ist doch nicht wahr, nur Kinder, mein Vater kann nicht krank sein, mein Vater ist immer gesund, mein Vater muß immer gesund sein, und von Baśka gepflegt werden, und nicht Wein und Bier und Arrakpunsch trinken, sondern Milch, mein Vater Milch trinken, nein, das ist falsch, das ist unfaßbar, Milch und Honig, für meinen Vater, unmöglich, das haben sie sich bestimmt ausgedacht, mein Vater, ein Erwachsener, ein erwachsener Mann, mein Vater kann nicht krank sein und entkräftet, mein Vater ist nie entkräftet gewesen.

Wie entzückend sie spielen, und mag es auch ein wenig spät sein, und wir sollten uns eigentlich mit ernsthafteren Dingen befassen, denn mein Vater wollte uns eine erbauliche Geschichte vorlesen, aber laß sie nur, denn sie spielen zusammen, alle vier, und Zuzia hilft meiner Mutter beim Strümpfestopfen, und alle vier, vom größten zum kleinsten, und das Spiel heißt Besuch, und wir lieben es, Besuch zu spielen, und wer ist die feine Dame, und ich bin auch eine feine Dame, denn es sind vier feine Damen, und wie vergnüglich sie sind, und Fryc, die Art, wie er nachäffen kann, so genau, daß man Frau Ciampi vor sich sieht, sogar ihre affektierte Art zu sprechen, denn Frau Ciampi spricht auch mit italienischem Akzent, genau wie ihr Mann, obwohl sie so polnisch ist wie meine Mutter, und wie reizend Ludwisia ist, und sie hat auch Talent, wie Fryc, es ist, als sähe man Frau Werbusz vor sich, nur ihr Gang, wie aufmerksam Kinder doch sind, aber Izabelka will wie meine Mutter sein, und sie will Frau Chopin heißen, und das will Emilka auch, und dann laß Emilka doch, denn sie ist die Jüngste, aber Emilka kann Krzyżanowska heißen, meint Izabelka, und das ist genauso gut, das ist noch besser, erklärt sie Emilka, denn Mama hieß Krzyżanowska, bevor sie heiratete, und wie entzückend sie sind, und als ich Kind war, sagt mein Vater, und dann seufzt er, und als ich Kind war, sagt meine Mutter, und ich kann es gar nicht mit anhören, wie sie seufzt, denn es ist tiefer als mein Vater, und ich werfe mich ihr um den Hals, aber du hast doch auch Besuch gespielt, als du Kind warst, und wie hast du da geheißen, ja wie habe ich geheißen, sagt meine Mutter, ja, wie habe ich geheißen.

◊ ◊ ◊

Ein Kind wurde jeden Tag von seiner einfältigen Amme mit Naschwerk vollgestopft. Es wurde darum in dem Maße an Leckereien gewöhnt, daß es sich auch später als Junge immer nach Naschwerk sehnte und sofort zugriff, wenn es Zuckerzeug sah. Vergebens wurde der Junge von seiner ältesten Schwester gewarnt, er versuchte nie, seiner Begierde Herr zu werden. Endlich kam er von seinem Vaterhaus weg zu einem Herrn, der ihn streng hielt und wo keine Leckereien auf den Tisch kamen. Was tat er da? Er kaufte sich täglich von seinem Taschengeld Rosinen, Mandeln, Zuckerzeug, bis sein Taschengeld verschwunden war. Seine Begierde war jedoch immer stärker geworden, und es war ihm unmöglich, sich zu beherrschen. Als er kein Taschengeld mehr hatte, verkaufte er am Anfang seine Kleider;

und als auch das Geld hiervon ausgegeben war, da – mir versagt die Stimme, wenn ich darauf zu sprechen komme – bestahl er seinen Herrn. Aber es geschieht nichts Böses, das nicht früher oder später an den hellichten Tag käme. Auch dies wurde entdeckt, und um Schande und Strafe zu entgehen, flüchtete der junge Mensch auf einem Schiff, das nach Ostindien ging. Der menschlichen Strafe war er so entkommen, aber nicht der seines Herrgotts. Mehrere Jahre lebte er im Elend in der Fremde; und sein Gewissen warf ihm stets vor, daß er seine Leiden selbst verschuldet hatte.

◇ ◇ ◇

Und ich stehe hinter dem Rücken meines Vaters. Und Ludwika und Izabelka stehen neben mir. Denn wir sollen gute Nacht sagen. Und wir sind mäuschenstill. Mein Vater arbeitet. Und wir haben angeklopft. Und wir haben sein Herein gehört. Er weiß, daß wir da sind, und er weiß, daß wir es sind. Ich höre die Feder kratzen. Und an den Wänden hängen Bilder. Stahlstiche, hat meine Mutter erklärt, und in goldenen Rahmen. Bilder von Bildern, die einmal dem König gehört haben. Und mit galanten Festen, wo man Wein trinkt und Laute spielt. Und eine Dame, die fast nackt ist, eine Göttin, präzisiert mein Vater. Und die Schaukel, die höher und höher geht, und es ist spannend, sich das vorzustellen, und der Mann, der davor steht und guckt, und er freut sich, wie hoch sie geht. Und da ist die traurige Geschichte, schade, der Fisch, der vor Polykrates gestellt wird, und er ist so entzückt, und er ahnt nicht, daß in ihm der Ring liegt, den er ins Meer geworfen hat. Denn Polykrates hatte immer das Glück auf seiner Seite, und so geht es, das Glück kann sich leicht wenden, und kein Mensch kann sich glücklich preisen, bevor der Tag sich geneigt hat. Und mein Vater hat mir erklärt, und ich liebe es, ihn von Polykrates von Samos erzählen zu hören, der nur Glück gekannt hatte und dann ins Unglück kam, und Hochmut kommt vor dem Fall, sagt mein Vater. Und denk, daß der Ring mit den Smaragden im Bauch des Fischs lag. Nein, man muß aufpassen. Nicht zu hoch hinaus. Nicht in den Himmel. Und er tut mir so leid, der arme Polykrates, und er sieht dazu noch so vergnügt aus, als er den Fisch bekommt, nichts ahnt er. Und dort ist eine kleine Hütte, und sie liegt am Rand eines großen Waldes und auf einen See hinaus, und es ist Abend, und die Hütte spiegelt sich im Wasser, und es ist friedlich und schön und still, und man kann fast die Abendglocken und das Quaken der Frösche hören, und dort wohnte Rousseau.

Man muß auf die Dinge aufpassen. Die Dinge sind dazu da, daß man auf sie aufpaßt. Sonst sind die Dinge zu nichts Besonderem da. Abgesehen von dem, wozu sie da sind. Die Milchkanne für Milch. Die Butterschale für Butter. Die Teekanne für Tee. Der Honigkrug für Honig. Aber man muß aufpassen. Denn es darf nichts entzweigehen. Man muß Respekt vor den Dingen haben. Das Schlimmste, was passieren kann, ist, wenn man ein Ding zerschlägt. Und Scherben bringen kein Glück. Scherben bringen Tränen. Denn man muß aufpassen. Man darf nicht unachtsam sein. Und wer kann die Milchkanne ersetzen, wenn sie auf den Boden fällt? Und dann fällt die Milchkanne auf den Boden. Und wer ist schuld? Denn Ludwika ist schuld, nein, ich bin schuld, nein, Izabelka ist schuld. Und Emilka ist zu klein, aber vielleicht ist sie auch schuld, denn wenn sie nicht so klein gewesen wäre. Und sie ist auf den Boden gefallen. Und zum Glück war sie fast leer. Aber die schöne Milchkanne. Und sie war aus richtigem Porzellan. Und ihr habt auch vor nichts Respekt. Ihr habt keinen Respekt vor den Dingen. Und es war Ludwika. Und es war Izabelka. Und es war Fryc. Und ihr versteht nicht. Die Dinge. Man muß mit den Dingen achtsam umgehen. Es gibt die Dinge, damit man auf die Dinge aufpaßt. Aber das habt ihr ja nie begreifen können. Ehrfurcht vor den Dingen. Und unersetzbar.

Nicht, wenn die Kinder dabei sind, denn Eltern dürfen sich nicht uneinig sein, wenn die Kinder zusehen, und du könntest nun auch, du könntest nun, aber paß auf, denn die Kinder hören zu, die Kinder sind anwesend, und dann geht es trotzdem nicht mehr, und mein Vater knallt die Handfläche auf den Tisch, und was soll das denn heißen, und meine Mutter, denn damit findet sie sich nicht ab, und was bildest du dir ein, und das habe ich immer gesagt, aber die Zöglinge können hören, paß auf, die Zöglinge, denn jetzt macht es nichts mehr mit den Kindern, aber die Zöglinge, und die Zöglinge sind mir gleichgültig, sie können es auch zu wissen bekommen, und jetzt kann ich nicht mehr, und tagaus, tagein, und gleichgültig was ich tu, aber es muß, und plötzlich fange ich an zu sprechen wie Frau Linczewska, denn ich bin verzweifelt und den Tränen nahe, und ich kann es nicht mehr aushalten, mein Vater und meine Mutter, sie streiten, und ich rede und rede wie Frau Linczewska, die vornehme Frau Linczewska, und ich kann es gar nicht kontrollieren, es kommt von selbst, Frau Linczewska, die immer mit straff gespannter Oberlippe spricht, so daß man nicht sehen kann, daß ihr die oberen Schneidezähne fehlen, die vornehme Frau Linczewska, die nie lacht, sondern nur mit zusammengekniffenen Lippen lächelt, und es kommt mit Frau Linczewskas Stimme, ich kann nicht mehr, und tagaus, tagein klingt es mit Frau Linczewskas Stimme, und das habe ich immer schon gesagt, sagt Frau Linczewska, und gleichgültig was ich tu, sagt Frau Linczewska, und die Zöglinge sind mir gleichgültig, sagt Frau Linczewska, und jetzt reicht es, sagt Frau Linczewska, und damit finde ich mich nicht ab, sagt Frau Linczewska, und meinem Vater und meiner Mutter bleibt die Sprache weg, und sie sehen mich an, und dann müssen sie einfach lachen, und ich spreche weiter und weiter, mit Frau

Linczewskas Stimme, aber ich bin immer noch den Tränen nahe, und alle müssen lachen, und alle lachen, und die Stimme spricht, und sie spricht und spricht, Frau Linczewskas Stimme, und ich kann sie nicht beherrschen und zum Schluß weine ich, und alle lachen, und dann muß ich ja auch lachen.

Das ist falsch, das hast du nicht richtig gemacht, und wenn du ein wenig besser aufgepaßt hättest, und schau mal her, und siehst du nicht selbst, und das H, das du hier geschrieben hast, zu steil, und deine G liegen flach, und schau mal, du hast alles so schön geschrieben, und dann ist in der Ecke ein Tintenklecks, und deine Rechenaufgaben sind soweit richtig, aber es genügt ja nicht, daß sie nur richtig sind, du mußt lernen, den Kopf zu gebrauchen, nicht alles auf dem Papier ausrechnen, auch wenn es korrekt ist, und dein Französisch, ja, die Aussprache ist zwar ganz nett, aber die Grammatik, du könntest mehr tun, wenn du wolltest, und so schwer ist es ja auch nicht, und auch deine Aussprache, wenn du wirklich wolltest, noch besser, und deine Zeichnungen, die Striche sind viel zu schwach hier und viel zu stark da, hast du je einen Menschen mit Ohren an der Stelle gesehen, wo du sie gezeichnet hast, es sind ja fast Schweinsohren oben auf dem Kopf, und Mathematik, davon verstehst du ja nichts, und Arithmetik, aber trotzdem, und wenn du ein bißchen mehr über dein Latein nachdächtest, denn wenn du wolltest, dann könntest du, und so schwer ist es doch auch nicht, denk, es gab Zeiten, wo sogar Frauen und Kinder Latein sprachen, und deine Musik, du bist zwar tüchtig, aber auf der anderen Seite, was einem zufliegt, fliegt auch wieder davon, und auf die Länge, nein, oberflächlich ist und bleibt oberflächlich und dahingeschludert, und komm nur ja nicht an und bilde dir etwas auf dich ein.

Heute ist der Kartenabend meines Vaters, und ich darf, aber nur eine halbe Stunde, und dann vergißt mein Vater, und ich sitze neben ihm, und ich bin ganz still, denn sonst fällt es meinem Vater wieder ein, und der ganze Rauch, und er beißt mir in die Augen, aber ich sitze trotzdem ganz still, und jetzt spielt Herr Linde aus, und dann spielt Herr Skrodzki Trumpf, und ich kann die Karten meines Vaters sehen, und ich sehe, daß mein Vater gute Karten hat, aber mein Vater hält sich zurück, denn es geht ja darum, wer den letzten Stich bekommt, und mein Vater hält zurück, und ich kann sehen, wie Herr Skrodzki denkt, aber so sehr er auch denkt, und ich sehe, daß auch Herr Linde denkt und Herr Kolberg, und sie denken alle, aber gleichgültig, wie sehr sie denken, ich weiß, und mein Vater weiß, und mein Vater hält sich zurück, und sie denken und denken, und dann sind wir bald beim letzten Stich angelangt, und mein Vater hat zurückgehalten, und es ist fast der letzte Stich, und mein Vater hat alle Spielregeln befolgt, und mein Vater hat nicht nur gute Karten gehabt, sondern mein Vater hat es auch verstanden, seine guten Karten gut zu spielen, und dann ist es der letzte Stich, und mein Vater legt seine Karte auf den Tisch, die gute Karte, die letzte Karte, mein Vater hat gewonnen, wir haben gewonnen, und Herr Kolberg und Herr Skrodzki und Herr Linde beugen ihre Köpfe.

Ich bin der Prinz, und Emilka ist die Prinzessin, und Ludwisia ist die gute Fee, und Zuzia muß Mama helfen, und Izabelka ist die böse Fee, und warum soll ich immer die böse Fee sein? Aber die böse Fee ist ja viel wichtiger als die gute Fee, denn die böse Fee kann, was die gute Fee nicht kann, und die böse Fee hat dazu ihr eigenes Reich, ihr Böse-Fee-Reich, und das hat die gute Fee nicht, erklärt Ludwisia der bösen Fee. Aber Izabelka will nicht mehr. Und wer soll dann die böse Fee sein? Das muß Fryc. Denn ich bin immer nur der Prinz gewesen. Und jetzt bin ich dran. Und dann ist Ludwisia der Prinz statt meiner, denn sie ist ja immerhin die Älteste, und Izabelka kann die gute Fee sein, denn die Prinzessin soll immer noch Emilka sein, denn sie ist die Jüngste, und dann will ich nicht mehr mitspielen, aber das kannst du doch nicht einfach, denn jetzt bist du die ganze Zeit Prinz gewesen. Und ich soll die böse Fee sein, und ich soll das alte schwarze Vormittagskleid meiner Mutter anziehen, und eigentlich sollte es in Lappen zerrissen werden, denn es ist zu verschlissen, als daß Baśka es brauchen könnte, aber vorläufig dürft ihr damit spielen. Und ich bekomme das Kleid an, und der Stoff ist grob und rauh. Und Ludwisia spannt mir den Gürtel fest um die Mitte, und plötzlich ist es, als wäre da ein Geruch, ein Duft, ein Anflug. Und es ist, als röche das Kleid immer mehr nach meiner Mutter, je länger ich es anhabe. Und ich weiß nicht, was mit mir los ist. Ich gerate außer mich, ich reiße und zerre an dem Kleid, wild, ich will nicht, ich will nicht, ich will nicht, kopflos geworden, ich will nicht, und ich zerre an dem Gürtel, und er zerreißt, und ich streife unbändig das Kleid ab, und ich stehe stöhnend in Hemd und Hose da, und die anderen starren mich entsetzt an, und ich will nicht, und ich schreie und schreie, und ich verstehe nicht, begreife mich selbst nicht.

Ich sehe einen vornehmen Herrn auf der Straße stehen, er muß einfach vornehm sein, er spricht mit einem anderen Herrn, obwohl er so vornehm ist, und während er spricht, hält er ein weißes Taschentuch vor den Mund, blendend weiß. Ja, er ist bestimmt vornehm. Und als ich nach Hause komme, nehme ich ein weißes Taschentuch, und wenn ich mit den Kindern spreche, halte ich es diskret vor den Mund, denn es ist vornehm, ein weißes Taschentuch vor den Mund zu halten, wenn man spricht. Und natürlich verstehen sie und lachen nicht, denn man lacht nicht über vornehme Leute. Bloß Baśka, aber Baśka ist Baśka, und sie hat keine Ahnung davon, was vornehme Leute tun. Und ich kann Zuzia ansehen, daß sie eigentlich auch gerne will, aber so sind ja nur vornehme Herren und nicht vornehme Damen, und Zuzia ist im übrigen auch nicht vornehm. Bis meine Mutter fragt, was tust du denn da. Sie lacht nicht. Aber sie ist auch nicht beeindruckt. Meine Mutter ist bloß entsetzt, und ich bin entsetzt, als sie mir das Taschentuch vom Gesicht wegreißt, schämst du dich nicht. Kranke nachahmen. Sich über die Brustkranken lustig machen. Und sie bekreuzigt sich. Die Brustkrankheit zu Hause einführen. Wir, die wir verschont geblieben sind. Was kann das nicht alles mit sich führen. Eine Herausforderung der himmlischen Mächte. Ein böses Zeichen. Wie kannst du nur. Schämst du dich nicht? Und am Vorabend eines Feiertags. Willst du uns denn alle ins Unglück bringen?

Und der Prinz setzte die Karaffe an den Mund, erzählt Baśka, denk, der deutsche Prinz setzte die Karaffe an den Mund, das hatte Ewgenia ihr erzählt, er war in ein Zimmer gekommen, wo niemand war, glaubte er jedenfalls, und die meisten Lichter waren allmählich heruntergebrannt, und dann hatte er die Karaffe mit Südwein gesehen, und dann hatte er nur den Pfropfen herausgezogen und sie an den Mund gesetzt, und der deutsche Prinz, und meine Mutter schüttelt den Kopf.

Euch geht es zu gut, ihr seid verzogen, ihr solltet nur wissen, wie es anderen Kindern geht, aber das wissen wir ja nicht, und wir sollten nur wissen, wie es Baśka ging, als sie Kind war, und jedes von uns hat sogar sein eigenes Bett, und dann erzählt sie, und gestampfte Lehmböden, und Hühner und Schweine und Schafe, und von einer guten Stube nicht die Rede, und ihr Bruder, der spätere Proselyt, der die Juden bekehren soll, ein Schwein zerbiß ihm das Bein, als er zwei war, und darum hinkt er, und es war ein Wunder, daß er mit dem Leben davonkam, aber darum ist er auch merkwürdig, und da war eine Frau, eine Hexe, und sie wohnte ganz allein in einer Hütte vor dem Dorf, und niemand wußte, wovon sie lebte, aber darum war sie ja eine Hexe, und wenn sie sie kommen sahen, jagten sie sie weg und warfen mit Steinen nach ihr, Eltern und Kinder und Großeltern, bis sie sie eines Tages aufgehängt an einem Balken in ihrer Hütte fanden, und der Teufel hatte ihre Seele geholt, also sag nur nicht, aber wir sind ja so verwöhnt, daß wir kaum noch an den Teufel glauben, und Herr Professor sagt, es sei Aberglauben, aber er weiß nicht, was Baśka weiß, und er ist auch verwöhnt, euch geht es allen zu gut, und ihr wißt nicht, was das sagen will, die Hexe in der Sturmnacht zu hören, und sie heult und heult, denn sie will die Kinder anderer Leute rauben, denn ihre eigenen, die hat sie dem Bösen als Pfand überlassen, und darum muß man auch bei Sturm jedes Feuer löschen, so daß die Hexe nicht entdeckt, daß Kinder im Haus sind, und warum bläst du das Licht aus, sagt mein Vater verärgert, und ich tue, als wäre es ein Zufall, denn ich traue mich nicht zu sagen, es sei, damit die Hexe nicht hereinguckt und sieht, daß Kinder in der Stube sitzen, und ich schlage vor, ein bißchen im Dunkeln zu sitzen und auf den Sturm draußen zu hören, das ist so gemütlich, und Ludwisia versteht und ruft auch, o ja, bitte, aber mein Vater will lesen, oh, kannst du uns nicht eine Geschichte erzählen von damals, als du Kind warst, und Izabelkas Stimme zittert, aber mein Vater merkt es nicht.

Es ist eine merkwürdige Familie, höchst sonderbar, denk, die Kinder, sagt mein Vater, höchst sonderbar, und er sieht uns alle vier an, und Zuzia, denk, die Kinder, das älteste ist bald acht, und sie können nicht lesen, kein einziges von ihnen, was ist das für eine Familie, und ich bin erleichtert darüber, daß ich in einer ordentlichen Familie erzogen werde, und dazu in einer besonderen Familie, denn unsere Familie ist nicht wie andere, und das zeigt sich besonders durch das, was die Kinder können und wissen, denk, und nicht rechnen zu können, und nicht die geringste Ahnung von Französisch zu haben, und bei uns kann sogar Zuzia lesen, und Ludwisia hat Latein angefangen, nein, in unserer Familie ist Zusammenhalt, und wir wissen, wer wir sind, und ich schüttle den Kopf, und Ludwisia schüttelt den Kopf, und wenn Izabelka und Emilka nicht so klein wären, würden auch sie den Kopf schütteln, was sind das doch für Familien, von denen man umgeben ist, und das muß man schon sagen, nicht lesen können, kaum rechnen können, und kein Latein, ganz zu schweigen von der Musik, aber das ist nun etwas ganz Besonderes, und sollen wir nicht heute abend zusammen spielen, Papa, frage ich, und mein Vater braucht mich nicht einmal aufzufordern, und ich ekle mich vor meinem eigenen süßlichen Tonfall.

Wir werden geweckt. Und dann schlafen wir weiter. Denn es ist Baśka. Und es ist Winter. Und wir hören den Laut. Erst die leichten Stöße, wie durch ein feines Federkissen hindurch, und es ist der Aschenkasten, der herausgezogen wird. Dann die Schaufel, die den Rest der alten Asche herausnimmt. Und sie kratzt gegen das Eisen. Und es kommt ein merkwürdiger Duft ins Zimmer, es ist Asche, es riecht trocken und rein. Und wir hören das Kleinholz. Es wird gebrochen, in immer kleinere Stücke gebrochen. Und macht ein Geräusch. Und Zweige. Und dann kommt die Glut aus der Küche. Und es sprüht. Und es siedet. Und es sind Knorren in den Zweigen. Und es duftet, und es duftet nach verbrannten Zweigen. Und manchmal nach Kiefer und Fichte. Und dann stürzt es zusammen. Und das rote Glühen wird zu wildem, gelbem Lodern. Und es kommt Brennholz darauf. Und die Wärme kommt. Und wir schlafen weiter. Geborgen. Und es ist still. Und wir hören nur das Feuer. Baśka hat Feuer gemacht. Und es ist Winter. Und es ist warm, wenn wir aufwachen.

Und freust du dich gar nicht über das Gedicht, das ich zu deinem Namenstag geschrieben habe, denn ich habe ein Gedicht für meinen Vater geschrieben, und ein richtiges Gedicht, und ein Gedicht mit Reimen, und es hat einen Rhythmus, so daß man es singen kann, denn man kann es singen auf die Melodie ‚Schon ist Mondeslicht verblaßt', und mein Vater sieht mich ernst an, und du hast mir eine sehr schöne Karte zu meinem Namenstag gemalt, und du hast mir ein sehr schönes Gedicht geschrieben, aber du hast ‚gratuliere' auf ‚beschere' gereimt, und das geht ja gar nicht, das kannst du doch einsehen, bemühe dich, einen passenden Reim zu finden, und dann schreibe die Karte wieder fein ab, glaub mir, dann wird sich dein Vater freuen.

Ich werde krank, und ich bin ernsthaft krank, und ich sterbe fast, wenn ich nicht tatsächlich sterben muß, wenn ich nicht im Sterben liege, und ich werde von großen Kissen gestützt, und ich habe hohes Fieber, und ich bekomme kalten, süßen Tee und Saft, und die ganze Familie ist um mein Lager versammelt, ich liege auf meinem Totenbett, und meine Mutter hält meine Hände in den ihren, und die Kinder sind ganz still, und Zuzia steht am Kopfende meines Bettes, und mein Vater steht am Fußende, und sie haben nach dem Arzt geschickt, aber der Arzt kann nichts tun außer sagen, daß es bald vorbei ist, und Baśka ist in der Küche, und meine Mutter wird ungeduldig, denn sie muß doch bald mit etwas für mich kommen, mit einer Erfrischung, etwas Erquickendem, denn ich habe Fieber, hohes Fieber, und meine Mutter weint, und mein Vater weint, und die Kinder weinen, und Zuzia weint, und sie sinken an meinem Bett auf die Knie, sie beten zu Gott, und sie beten, daß ich, und sie beten und beten, und sogar mein Vater sinkt am Fußende meines Bettes auf die Knie, und ich liege still, und ich bin entkräftet, und ich habe hohes Fieber, und ich höre sie beten und beten, und sie beten für mich, und sie beten zu mir, und ich bin nicht allein, sie sind alle bei mir, und die Zöglinge haben Bescheid bekommen, still zu sein, und sie stehen steif draußen vor der Tür, um zu erfahren, wie es steht, was ich tu, ob ich sterbe oder nicht sterbe, und meine Mutter sagt, verlaß uns doch nicht, verlaß uns doch nicht, und dann entschließe ich mich, sie nicht zu verlassen, und wir sind zusammen für ewig, meine Mutter und ich, denn ich habe Mama nicht verlassen.

◇ ◇ ◇

Von Kindesbeinen an zeigte Karol Widerwillen gegen die Arbeit. Er wußte sich immer mit allerlei Entschuldigungen den Aufgaben zu entziehen, die der Lehrer ihm gegeben hatte. Dadurch stand er sehr schlecht. Seine Kameraden übertrafen ihn bald in allen Kenntnissen, und er sank immer mehr in der Achtung seiner Lehrer. In späteren Jahren wurde seine Abscheu vor der Arbeit noch größer. Denn weil er sich nicht daran gewöhnt und auch nichts gelernt hatte, fiel ihm alles, was er unternahm, außerordentlich schwer. Da er jedoch nicht ständig Müßiggang pflegen konnte, suchte er allerlei Zeitvertreib auf, welches oft ärgerliche Folgen für ihn hatte. Er suchte Gesellschaft, wo schwer getrunken wurde, oder er verkehrte in Häusern, wo man spielte und ganze Nächte verbrachte. Hierdurch vergeudete er nach und nach nicht nur sein ganzes Vermögen, sondern auch seine Gesundheit wurde geschwächt. Er starb in seinem dreißigsten Jahr in jämmerlichen Verhältnissen an Zehrung. Wie glücklich hätte dieser Mensch sein können, wieviel Freude hätte er anderen bringen können, wenn er sich nicht seiner Faulheit ergeben hätte.

◇ ◇ ◇

Ihr müßt dankbar sein, denn wenn ihr wüßtet, wie es Mama als Kind gegangen ist, aber meine Mutter erzählt nie genau, wie es ihr als Kind gegangen ist. Und meinem Papa.

Ihr müßt dankbar sein. Es ging ihm zwar besser als meiner Mutter, im großen und ganzen, und in Frankreich, aber trotzdem, verglichen mit unseren Eltern haben wir über vieles dankbar zu sein. Denn was haben wir nicht alles. Und das müßt ihr zu schätzen wissen. Und wenn ihr nur wüßtet. Aber wir wissen ja nicht. Wie können wir also. Und dann würden wir es zu schätzen wissen. Und ein gutes Elternhaus. Aber hatten mein Vater und meine Mutter kein gutes Elternhaus? Und mein Großvater und meine Großmutter, bevor mein Großvater vom Blitz getroffen wurde und meine Großmutter alle ihre Kinder mit sich ins Grab nahm. Ausgenommen meine Mutter. Und als mein anderer Großvater meinen Vater im Boot mitnahm. Und den ganzen Weg. Und Mirecourt. Und meine Mama Gänse hüten mußte. Und im Sommer. Blumen waren da. Während meine Mutter ihre Gänse hütete. Und ihre Kränze flocht und ihre Sträuße band. Und mein Vater und alle die Streiche, die die Lehrlinge seinem Vater spielten, wenn sie lernen sollten, ein Rad zu machen. Und einmal. Und die Felgen. Und der ganze Kranz. Und es war gerade Fastnacht. Und sogar mein strenger Großvater. Aber ganz dasselbe ist es ja nicht. Nicht dasselbe wie ein Elternhaus zu haben. Und ein Vater und eine Mutter. Und ein Vater und eine Mutter, die alles für ihre Kinder tun, und das Kind, das nicht zu schätzen weiß, was sein Vater und seine Mutter für es tun, undankbare Brut. Und unsere Kinder sind doch wohl keine undankbare Brut.

Nein, das sollen die Kinder also nicht hören, und wir können es trotzdem hören, auch wenn wir aus der Küche geschickt wurden, und sie sprechen leise, denn es ist ja ganz schrecklich, denk, solche Leute können sich das ja erlauben, und wir können meine Mutter zustimmend nicken hören, und es war der Bruder des Fürsten, und Baśka hat es mit Sicherheit von einem der Dienstboten der Familie, einer Vertrauensperson, und er konnte es trotzdem nicht lassen, der jüngsten Kammerjungfrau, und das ist ja verbrecherisch, meint meine Mutter, und sie vergewissert sich, daß wir nicht horchen, die Kinder hören wohl nichts, denn es ist der jüngste Bruder des Fürsten, und er hat offenbar eine Mätresse gehabt, und das sind ja keine Wörter, die Kinder kennen sollen, obwohl er verheiratet ist und sechs Kinder hat, und sie wurde insgeheim von drei Kindern entbunden, und denk, was er verlangte, und wie kann man, sie alle auf der Schwelle des Klosters abzuliefern, und sie mußte es selbst tun, und er hatte zwar eine ziemlich große Geldsumme dazugelegt, aber wieviel, kann Baśka nicht genau sagen, und sie zu den Kindern gelegt für das Kloster, so daß man auf jeden Fall sicher sein konnte, daß sie hereingeholt wurden, und wenn sie es bloß nicht für sich behalten hat, diese Mätresse, meint Baśka, man kann ja nie wissen, denn wenn man erst einmal auf die schiefe Ebene geraten ist, meint meine Mutter, es ist eigentlich höchst wahrscheinlich, aber vielleicht ist es auch letzten Endes das Beste für die Kinder, sonst wären sie wohl bloß aufs Land zu den Bauern gekommen, und was das heißt, weiß man ja, das war ja der sichere Tod, totgerackert oder verhungert, ehe sie erwachsen sind, aber daß es niemand erfahren hat, daß es sich geheimhalten ließ, aber zum Glück, und jetzt kann man ja seine Vorkehrungen treffen, und auch wenn sie meine Mutter grüßen sollten, es sind keine Menschen, die ich zurückgrüßen würde, aber das ist nichts für die Kinder, das brauchen sie nicht zu wissen, daß es solche Menschen gibt, gottlose Weibsstücke, Papa, was ist eine Mätresse, fragt Emilka am Abend, wo hast du denn dieses Wort gehört? das ist nichts für ein kleines Mädchen, wer hat dich denn dieses Wort gelehrt? und Emilka wird puterrot, und das weiß ich nicht, das habe ich vergessen, und mein Vater fragt meine Mutter, wo hat sie denn dieses Wort gelernt? davon habe ich nicht die geringste Ahnung, doch wohl nicht etwa von Fryc, und er hat es wohl von den Zöglingen, er ist auch zu klein, um tagtäglich mit den Zöglingen umzugehen, denn Fryc ist doch wohl nicht in schlechte Gesellschaft geraten, das würde mich sehr traurig machen.

Izabelka wird heiraten, einen Fürsten, er wird zufälligerweise bei der Gräfin zu Besuch sein, und sein Blick wird zufälligerweise auf sie fallen, und er wird fragen, und wer seid Ihr denn, mein schönes Fräulein? aber sie wird uns natürlich immer besuchen kommen, und ich werde für die ganze Musik im Schloß zuständig sein, und es soll die feinste Oper in Europa sein, mit den feinsten Sängern aus Italien und dem feinsten Orchester, und alle von nah und fern kommen zu Izabelkas Schloß, es soll wie Versailles sein, nur größer. Aber Ludwisia soll einen vernünftigen Mann haben, er soll Wissenschaftler sein, am liebsten Astronom, und er sitzt in seinem Arbeitszimmer wie Papa, und die Familie sitzt daneben, und Ludwisia hilft ihm bei allen seinen Berechnungen, wenn die Kinder ins Bett geschickt worden sind, und sie schreibt ihm seine Arbeiten rein, bevor sie in den Druck gehen. Und Emilka ist zu klein. Und Zuzia, aber dann unterbricht meine Mutter, Zuzia soll immer bei Vater und mir bleiben, Zuzia erinnert mich immer an ihre Mutter, und Bogusia war die Verwandte, mit der ich am engsten verbunden war, ja Bogusia war im Grunde meine einzige Verwandte, Zuzia bleibt hier bei uns, wenn ihr anderen wegzieht. Und meine Mutter streichelt Zuzia übers Haar, und Zuzia sieht auf ihr Nähzeug, und sie errötet, und ich bin ein wenig verwirrt, und dann frage ich, aber soll ich nicht auch der Trost eures Alters sein, ja doch, antwortet meine Mutter, aber auf eine andere Art, ihr sollt alle der Trost unseres Alters sein, und sie lächelt und sie sieht jeden von uns besonders an, alle, aber jeden auf seine Art, aber Zuzia soll bei Papa und mir bleiben. Aber Emilka sagt, daß sie auch nie von zu Hause weggeht, du wirst also nicht heiraten, spottet Izabelka, und dann trägt Zuzia das Teegeschirr hinaus und kommt mit den Lampen herein.

Mein Vater möchte so gern. Mit mir Flöte spielen. Und er übt sogar. Denn er weiß, wie geläufig ich spiele. Obwohl ich nicht richtig vom Blatt lesen kann. Aber ich vergesse nicht, was ich einmal gehört habe. Es ist so schön. Schau Vater und Sohn. Und meine Mutter und die Kinder sitzen still daneben und nähen. Aber ich komme fast um. Vor Langeweile. Immer dasselbe. Immer Quantz. Immer F-Dur. Und ich kann F-Dur nicht ausstehen. Aber wir müssen üben. Denn wir sollen an Vaters Namenstag den Gästen vorspielen. Vater und Sohn. Und damit es ein wenig abwechselnder wird, mache ich meine eigenen Harmonien. Aber mein Vater merkt es nicht, denn er muß sich auf die schnellen Läufe konzentrieren, er will ja nicht gerade eine schlechtere Figur machen als ich. Und wir müssen es wieder versuchen, und noch einmal. Wieder und wieder. Und jedes Mal probiere ich eine neue Harmonisierung aus. Erst in dem langsamen Satz hört mein Vater hin. Spiel doch bitte ordentlich, und er nimmt die Flöte vom Mund. Und er wiederholt schrill, was machst du denn da, spiel doch ordentlich. Und es kommt von meiner Mutter, ja, ich finde auch, es klingt so sonderbar. Aber ich kann es vor Langeweile fast nicht aushalten. Immer wieder improvisiere ich. Spannende Akkorde. Neue Modulationen. Während mein Vater flötet und flötet in den langsamen, langsamen Sätzen und F-Dur und F-Dur. Wenn du unbedingt meinst, daß du so spielen mußt, dann hören wir eben auf. Und meine Mutter kommt zu mir, du bist müde, es war auch falsch, sich noch nach dem Abendessen vors Klavier zu setzen, sagt gute Nacht, ihr seid alle müde, jetzt müßt ihr ins Bett, es ist höchste Zeit, morgen ist er ganz anders, du darfst nicht böse sein, es ist nur Müdigkeit, mach dir nichts draus, nur müde, und ich traue mich nicht, zu widersprechen.

Wenn die Jungen ungehorsam sind, und Jungen sind Jungen, sagt mein Vater oft, wenn meine Mutter sich beklagt, daß die Jungen ungehorsam sind, und sie sollen auch fühlen dürfen, daß sie Jungen sind, aber es kann auch zuviel werden, und meine Mutter hat sich beklagt, und mein Vater hat ein Verhör gemacht, und wer ist der Sünder, und wer deckt den Sünder, und ist es nicht besser, daß sich der Sünder selbst meldet, als daß alle leiden für das, was der Sünder verbrochen hat? und der Sünder meldet sich, und mein Vater nimmt ihn mit in sein Arbeitszimmer, und verstehst du, daß du, und verstehst du, was du, und das, was du getan hast, ist sehr falsch, und das würde sonst nur ein ungezogener Junge aus einer sehr schlechten Familie tun, und du bist ja aus guter Familie, ja sogar adeliger Familie, du bist ein Edelmann, und ein Edelmann, der solche Dinge tut, ein polnischer Edelmann, und schämst du dich nicht, wie ich mich an deiner Stelle schämen würde, und was würden deine Eltern denken, wenn sie es zu wissen bekämen, wie würden sie sich schämen, einen Sohn wie dich zu haben, und derlei Dinge, und von einem Edelmann, und sich gegen die grundlegenden Gesetze versündigen, die die Menschen zu einer Menschheit verbinden, und bist du so verhärtet, daß du nicht bereust, daß du nicht um Verzeihung bittest, denn du mußt einsehen, und du mußt verstehen, denn was du getan hast, ist eine Sünde, und wenn du bestraft wirst, dann, weil du dich gegen die tiefsten Gesetze versündigt hast, die von Menschengeist geschaffen wurden, und du hast dich außerhalb des Menschengeschlechts und außerhalb der Menschheit gestellt, und darum sollst du bestraft werden, damit du zurückfindest zur Menschheit, und glaub nicht, ich strafe dich leichten Herzens, nein, sondern mit einem Herzen, das mehr blutet als deins, denn ich trauere mehr, als du ahnen kannst, über das Vergehen, dessen du dich schuldig gemacht hast, und bitte um Vergebung, und nicht mich sollst du um Vergebung bitten, denn nicht gegen mich hast du dich versündigt, sondern gegen die Menschheit und den Schöpfer der Menschheit, und bitte schon um Vergebung, und sag, daß du bereust, und daß du wünschst, daß die

Schande, die du über deine armen Eltern gebracht hast, ihnen nie zu Ohren kommt, sag, du bereust, bitte um Vergebung, und hole dann Madame Rózga, du weißt, wo sie steht.

◇ ◇ ◇

Aber wie groß war ihre Freude und ihr Glück, als sie die Tulpen noch schöner als voriges Jahr im Garten stehen sah! Sie warf sich in die Arme ihres Vaters und rief: „Oh, lieber Vater, haben Sie Dank dafür, daß Sie die häßlichen Küchenzwiebeln ausgegraben und statt dessen die schönen Tulpen gepflanzt haben, die ich so liebe."

„Du mußt mir nicht danken", antwortete ihr Vater; „denn die hübschen Blumen, die dir so gut gefallen, sind aus nichts anderem als den häßlichen Zwiebeln gewachsen."

Die eigensinnige Petronella wollte kein Wort davon glauben, worauf ihr Vater sorgfältig eine der feinsten Tulpen aus der Erde zog und ihr reichte. Sie hatte eine zwieblige Wurzel (die wie eine gewöhnliche Küchenzwiebel aussieht), aus der der Stengel wuchs.

Petronella war ganz verwirrt und entschuldigte sich ihrem Vater gegenüber, weil sie so eigensinnig und querköpfig gewesen war. „Ich verzeihe dir von ganzem Herzen, liebes Kind", antwortete der Vater, „unter der Bedingung, daß du zugibst, wie leicht es für Kinder ist, sich selbst zu betrügen, wenn sie in ihrer Unwissenheit versuchen, die Handlungen erfahrener Erwachsener zu beurteilen."

„O ja, Papa", antwortete Petronella, „davon bin ich überzeugt, und in der Zukunft werde ich meinen eigenen Augen nicht mehr trauen; und jedesmal, wenn ich versucht bin, zu glauben, ich wüßte mehr von einer Sache als die Erwachsenen, werde ich an *Die Tulpen und die Zwiebeln* denken."

Ich freue mich sehr, liebe Freunde, euch von dieser Begebenheit berichten zu können; denn wenn ihr die Geschichte von den *Erdbeeren und den Johannisbeeren* auf Seite 130 gelesen habt, werdet ihr wissen, was einem Kind zustieß, das diese Erzählung nicht kannte.

◊ ◊ ◊

Du bist doch wohl nicht traurig, denn ein artiger Junge ist nie traurig, denn es würde seine Mutter traurig machen zu hören, daß er traurig ist, und das Schlimmste, was man sein kann, ist traurig, denn du bist doch wohl nicht traurig, aber wie kann ein Junge auch traurig sein, wenn er keinen Grund hat, traurig zu sein, denn du hast es ja so gut, es wäre geradezu unartig von dir, traurig zu sein, und du bist doch wohl nicht unartig, denn unartige Kinder mögen wir nicht, unartige Kinder machen ihre Mutter traurig, und gibt es etwas Böseres, als seine Mutter traurig zu machen, na siehst du, du brauchst nicht traurig zu sein, denn du hast keinen Grund, traurig zu sein, und wenn du traurig bist, dann wird deine Mutter traurig, und dann fühlt deine Mutter, daß du ihr etwas vorwirfst, und ein Kind hat seiner Mutter nichts vorzuwerfen, es ist also die reine Undankbarkeit, wenn du traurig bist, und gibt es etwas Unartigeres, als undankbar zu sein, ist es nicht geradezu Zeugnis eines bösen Herzens, und macht es nicht eine Mutter noch trauriger, zu wissen, daß ihr Kind ein böses Herz hat, du bist doch wohl also nicht traurig, denn ein artiger Junge ist nie traurig.

Ein Paar Tauben, ganze gebratene Tauben, und noch ein Paar, zwei Paar gebratene Tauben, es kommt Besuch, und draußen steht der kleine Junge, ich weiß nicht, wie er heißt, aber er ist kleiner als ich, er ist mit den Tauben gekommen, und er ist ja viel zu klein für sein Alter, sagt meine Mutter, es stimmt etwas nicht mit ihm, und ich weiß, daß er bucklig sein muß, denn er ist schief, außer daß er viel zu klein ist, und er steht draußen, und seine Hände sind blau, obwohl es nicht einmal kalt ist, und meine Hände sind weiß, du hast die weißesten Hände, die ich je gesehen habe, sagt meine Mutter, schneeweiß, und ich traue mich nicht, ihn anzufassen, und seine Hände und sein Buckel, zwei Paar Tauben, und die Federn sind weich, und sie sind ganz warm, noch ganz warm, und ich weiß, es ist, weil der bucklige Junge, und er ist viel zu klein für sein Alter, und mit seinen kalten, blauen Händen, und er hat ihnen den Hals umgedreht, direkt nachdem meine Mutter sie ausgesucht hatte, denn Tauben muß man lebendig kaufen, sagt Baśka, sonst weiß man nie.

Es ist der Totentanz. Und es sind Gerippe mit Schalmeien und Geigen und Trommeln. Und sie tanzen auf den Gräbern. Und ihre Eingeweide hängen ihnen aus den Körpern. Und ein paar Haare auf dem Kopf. Und ein einzelnes gelocktes Haar auf einem Schädel. Es sind die Toten, die tanzen. Die Toten tanzen des Nachts auf den Gräbern. Und darum soll man nie nach Anbruch der Dunkelheit auf den Friedhof gehen. Denn dort trifft man die Toten. Sie fordern einander zum Tanz auf. Wenn die Uhr zwölf schlägt, öffnen sich die Gräber, und sie steigen heraus. Schleppen die Därme hinter sich her. Mit Würmern, die ihnen aus dem Mund hängen. Steigen sie herauf. Und sie beginnen zu tanzen. Und vor ihnen im Reigen schreiten die Musikanten. Und man kann die Nägel sehen, die ihnen an Zehen und Fingern hängen. Denn ohne Nägel können sie nicht ihre Klarinetten und Schalmeien spielen. Und ihre Totenhände schlagen auf die Trommeln, so daß sie keine Trommelstöcke brauchen. Und ich wage es nicht, das Buch aufzuschlagen. Nicht wieder. Diese Seite. Nicht wieder. Und das Buch soll bloß bleiben, wo es ist. Und dann legt Ludwisia es vor mich hin. Genau auf der Seite aufgeschlagen, wo das Bild ist. Und sie legt es vor mich hin. Und jeden Tag. Die Musikanten des Todes. Der Tod, der spielt. Und so geht es. Und wenn du tot bist. Das Gerippe am Klavier. Da siehst du selbst. Der Tod, der spielt. Totentanz. Und nächstes Mal. Das Klavier.

Ihr müßt lernen, euch schön zu bedanken, und wir haben gelernt, uns schön zu bedanken, und wir bedanken uns für die Einladung, und wir bedanken uns, wenn wir gehen, und ihr habt doch daran gedacht, euch zu bedanken, und Izabelka und ich sehen uns an, denn wir haben ja vergessen, uns zu bedanken. Und Kinder müssen lernen, sich zu bedanken, Kinder dürfen nichts als Selbstverständlichkeit betrachten, und wenn man daran denkt, wie es meiner Mutter als Kind ging, und meinem Vater, da darf man erst recht nicht vergessen, sich zu bedanken, wenn einem eine Freundlichkeit erwiesen wird. Und obwohl es Winter ist und kalt, müssen wir trotzdem los, und Baśka muß mitgehen, denn wir dürfen nicht allein gehen, und sie ist grantig, weil es kalt ist und Winter, und sie hat überhaupt keine Lust, und zwei ungeratene Blagen, die keine Manieren gelernt haben, und wir gehen und gehen, und es ist viel weiter, als es auf dem Rückweg war, und es ist so unendlich peinlich, und dann sagt Baśka, ihr müßt selbst hinaufgehen, ich warte, denn sie will ein bißchen mit der Pförtnerin plaudern, wenigstens das will sie davon haben, und wir müssen selbst hinaufgehen, und wir müssen klingeln, und wir müssen bitten, mit Fräulein Jarocka sprechen zu dürfen, und wir sollen von Vater und Mutter grüßen, und wir kommen, um uns zu bedanken, vielen Dank für die Einladung und für den schönen Nachmittag, aber das war doch gar nicht nötig, und in diesem Wetter, aber Fräulein Jarocka fängt sich, sie versteht, und dann sagt sie, ja, das war richtig, Kinder, man muß immer daran denken, sich zu bedanken, und ich bedanke mich auch, und grüßt nun vielmals zu Hause, und es bringt euch doch jemand nach Hause, und Baśka hat kalte Füße, als wir herunterkommen, und sie ist noch gereizter als sie auf dem Hinweg war, denn diese Pförtnerinnen sind nie da, wenn man sie braucht, und sie zerrt an uns, ungeratene Blagen, nicht der geringste Pli, und Ludwisia ist vornehm ernst, als wir zurückkommen, denn sie denkt ja immer daran, und Mama, will Mama mir mit der Blume hier helfen, reicht sie ihre Stickerei meiner Mutter hin.

Sie ist guter Hoffnung, stellen Sie sich vor, die Fürstin Czartoryska ist guter Hoffnung, und Fürstin Sapieha ist auch guter Hoffnung, und sie haben ein Kind im Bauch, und denk, daß Fürstin Czartoryska, die so vornehm und so fein ist, ein Kind im Bauch haben kann, und wenn sie es nur durchsteht, sagt Baśka, denn Baśka weiß, und sie hat viele Male erlebt, und es waren Mutter und Kind und die armen mutterlosen Kinder, und natürlich war es sehr oft nur das Kind allein, aber trotzdem, während der Geburt fast zu sterben, denn Baśkas Schwester, ihre zweitälteste Schwester, und hätte sich die Hebamme nicht ein bißchen ausgekannt, und in dem, wovon wir nicht sprechen, aber da kann man sehen, man muß trotzdem, und dankbar sein, und Baśkas zweitälteste Schwester hatte überlebt, aber auch nur eben, und man muß sich ja fragen, ob die Fürstin Czartoryska überlebt, denn sie ist so zart und so fein, ganz zu schweigen von der Fürstin Sapieha, das ist klar, und die gnädige Frau selbst, was mit der gnädigen Frau selbst, und das letztemal, und damals, der Junge, der erste Junge, vor Fryc, aber davon sprechen wir nicht, nicht jetzt, das ist nichts, was meine Mutter zu erörtern wünscht, nicht mit Baśka, und bestimmt nicht vor Mäuschen, die lange Ohren machen, und sie nickt streng, denn die gnädige Frau muß selbst wissen, eine gnädige Frau diskutiert auch nicht, aber denk, guter Hoffnung sein, einen Fürsten im Bauch haben, Czartoryski.

Eine richtige Mutter verteidigt ihre Kinder wie eine Löwin. Aber Kinder sind ja Kinder. Und was nützt es. Es sind ja die

Schläge, die das Leben zufügt. Und ein Kind muß lernen, sich unterzuordnen. Man kann nicht immer seinen Willen bekommen. Es kann nicht immer nach seinem eigenen Kopf gehen. Aber das bedeutet ja nicht, daß eine Mutter nicht ihre Kinder wie eine Löwin verteidigt. Und es war nicht meine Schuld. Was bei Frau Kolberg passierte. Und ich wollte nur freundlich sein. Ich wollte nur zureichen. Und da passierte mir, daß. Ich wollte nur höflich sein. Wie meine Mutter es mich gelehrt hat. Und dann passierte es. Und ich wollte nur einer Dame reichen. Bloß reichen. Und Frau Kolberg. Und es passierte. Und sie gab mir eine Ohrfeige. Und ich, der ich nie geschlagen worden bin. Und das war falsch von Frau Kolberg, sagt meine Mutter zu Baśka. Sie hätte mehr Selbstbeherrschung haben müssen. Aber was nützt es. So etwas kann ja passieren. Und was war da zu machen. Man kann sich ja nicht erlauben. Denk, wenn ich jetzt. Obwohl es mir eigentlich wegen Fryc weh tat. Aber was sollte ich tun. Denn eine richtige Mutter verteidigt ihre Kinder wie eine Löwin. Wenn es wirklich darauf ankommt.

◇ ◇ ◇

Letzten Sommer, als Henrjetta auf dem Lande war, wurde ein Hühnchen zum Mittagessen serviert, und Frau P., die keine andere Gesellschaft hatte als ihre Töchter, gab ihrer ältesten Tochter ein Stück davon und bot dann Henrjetta an.
„Nein, liebe Mutter“, antwortete sie mit einem Seufzer, „ich kann nichts davon essen.“
„Und warum nicht, meine Liebe?“
„Liebe Mutter, das Hühnchen und ich, wir sahen uns jeden lieben Tag und waren Freunde geworden.“
„Aber deine Schwester ißt davon.“
„Ach, meine Schwester kann wohl essen, sie kannte das liebe Tier ja nicht so gut wie ich.“
Welche Hoffnung wagt man nicht in ein Kind von solch

einfachen und liebenswürdigen Manieren und solch einer Zartheit des Herzens zu setzen. Ach, würde sie doch in immer höherem Maße ihrer Mutter gleichen, das wünsche ich innig von ganzem Herzen.

◊ ◊ ◊

Mein Vater ist krank, mein Vater hat Lungenentzündung, und wir warten auf die Krise, und wird er die Krise überstehen, und wir müssen alle still sein, ganz still, und die Zöglinge verstehen, daß sie auch still sein müssen, und mein Vater, und was wird mit uns geschehen, und wenn mein Vater, und nach dem neunten Tag, und wenn man den neunten Tag übersteht, und es ist der neunte Tag, und mein Vater hat Lungenentzündung, und meine Mutter wacht, und es ist die neunte Nacht, und was wird geschehen, und wenn mein Vater, und wie kommen wir zurecht, und was wird mit uns geschehen, und wenn nun mein Vater, der Bettelstab, und vaterlos, und wie werden wir unser Auskommen haben, wie werden wir zurechtkommen, wie werden wir das tägliche Brot bekommen, und das versteht ihr Kinder nicht, aber wir Kinder, wir verstehen, denn wir können unserer Mutter ansehen, daß es etwas ist, was wir verstehen müssen und verstehen werden, und ohne unseren Vater, und ohne unsere Wohnung, und wo sollen wir hinziehen, und Geld, aber es gibt kein Geld, kein Geld ohne unseren Vater, und ohne Geld, und vielleicht ohne unseren Vater, aber ohne Geld, und was soll unsere Mutter tun, und wo sollen wir hin, wo sollen wir hinziehen, der Bettelstab, ohne Vater, und die Gräfin wird für uns sorgen, aber die Gräfin muß für so viele sorgen, und vier Kinder, und Zuzia, und Zuzia muß ja dann weggeschickt werden, und Baśka muß uns verlassen, und was sollen wir tun, und mein Vater, und meine Mutter ohne Familie, und wenn mein Vater es bloß übersteht, wenn bloß, und wir sind auf die Straße gesetzt, wie ich gesehen habe, daß Leute auf die Straße gesetzt werden, wir stehen auf der Straße, ohne

Vater, Witwe mit vier vaterlosen Kindern, wo sollen wir hingehen, wer wird sich um uns kümmern?

Und wie knickste die Gräfin vor der Fürstin, und sogar Emilia fragt, obwohl sie nicht den Unterschied zwischen einer Gräfin und einer Fürstin kennt, und ich knickse tief, und ich nehme mein Taschentuch und ich wedele damit, wie ich es bei Komtesse Zamoyska gesehen habe, als sie die Hand ihrer Großmutter küßte, so, und Ludwika soll mir die Hand zum Kuß reichen, denn ich mag nicht Zuzias Hand küssen, es ist irgendwie nicht ganz richtig, obwohl ich Zuzias Hand sehr mag, aber nicht so, und so sollt ihr knicksen, und ich ziehe meine Hose hoch, und so, und ich knickse, und ich verbeuge mich, und so, und ich wedele mit dem Taschentuch wie Komtesse Zamoyska, und es heißt Komtesse, und ganz tief in die Knie dirigiere ich Ludwisia, ganz hinunter, und ich mache es besser als Herr Poncet, das weiß ich, denn ich habe es gesehen, und ich weiß, wie es sich anfühlt, aber er hat es nur gelernt, so sollt ihr knicksen, und so sollt ihr tun, wenn ihr unpäßlich werdet, denn es ist wichtig, zu wissen, wie man sich benimmt, wenn man unpäßlich wird, und das weiß Herr Poncet überhaupt nicht, und ich sage Wasser, sage ich, Wasser, und ich strecke Zuzia meine Hand hin, denn ich mag ihre Hand so sehr, Wasser, sage ich, und dann muß Ludwisia mit ihrem Riechsalz kommen, und sie muß mir mein Gesicht fächeln mit ihrem Taschentuch, und ganz nah heran, aber nicht auf diese Art die Finger in die Nase, nein, sanft, und fächeln, und Izabelka und Emilka müssen mich stützen, jede auf einer Seite, und Wasser, Wasser, ich falle in Ohnmacht, ich werde unpäßlich, und so muß man tun, und jetzt kann Ludwisia versuchen, ob sie es genauso gut kann wie ich, denn so ist es, wenn man eine richtige Dame ist.

Pest, es ist ganz sicher, es muß Pest sein. Denn niemand spricht davon, und alle sind bloß feierlich, und sie weichen aus, und Baśka weiß schon, denn genauso waren sie bei ihr zu Hause, und niemand soll Baśka auch nur den kleinsten Gang zu diesem Haus tun lassen. Denn dort sterben sie an der Pest, und das liegt an der Jahreszeit, bei dieser Hitze, und es wird noch heißer. Ja, es war genau wie Baśkas Vater immer sagte, wenn es wärmer wird, und wenn die Leute krank werden, gerade wenn es wärmer wird, und sie ganz schnell sterben, dann ist es Pest, und das einzige, was man tun kann, ist, sich wegzuhalten. Und dann müssen sie allein zurechtkommen. Und das ganze Haus schließen, das mußte man. Es versiegeln. Sie durften nicht herauskommen und sich unter uns Gesunde mischen. Und meine Mutter weiß auch, wie es war, als Pest war. Denn als sie Kind war. Und es ist ganz sicher. Und Unsinn, sagt mein Vater, Unsinn, es ist doch ein ganz gewöhnlicher Todesfall, und der Mann war alt, und er war ja nicht einmal blauschwarz am ganzen Körper, und wer sagt, die Pest könne nicht alte Menschen befallen, und alte Menschen zuerst, sagt Baśka, und im übrigen hat sie auch gehört, keine zehn Pferde, nein, keine zehn Pferde würden Baśka dorthin bekommen. Denn man braucht wohl nicht erst blauschwarz am ganzen Körper zu werden. Aber im übrigen gibt es keinen Grund, daß die Kinder. Sagt meine Mutter. Zur Sicherheit. Und das meint mein Vater trotz allem auch. Aber jetzt geht nicht in der ganzen Stadt herum und erzählt es überall. Wegen dieser armen Menschen. Aber Frau Kolberg muß trotzdem gewarnt werden, sie hat ja auch Kinder in unserem Alter.

Du mußt hineingehen und spielen, sagt meine Mutter, denn dein Vater möchte gern, daß du spielst, und bevor sie mit den Karten anfangen, und Herr Linde ist da, und du weißt, wie er sich freut, dich spielen zu hören, und auch Herr Skrodzki und Herr Kolberg, du mußt hinein und spielen, du mußt deinem Vater die Freude machen, du weißt, wie stolz dein Vater ist, wenn du spielst, und jetzt mußt du es tun, wegen mir, sagt meine Mutter, und wegen meiner Mutter, und ich gehe hinein, ach, da bist du ja, sagt mein Vater, und du willst wohl wie üblich üben, und er tut, als freue er sich nicht darüber, aber ich kenne meinen Vater, aber nicht zu lange, und Herr Kolberg hört zu, und sogar Herr Kolberg hört zu, und du kannst aber gewaltige Triller spielen, Fryc, sagt sogar Herr Kolberg, und sie sitzen ein paar Minuten still, und dann sprechen sie weiter, und eigentlich haben sie die ganze Zeit weitergesprochen und nicht richtig stillgesessen, bloß die gewaltigen Triller, und ein musikalisches Genie, und ich spüre, wie mein Vater schmunzelt, und dann hört keiner zu, und es ist die Frage, ob der Stundenplan des nächsten Semesters, und nun hofft mein Vater also nicht, aber das steht ja nicht in meiner Macht, sagt Herr Linde, und mein Vater meint doch, und Herr Skrodzki meint zu einem gewissen Grad auch, und Herr Kolberg sagt nichts, und ihre Stimmen werden eifrig, und niemand hört meinem Spiel zu, und ich spiele leiser und leiser, aber immer noch hört niemand mir zu, und zum Schluß so leise, daß ich es fast selbst nicht hören kann, denn ich weiß, die einzige Art, die Leute zum Schweigen und Zuhören zu bringen, ist, leise zu spielen, und sollen wir uns nicht zu den Karten setzen, kommt plötzlich die Aufforderung von meinem Vater, und sie stehen auf, und jetzt reicht es also mit deinem Geklimper, Fryc, jetzt muß deine Mutter sehen, daß du ins Bett kommst, wir wollen Karten spielen, wir müssen uns konzentrieren.

Es geht ihnen zu gut, das merkt man, und Hochmut kommt vor dem Fall, und sie werden noch ihr blaues Wunder erleben, dann wird diese Familie keinen Grund mehr haben, sich zu brüsten, und geht es uns selbst nicht zu gut? und wir müssen aufpassen, und ich muß am meisten aufpassen, denn es geht mir zu gut, und es darf nicht zu Hochmut werden, der vor dem Fall kommt, und was soll ich tun, damit es mir nicht zu gut geht, und damit es mir gut geht, auch wenn es mir zu gut geht, und ich nehme den kleinen Ring, den ich einmal bekommen habe und von dem keiner mehr weiß, daß ich ihn besitze, den kleinen, dünnen Ring aus Golddraht mit dem ganz kleinen gefärbten Stein, und ich habe ihn an *meiner* Stelle versteckt, wo ich alle meine Heiligtümer habe, und ich nehme ihn, und was hast du unten am Fluß getan, du weißt doch, daß du nicht zum Fluß hinuntergehen darfst, du kannst ertrinken, und das soll dein Vater nun trotzdem erfahren, und es ist der allerernsteste Tonfall, und mein Vater erklärt mir im allerernstesten Tonfall, was passieren kann, wenn man zum Fluß hinuntergeht, auf der Schräge ausrutschen, der Strom, so stark, daß er mitreißt, der Junge, der doppelt so alt war wie ich und doppelt so groß, und so sehr er auch kämpfte, der Strom riß ihn mit, und er ertrank in den Wirbeln, und er wurde nie mehr wiedergefunden, und alle wußten sogar, daß er ein ungewöhnlich guter Schwimmer war, aber es darf mir nicht zu gut gehen, und Hochmut darf nicht vor dem Fall kommen, und wenn der Ring wiederkommt, ja, dann weiß ich ja, was das bedeutet.

◇ ◇ ◇

„Lieber Vater", sagte sie, als sie zu ihrem Vater und ihrer Mutter gekommen war, „welch böser Mensch Wiluś doch ist! er hat eine Feldmaus gefangen und will ihr Schwanz und Ohren abschneiden. Das arme Tier! Es hat ihm ja nichts zuleide getan! Er hat schon sein Federmesser bereit, seht nur."

Wiluś kam herbei, er lächelte und hielt in der einen Hand eine Feldmaus und in der anderen das Federmesser.

„Was willst du?" fragte der Vater.

WILUŚ: Ich will den kleinen Dieb züchtigen, der dem Bauern die Früchte des Feldes stiehlt.

VATER: Ach, du grausamer Mensch! Pfui! Schäme dich! *Wer ein kleines Tier, und sei es das kleinste, quälen kann, der hat*

wahrhaftig ein böses Herz. Er gewöhnt sich nach und nach an Grausamkeit und übt sie mit der Zeit auch Menschen gegenüber aus.
WILUŚ: Aber was bedeutet schon eine Maus? Ein ganz geringes Tier, das niemandem zunutze ist.
VATER: Ist die Uhr, die dir dein Vater geschenkt hat, auch gering?
WILUŚ: Wahrhaftig nein! Ich würde sie nicht für tausend Mäuse weggeben.
VATER: Und doch ist an der Feldmaus mehr zu bewundern als an deiner Uhr. Sieh nur ihre weit offenen Ohren, mit denen sie alles erfährt, was in der Nähe vor sich geht. Durch sie erfuhr sie auch, daß du hinter ihr her warst, du Räuber. Und diese munteren Augen, in denen alles abgebildet ist, was vor ihr liegt. Und diese scharfen Zähne, mit denen sie selbst das härteste Samenkorn zermalmt. Und diese allerliebsten Pfötchen, dieser weiche Pelz. Du würdest noch mehr erstaunen, wenn du in sie hineinsehen könntest und all das entdecktest, was in ihr lebt; wie der kleine Magen seine Nahrung verarbeitet; wie das Beste hiervon in den zarten Eingeweiden ausgesondert und weitergeführt wird durch ganz feine Röhren; wie Blut, Fleisch und Knochen hieraus entstehen; wie die Schlacken von dünnen Därmen weggeführt werden. Fühl hier an seiner Brust, wie das Herz hämmert und das Blut durch die zarten Adern treibt. Deine Uhr kann so kunstfertig sein, wie sie will: glaubst du, sie wird jemals kleine Uhren bekommen? Das würde dir wohl passen, dann könntest du einen einträglichen Handel mit Uhren anfangen. Aber dazu wirst du sie nie bringen. Aber diese kleine Maus hat wahrscheinlich schon Kinder in die Welt gesetzt, und sie wird mehr gebären, wenn du ihr das Leben schenkst.
WILUŚ: Aber sie hat ja keinen Nutzen.
VATER: Schau der Rabe dort, wie gravitätisch er geht. Welch prächtige schwarze Farbe er hat.

◇ ◇ ◇

Plötzlich bin ich nicht mehr zu klein, um einen Botengang für meinen Vater zu tun, wenn Zuzia nicht kann, und es ist Winter, und mir ist so sonderbar im Kopf, und kannst du gerade mit dem Billett zu Herrn Siebert laufen, und ich merke meinem Vater an, daß es nicht besonders damit eilt, aber es muß trotzdem jetzt sein, und rein prinzipiell. Aber mir ist, und jetzt sei nur nicht so bequem und zieh dir schon etwas über, und zwar ein bißchen schnell, und es ist dunkel draußen und regnerisch, und es ist trotzdem weiter zu Herrn Siebert, als ich mich erinnere, viel weiter. Und ich sollte dies von meinem Vater abgeben, und als ich nach Hause komme, brennt mir der Kopf, und ich klappre mit den Zähnen, als sei es draußen viel kälter, als es eigentlich ist, und ich stelle mich an den Kachelofen, aber mir will einfach nicht warm werden. Na, war er zu Hause? fragt mein Vater, aber der Junge hat ja Fieber, ruft er aus und legt die Handfläche gegen meine Stirn, der Junge hat ja Fieber, ruft er meiner Mutter zu, und meine Mutter legt die Hand gegen meine Stirn, dann kannst du vielleicht das nächste Mal lernen, nicht nein zu sagen, wenn dein Vater dich um etwas bittet.

Aber ist es denn ein anständiger Junge? Denn meine Mutter möchte, daß ich nur mit anständigen Jungen verkehre. Und man kann nicht vorsichtig genug sein. Denn auch wenn sie vielleicht anständig aussehen und aus anständigen Familien sind, gibt es eine Sicherheit, daß sie wirklich anständige Jungen sind? Denn sogar in den anständigsten Familien gibt es zerbrochene Töpfe. Und es will dich doch wohl nicht jemand ins Verderben locken? Denn wenn man hört, wie es. Und es war nur, weil er in schlechte Gesellschaft geraten war. Und das geschieht so unendlich leicht. Vor so etwas muß man sich sehr in acht nehmen. Denn es ist doch wohl nicht jemand, der dich verleiten will? Und dich verleiten zu etwas Unschönem? Und dein Vater sieht ebenfalls nur ungern, daß du mit ihm verkehrst. Nein, bleib du lieber zu Hause. Und spiel du mit deinen Schwestern.

Ich habe ein zweistimmiges Lied gemacht, für Ludwisia und Izabelka, denn Zuzia hat keine Zeit, sie muß ja meiner Mutter helfen. Es ist eine Hymne. Meer und Himmel grüßt das Licht Aus der Nacht voll Zuversicht Kreatur von nah und fern Kommt und lobet froh den Herrn. Ich erkläre ihnen, wie es gesungen werden muß. Langsam und feierlich, eben wie eine Hymne. Es ist meine Hymne. Aber wir haben genug von deinen Hymnen, und wir wollen nicht deine Hymnen singen, wir wollen reingehen und spielen, wir haben genug zu spielen, du mit deinen Hymnen. Du bist wohl in Hymnenhumor, sagt Ludwisia. Aber ich habe sie für euch gemacht, damit ihr sie singt, und Ludwisia hat die tiefe Stimme und Izabelka die hohe. Und könnt ihr sie nicht lernen, sie ist so einfach, und ihr kennt ja die Wörter. Er ist ja völlig wahnsinnig geworden, behauptet Ludwisia, stellt sich vor, wir hätten für so etwas Zeit. Er kann uns mal was hymnen.

Meine Mutter ist eine vornehme Dame, meine Mutter ist genau so fein wie Fürstin Czartoryska, auf ihre Art, meine Mutter hat nicht so viele Juwelen wie die Fürstin Czartoryska, aber nicht darauf kommt es an, meine Mutter kleidet sich genauso geschmackvoll wie die Fürstin Czartoryska, bloß vielleicht in etwas dunkleren Farben, und meine Mutter hat eine Haltung wie die Fürstin Czartoryska, meine Mutter hält sich gerade, denn meine Mutter hat auch blaues Blut in ihren Adern, und meine Mutter hat den Potocki-Daumen, meine Mutter hat die Potocki-Hand, und wenn meine Mutter mit Frau Linde beisammen ist, besteht dann ein Zweifel daran, wer von edlerer Herkunft ist? und selbst die Gräfin, wer will meiner Mutter etwas nachsagen und über sie lachen, nein, ich erlaube es nicht, dann kann sie so sehr Fürstin Czartoryska sein, wie sie will, denn ich habe genau das Gesicht gesehen, das sie der Fürstin Sapieha schnitt, als meine Mutter mit mir hereinkam, so klein bin ich auch nicht.

Hätte meine Mutter doch nur, aber warum hat sie denn nicht, Emilka ist wieder krank, Emilka ist schwächlich, und warum ist sie ein schwächliches Kind, und Baśka weiß es, hätte eure Mutter bloß, aber euer Vater, der verbot ihr, aber dafür hätte die Hebamme eben auch sorgen sollen, und da sollte ein Mann gar nichts zu sagen haben, und daß euer Vater überhaupt in diesem Augenblick mit Einwänden hatte kommen dürfen, aber er entdeckte es, als die Hebamme hinausging, und sie mußte ihn ja darum bitten, um eine Flasche Wein, und dann fragte er wozu, und statt zu sagen, eure Mutter brauchte etwas Stärkendes, war die Hebamme so dumm, zu sagen, sie sagte einfach die Wahrheit, und man soll eben nicht immer die Wahrheit sagen, merk dir meine Worte, sie sagte, das Kind muß in Knoblauch und Wein gebadet werden, dann würde es stark, und keines Satans Kräfte würden Macht über das Kind bekommen, und dann sagte mein Vater, das sei Aberglauben und dafür gebe er nicht seinen guten Wein her, denk, ein Vater, so etwas zu sagen, aber er weigerte sich, und darum, hätte deine Mutter doch nur, hätte die Hebamme doch nur nicht, wäre Emilka doch nur, aber es war nun auch die Pflicht der Hebamme, dafür zu sorgen, und das kann Emilka für den ganzen Rest ihres Lebens, und wir müssen hoffen, daß Gott ihr trotzdem ein langes Leben gönnt, obwohl es ja so scheint, aber auf jeden Fall ihr anderen, soweit Baśka weiß, ihr seid auf jeden Fall gleich nach eurer Geburt mit Knoblauch und Wein gewaschen worden, das kann man euch anmerken, gewissermaßen spüren, aber wie eine Mutter sich jemals selbst verzeihen kann, daß ihr Kind nicht, nein, das geht über Baśkas Verstand.

Aber du bist ja nur ein Mädchen, und Ludwisia will auch so gern ins Gymnasium, also wenn sie älter wird, aber wozu willst du ins Gymnasium, kannst du nicht verstehen, daß es nichts für Mädchen ist, und sieh dir die Zöglinge an, würdest du vielleicht gerne in eine Klasse mit lauter lärmenden und manchmal wilden Jungen gehen, und hast du jemals von einem Mädchen gehört, das ins Gymnasium geht, ein Mädchen bleibt bei seiner Mutter, wir Frauen, und ganz andere Dinge sind wichtig für ein Mädchen, es hat anderes zu lernen, und das wird Mama dir beibringen, und dein Vater natürlich auch, denn ein Mädchen muß ein schönes Französisch sprechen, und es fließend schreiben und lesen können, und sieh, wie fein du Klavier spielst, aber dergleichen lernt man ja nicht im Gymnasium, und sticken und stopfen und nähen, das müssen wir Frauen können, in erster Linie, und auch wenn Ludwisia meint, sie könne genausoviel wie der kleine Kolberg, der kleine Kolberg ist ja ein Junge, und ein Junge wie der kleine Kolberg muß ins Gymnasium, aber warum kann Ludwisia dann nicht ins Gymnasium kommen, und ich hätte so gern Ludwisia mit dabei, warum kann sie nicht, aber du mußt nicht traurig sein; wenn ich ins Gymnasium komme, bringe ich dir alles bei, was ich weiß, auch wenn du ein Mädchen bist, du sollst genauso viel wissen wie ich, denn es ist schön, wenn eine Schwester genausoviel weiß wie ein Bruder, und alles, was wir dann zusammen unternehmen.

Was hast du da getan? Ich sage es deiner Mutter, warte nur, ich sage es. Und deine Mutter. Deine Mutter sagt es deinem Vater. Das ist sicher. Und wenn dein Vater es erfährt. Warte nur ab. Und ich schweige. Ich bin ganz still. Und wie kann ich Baśka bitten. Und soll ich vor ihr auf die Knie fallen? Sagen, daß es nicht mit Absicht war. Ich habe ja gar nicht gewollt. Nicht so. Es war ja nur aus Spaß. Und es meiner Mutter sagen, und meine Mutter sagt es meinem Vater, denn das ist sicher. Und ich werde so artig sein. Und ich werde es nie mehr tun. Nie mehr etwas tun. Und ich bitte dich, ich bitte dich, Baśka, sag nichts. Und ich ringe die Hände, wie Niobe auf dem Stich in Herrn und Frau Lindes Wohnzimmer, ich ringe die Hände. Wenn bloß Baśka nicht. Denn was wird nicht alles geschehen. Und es wird nichts geschehen. Denn mein Vater wird mich nicht schlagen, mein Vater schlägt kein Kind. Und mein Vater erhebt nicht die Stimme gegen ein Kind, das ist das Kind es nicht wert. Es wird nichts geschehen. Mein Vater wird bloß sehen. Und dann wird er aufhören zu sehen. Er wird nicht mehr sehen. Und mich nicht bemerken. Und was dann? Und Gnade, Baśka, Gnade, schreie ich fast, aber nicht zu laut, denn meine Mutter soll es nicht hören.

Mit ihren Augen stimmt etwas nicht. Es sind ihre Augen. Denn meine Mutter hat sonst nichts gegen das junge Fräulein Malcz. Und ihr Bruder ist ja unser Arzt. Nicht das. Aber mit ihren Augen stimmt etwas nicht. Man kann sich keinen Reim drauf machen. Merkwürdige Augen hat sie. Es ist, als sehe man kein einziges Gefühl in ihnen. Man kann ihr etwas Trauriges erzählen, und man kann ihr etwas Heiteres erzählen, und der Ausdruck in ihren Augen. Selbst wenn sie lacht. Die Augen haben immer denselben Ausdruck. Achte einmal darauf. Sogar wenn sie lacht. Und darum hat meine Mutter kein Vertrauen zu ihr. Denn wie kann man Vertrauen haben. Die Augen sind der Spiegel der Seele. Und wenn man in den Augen nichts sehen kann. Wenn die Augen nichts sagen. Nein, sie hat etwas, was meine Mutter nicht mag. Sie ist ihr nicht ganz geheuer. Man weiß nie, was sie fühlt. Und man weiß nie, ob sie wirklich meint, was sie sagt. Ihre Augen sind unzuverlässig. Das junge Fräulein Malcz ist unzuverlässig. Aber meine Augen. Und ich sehe meiner Mutter in die Augen. Ja, deine Augen. Ja, deine schönen Augen. Auf dich kann ich mich immer verlassen. Ich weiß, daß du immer die

Wahrheit sprichst. Die Augen meines Frycek lügen nie. Mein Frycek würde seine Mutter nie anlügen.

Eine stolze Mutter. Und meine Mutter zeigt auf Frau Miączyńska, und Frau Miączyńska kommt angefahren. Und es sind ihre zwei Söhne. Ihre zwei großen Söhne. So groß, wie ich einmal werde. Und sie fahren ihr Cabriolet. Sie sind Kutscher für ihre Mutter. Ihre stolze Mutter. Ihre junge Mutter. Sie fahren Frau Miączyńska durch die Krakowskie Przedmieście. Und sie knallen mit der Peitsche. Und man weicht den knallenden Peitschen aus. Und den Huftritten. Zwei Söhne. Und neben ihnen. Eine Mutter. Und ob mein Fryc. Und ich werde auch einmal, und das verspreche ich dir, ich werde meine Mutter fahren. Und alle werden ausweichen. Und die Hufschläge werden klingen. Und meine Peitsche wird knallen. Meine stolze Mutter.

◇ ◇ ◇

Es war weit und breit bekannt, daß mein Józef sehr schnell lesen gelernt hatte. Kaum hatte seine Frau Tante es gehört, als sie ihm einen schönen Katechismus brachte und ihn ermahnte, fleißig darin zu lesen. Der Junge freute sich unbändig darüber, er schlug das Buch auf und las mit lauter Stimme: „Was ist das sechste Gebot? Du sollst nicht ehebrechen!"
„Vater", fragte er, „was tut man, wenn man ehebricht?" – „Das weiß ich nicht", antwortete ich, „frage deine Tante." – „Frau Tante", sagte er, „wissen Sie, wie man ehebricht?" – „Du bist noch zu jung", antwortete sie, „um alles zu wissen." Da ging er zu seiner Mutter und bat sie, ihm zu erklären, wie man ehebricht, aber er wurde mit einer kurzen Antwort abgefertigt. Da fing er an zu weinen und sagte: „Welchen Nutzen habe ich von dem Buch, wenn ich es nicht verstehen kann? Wenn ich doch nur wüßte, wie man

ehebricht." Da erkannte ich deutlich, daß sich der Katechismus überhaupt nicht als Lesebuch für kleine Kinder eignet.

◇ ◇ ◇

Ich bin nie krank gewesen. Ich kenne keine Krankheit. Krankheit ist Unsinn, sagt Herr Żywny. Man muß tun wie ich. Man muß mit Maß essen. Nicht zuviel. Und warmes Essen nicht öfter als einmal am Tag. Mehr ist nicht gesund. Und dann muß man arbeiten. Arbeiten hält alle Krankheit vom Leibe. Krankheit, das ist Faulheit. Krankheit bedeutet, daß man nicht genug gearbeitet hat. Also macht es wie ich. Und keinen Kaffee. Kaffee ist die Wurzel allen Übels. Kaffeeklatsch. Wenn man Kaffee trinkt. Aber. Schnupftabak. Eine Prise hat noch nie jemandem geschadet. Und das ganze Waschen. Es ist ungesund. Es ist nicht gut für die Haut. Es entfernt wertvolle Flüssigkeit vom Körper. Sich waschen ist eines der ungesundesten Dinge, die ein Mensch tun kann. Es ist vielleicht für Frauen und für Kinder erforderlich. Aber nicht für einen Mann. Nein. Macht es wie ich. Wenn es warm ist im Sommer. Und wenn es so klebrig ist, daß es nicht auszuhalten ist. Dann gründlich mit Wodka abreiben. Aber dem stärksten. Den ganzen Körper. Aber nur im Sommer. Und wenn es warm ist. Wodka nimmt dem Körper nicht die Flüssigkeit. Wodka führt dem Körper Flüssigkeit zu. Und gründlich. Und man ist für den Rest des Jahres abgewaschen. Das hat Herr Żywny immer getan. Sein ganzes Leben. Und jetzt ist er über sechzig.

Und Herrn Żywnys Vater war ein sehr feiner Flötenspieler er war Flötenvirtuose und damals in Böhmen und Prag und Herr Żywny war immer von den feinsten Musikern umgeben und später hatten sie unter Mozart gespielt als Mozart nach Prag kam aber es war seinem Vater schwergefallen sein Auskommen zu finden obwohl er ein sehr feiner Flötenspieler war und dann wanderte Herr Żywny aus bis nach Polen und das war bevor Mozart nach Prag kam aber das hat Herr Żywny nie bereut so wie mein Vater es nie bereut hat denn mein Vater und Herr Żywny sie haben es nie bereut daß sie sich Polen als Vaterland wählten Wahlvaterland denn Warschau ist eine herrliche Stadt und selbst mit Prag verglichen und Herr Żywny hatte die bedeutendsten Ämter und er war bei dem Fürsten Kazimierz Sapieha selbst angestellt und später ja es gibt keine Familie von Bedeutung wo Herr Żywny nicht ein- und ausgegangen wäre aber am ehrenvollsten und das ist ein Amt das nicht viele gehabt haben denn es ist ein Ehrenamt und Mitglied der Gesellschaft zur Stütze verarmter Musiker und was man nicht sieht und was man nicht hört nein dank du nur deinem Herrn und Schöpfer daß du ein gutes Elternhaus hast und Musiker nein der Weg der Musik ist schmal wenn ich an meinen Vater denke der einer der feinsten Flötenspieler war und selbst Mozart schaffe dir also lieber eine ordentliche Ausbildung und freue dich über die Musik sie wird dein Leben bereichern aber als Brotberuf nie und mein Vater nickt.

Baśkas Schwester ist in die Stadt gekommen, gottlob, denn es ist ein ganz furchtbares Unwetter gewesen, und es ist ein kleines grünes Kraut, sie versprach es, und sie hat es mitgebracht, aber sag meinem Mann nichts davon, und in Baśkas Dorf nennen sie es Rabenschnabel, aber sonst hat es wohl auch einen anderen Namen, meine Mutter weiß nicht ganz, Armermannfinger, Stinksenf, pflegten sie wohl zu sagen, und es ist ganz sicher, und am sichersten ist natürlich, wenn es draußen gepflanzt wird, am allerbesten direkt an der Vordertreppe, aber es könnte ja sein, daß es dann ausgerissen würde, der Gärtner, oder eines der Kinder, nein, am besten ist es wohl, es kommt in einen Topf und kann dann in der Küche stehen, denn da denkt mein Mann sich nichts dabei, und es ist ganz sicher, es hilft, denn es beschützt bei Gewitter, es schützt vor dem Blitz, denn es war eine Familie, und sie wohnte etwas abgelegen, und man weiß ja, wenn man abgelegen wohnt, wie leicht es für den Blitz ist, und es ist nie geschehen, kein einziges Mal, obwohl es einige ganz schreckliche Sommer gab, und es war, weil, und sie hatten es ganz um das Haus herum gepflanzt, und auch die anderen Häuser im Dorf, es war sehr selten, daß der Blitz einschlug, und wenn er einschlug, dann richtete er nicht so furchtbaren Schaden an, Baśkas Dorf, jahrelang, erzählt Baśka, Rabenschnabel, Armermannfinger, Stinksenf, verschont, und wenn man ihn ins Küchenfenster stellt, ist es dann nicht fast genauso gut wie draußen, in einem Topf ins Küchenfenster, denn es ist ganz sicher, dann bemerkt mein Mann es nicht, denn Männer verstehen derlei Dinge nicht.

Es ist teuer denn es sind feine Stoffe und ihr müßt auf eure Kleidung aufpassen und es ist nicht leicht und was glaubt ihr was Vater denkt und wer muß bezahlen und die Sonntagssachen und es ist wichtig und sieht es nicht reizend aus und es ist Mama und es ist Zuzia und es sind die Kinder und alle in denselben Kleidern und es ist entzückend und der Herr Professor kommt und mit seiner Gattin und seinen vier Töchtern von denen die eine keine Tochter ist sondern Verwandte und zwar von seiner Gattin und in den gleichen Kleidern und sie sitzen beisammen und alle dieselbe Farbe und Nuance und gibt es andere Familien ist es nicht die einzige Familie und ihr müßt auf eure Sachen aufpassen und keine Flecken und sonntags spielt man nicht denn den Sonntag soll man heiligen und den Sonntag soll man heilig halten und der Grund warum man den Sonntag heilig halten soll ist daß man keine Flecken auf die Kleider bekommt und auch das Kleinste denn selbst für das Kleinste geht es darum auf die Kleider aufzupassen und wie sitzt du denn da und bedeckt man dich auch noch so gut und sogar beim Sonntagmittagessen und dann einen Flecken auf dem Kleid einen Flecken auf dem Kleid und wie soll es überhaupt jemals wieder zu einem Kleid werden und das hat man davon und man tut was man kann aber gleichgültig was und die Mädchen des Professors die drei und das nahezu vierte und jetzt wird es nie mehr dasselbe sein denn diesen Flecken den bekommen wir nie mehr heraus jedenfalls nicht ohne die Farbe zu verderben und die Nuance und ein riesige entfärbte Stelle.

Mein Vater ißt, und mein Vater ißt schnell, und seht euren Vater, er kann das Essen hinunterbekommen, auf ihn muß man nicht warten. Und ich hasse es, meinen Vater essen zu sehen. Und ich höre meinen Vater essen. Und ich hasse es. Und er kratzt mit seinem Löffel, und er schlürft seine Suppe. Und er schmatzt und er schürft mit seinem Messer gegen seine Gabel. Und er ist vor uns anderen fertig. Und er sieht uns andere an. Und rülpst er nicht? Er rülpst fast, obwohl man nicht rülpsen darf. Und zum Schluß nimmt er einen einzelnen Tropfen Soße auf die Messerspitze. Und feierlich und vornehm führt er sie zum Mund. Und leckt. So daß man seine Zunge sehen kann. Obwohl man nicht das Messer in den Mund stecken darf. Und sein kleiner Finger steht ab. Und dann knallt er Messer und Gabel auf den Teller. Zack. Mein Vater ist fertig. Und jetzt müßt ihr euch beeilen. Und auf seinem Teller. Ein Durcheinander. Wie ein Hundenapf. Und Eßreste. Und Brot und Kohl und Kartoffeln. Denn mein Vater ißt nicht auf. Und man muß aufessen. Und ihr müßt essen, was auf den Tisch kommt. Und man darf nichts übriglassen. Denn denkt an alle, die viel weniger haben als ihr. Und die hungern und Not leiden. Und dann stochert mein Vater mit dem Nagel des kleinen Fingers in den Zähnen. Und es zutscht und zischt, und dann schmatzt er noch einmal.

◇ ◇ ◇

Der Jude blieb zitternd vor Furcht stehen; er schlotterte vor Angst, der Ratsherr Rulikowski würde ihn verhaften und ins Gefängnis werfen lassen wegen seiner ungesetzlichen Lotterie, zu der er keine Genehmigung hatte. Er kam mit so vielen Versicherungen über die Reinheit seiner Motive, wie die polnische Sprache erlaubte; um zu zeigen, wie gleichgültig ihm das Ganze war, begann er, die Gewinne vorzulegen, indem er jeden einzelnen Gegenstand anpries. „Nun, Herr Karat", sagte der Ratsherr, „wären Sie so freundlich, erst einmal das ganze Geld abzuliefern, das sie für ihre *ungesetzlichen* Lotteriescheine erhalten haben."

Das Wort *ungesetzlich* wurde in einem furchterregenden Ton gesagt, und es hatte eine augenblickliche Wirkung auf den Juden. Seine Hände, die er um die Münzen des Ratsherrn Rulikowski geklammert hatte, öffneten sich, und er legte das Geld auf den Tisch, aber mechanisch griff er nach der Schachtel mit den Gewinnen, als fürchte er, sie würde in Verwahrung genommen. Kein Mensch ist in diesem Maße auf der Hut vor Ungerechtigkeit und Betrug wie der, welcher selbst unehrlich ist. Herr Karat verneigte sich wiederholt vor dem Ratsherrn Rulikowski und schlurfte zur Tür, als diese mit einer solchen Heftigkeit geöffnet wurde, daß sie fast den Juden ins Gesicht geschlagen hätte.

Der kleine Kajetan kam atemlos in den Saal gelaufen. Er flüsterte dem Ratsherrn Rulikowski einige Worte zu, und dieser antwortete: „Laß ihn hereinkommen", und ein großer kräftiger Kommandant trat augenblicklich ein. „Hier haben Sie Ihren Mann", sagte der Ratsherr und zeigte auf den Juden, „dort steht Herr Karat." Der Kommandant zog sofort einen Haftbefehl hervor für den Juden, der angeklagt war, im Besitz gewisser wertvoller Juwelen zu sein, die der Gräfin Czartoryska gehörten.

Der kleine Kajetan wollte eifrig erklären, wie alles zusammenhing. „Wissen Sie noch, Herr Ratsherr", sagte er, „daß Ihre Tante die Mulattin und Herrn Szydłowsky mit sich ins

Gericht nahm. Und *sie* meint, und *er* meint, und ich meine, daß sie jetzt die Juwelen zurückbekommen wird, die ihre Großmutter auf Jamaica hinterließ."
„Aber wie? Wie?" rief der Ratsherr Rulikowski aus. „Sag uns wie", riefen alle wie aus einem Munde.

◊ ◊ ◊

Aber wenn Frau Brodowski nun, und Frau Brodowski mag dich so sehr, und Frau Brodowski hört dich so gern spielen, und warum wendest du dich denn so von Frau Brodowski ab, und Frau Brodowski will mich küssen, und Frau Brodowski hält mich in ihren Armen wie in einer Zange, und Frau Brodowski zieht mich an sich, unerbittlich, und ich winde mich los, und Frau Brodowski hat meiner Mutter nicht einmal erzählt, daß ich ihr fast einen Stoß gegen die Brust gegeben habe, denn ich will nicht von Frau Brodowski gedrückt werden, und Frau Brodowski hat kein Recht, und Frau Brodowski riecht, und Frau Brodowski stinkt, und sie stinkt aus dem Mund, und schlimmer als alle, die mich je haben küssen wollen, sie stinkt nach Fäulnis und Latrine und alten Heringen, Frau Brodowski stinkt, und ich will nicht, und jeder Mensch kann ja einmal ein wenig aus dem Mund riechen, sagt meine Mutter, das ist unvermeidbar, daran muß man sich gewöhnen, und so schlimm kann es nun auch nicht sein, meine Mutter hat jedenfalls nie etwas bemerkt.

Denn ihr sollt den Sonnenuntergang sehen, und die Sonne geht im Westen unter, und gegen Westen liegt das Feld, und das Korn ist gelb, und das bedeutet, daß es bald geerntet wird, und der Sonnenuntergang, und die roten Strahlen der Sonne, und woher kommt es, und Strahlen werden gebrochen, und denkt einmal an das Prisma, das ich euch gezeigt habe, Lichtstrahlen, und die Reihenfolge der Lichtstrahlen, wer sagt sie zuerst, und Sonnenuntergang, und das Korn wogt nicht mehr, denn es ist steif und wird bald geerntet, und lila, blau, grün, gelb, rot, und was ist grün, es ist blau und gelb gemischt, und seht nun die Sonne an, und die Sonne wird größer, und sie wirkt größer, denn die Sonne kann nicht größer werden, und warum wirkt die Sonne größer, und erst jetzt kann man in die Sonne hineinsehen, ohne den Augen zu schaden, denn ihr dürft nie bei Tageslicht direkt in die Sonne, denn ihr könnt euch die Augen verderben, und ihr dürft nie direkt in das Sonnenlicht sehen, denn wer direkt in das Sonnenlicht sieht, sieht die Herrlichkeit Gottes, und er wird für immer blind, denn der Mensch darf auf dieser Erde nicht die Herrlichkeit Gottes sehen, und wenn die Sonne scheint sehr bleich, ist die Luft an Regen reich, und Abendrot bringt gut Morgenbrot, aber was fällt dir denn ein, so etwas den Kindern beizubringen, wenn wir doch, nein, das Prisma.

Und es ist nicht auszuhalten denn wie sie reden wenn sie schlafen sollen und es ist schlimmer und schlimmer geworden und es sind die Kinder und besonders Ludwisia und Izabelka und wenn sie schlafen sollen sind sie die besten Freundinnen und reden und reden und ihr Flüstern zischelt und dabei kann man ja nicht schlafen wie sie wispern und wer wen haben soll und wer in wen verliebt ist denn das ist sicher und das haben sie von einer sehr sicheren Quelle daß der junge der jüngste Fürst Czartoryski in das jüngste Fräulein Zamoyska verliebt ist und sie dürfen sich nicht kriegen und der älteste Fürst Krasiński ist verliebt er ist ganz verliebt und zwar in ein bürgerliches Mädchen aber von bester Familie von allerbester und ihr Vater ist Ausländer und er hat sich hochgearbeitet durch Verstand und Wissen und seine Intelligenz und er fühlt mehr für die Polen als so mancher Pole aber trotzdem wird es dem Fürsten Krasiński von seinem strengen Vater untersagt denn der strenge Vater verbietet aber der Sohn trotzt und sie wären fast durchgebrannt aber der Vater des jungen Mädchens ist so ehrlich daß er die Sache aufdeckt und darum gerade darum weil man sieht welches Herz der Vater des jungen Mädchens hat gerade darum und sie kriegen sich und die junge Fürstin Sapieha das ist ganz sicher und sie ist verliebt und Baśka erzählt daß der Kammerdiener erzählt hat und ihr Erröten und wenn man sagt man braucht bloß zu sagen und Frycek und Fryc ist verliebt und in wen Fryc wohl verliebt ist aber wir wissen gut in wen Fryc verliebt ist denn Fryc ist verliebt und sieh wie rot er wird sogar im Dunkeln kann man sehen daß er rot wird sieh Fryc er errötet denn Fryc ist verliebt und was geht dich das an worüber wir sprechen.

Die Spielleidenschaft, und gibt es etwas Verderblicheres als die Spielleidenschaft, und mein Vater kannte einmal, und er hat gehört, und um die Wahrheit zu sagen, der Graf, man sagt, und mein Vater weiß da einiges, denn warum hält der Graf sich meistens im Ausland auf, und in Frankreich, und warum hat die Gräfin es so schwer, denn auch wenn er nicht davon spricht, mein Vater weiß Bescheid, und alle wissen Bescheid, und es ist nicht leicht für die Gräfin und für den jungen Grafen, mit allem auszukommen, und warum haben sie nicht Żelazowa Wola wieder aufgebaut, aber so etwas kann man nicht einfach so sagen, aber mein Vater, und Spielleidenschaft sagt mein Vater, das hat so manche Familie ins Verderben gestürzt, und wir müssen froh sein, denn unser Vater, und mein Vater spielt ja nicht Karten, um zu gewinnen, wenn er mit Herrn Linde und Herrn Kolberg und Herrn Jarocki Karten spielt, nein, keiner von ihnen spielt, um zu gewinnen, und daran könnt ihr euch ein Beispiel nehmen, und ein gutes Beispiel, denn Spielleidenschaft, gibt es etwas Verderblicheres, und darum möchte mein Vater nicht, nein, er weigert sich, das dürft ihr nicht, und sei es noch so unschuldig, aber das dürfen wir nicht, ihr dürft vieles, aber das, das werde ich euch sagen, mit Würfeln spielen, und mein Vater möchte nicht, daß Würfel im Haus sind, denn wir dürfen das nicht lernen, und wir dürfen uns nicht daran gewöhnen, und gibt es etwas Verderblicheres als Würfelspiel, wie viele Familien, und völlig ruiniert, und nur wegen des Würfelspiels.

Emilka juckt sich ständig so. Und an einer bestimmten Stelle. Und sie schläft so unruhig. Und sie wacht auf. Und dann wimmert sie. Denn es juckt. Und es juckt, wir wissen wo. Kinderwürmer? fragt meine Mutter. Kinderwürmer, antwortet Doktor Malcz. Kinderwürmer. Und dann müssen die anderen drei es wohl auch haben. Und vielleicht auch Zuzia. Kinderwürmer. Ich gehe auf Emilka los. Und ich will sie an den Haaren ziehen, und ich will sie kratzen, und ich will sie schlagen, denn es kommt von ihr, mich mit Kinderwürmern anzustecken. Und jetzt werden wir ja sehen. Aber zur Sicherheit. Und alle Kinder. Und Fausthandschuhe für alle Kinder. Aber wo soll ich die hernehmen. Und jetzt kratzt ihr euch nicht. Aber ohne Fausthandschuhe des Nachts. Man kann nicht garantieren. Aber Frau Kolberg hat zum Glück dasselbe erlebt. Und wir können ihre Fausthandschuhe ausleihen. Und das ganze Waschen, sagt Baśka, und ihr hattet gerade reines Bettzeug bekommen. Und dann wieder. Und wieder. Es ist bald nicht mehr auszuhalten. Kinderwürmer, als wäre das der Rede wert, denn als Baśka Kind war, hatten alle Kinderwürmer und niemand hätte, nicht das geringste, und was schadet es, und zum Schluß ging es von selbst weg. Und eins zwei drei, und alle der Reihe nach aufgestellt, und dann schwupp, und war es so schlimm, und es schmeckt nach Farbe und Terpentin, und eins nach dem anderen, und wir müssen uns alle beeilen, und es läuft schon beinahe in die Hose, und dann Einlauf, hinten hinein, und mit Seife, und diese Schweinerei, sagt Baśka, und wer soll hinterher saubermachen? Und während die anderen zusehen. Während Ludwisia und Izabelka und Emilka und meine Mutter und

Baśka und Zuzia zusehen. Einlauf. Seifenwasser. Und ich komme fast um vor Geniertheit. Und ich, der ich nächste Woche bei der Fürstin Zamoyska spielen soll. Und ist dreimal zu wiederholen. Hat Doktor Malcz gesagt. Nein, solange ich lebe, werde ich das Emilka nicht vergessen. Ich verzeihe dir nie, solange ich lebe, sage ich Emilka. Und Emilka fängt an zu weinen. Aber ich verzeihe ihr nie. Solange ich lebe.

◇ ◇ ◇

Da sah ich eine schreckliche Erscheinung. Hände und Füße des Kindes zitterten von Krämpfen, das ganze Gesicht war verzogen, und immer wieder trat ihm der Schaum vor den Mund. Nachdem ich dieses Elend eine Viertelstunde lang betrachtet hatte, hielt ich ihm eine zerdrückte Zwiebel unter die Nase, und danach wurde er ruhig, und nach Verlauf einiger Tage waren ein paar Backenzähne durchgebrochen. Aber ich fühlte mich doch nicht allzu wohl. Noch waren nicht alle Backenzähne herausgekommen, und von Eckzähnen keine Spur. Was soll daraus werden, dachte ich im stillen, wenn das Kind jedesmal, wenn ein Zahn kommt, soviel ausstehen muß! Es kann unmöglich seinem Kopf guttun. Was sollte ich tun? Da fuhr ich zu meinem Bruder und bat ihn um einen guten Rat. Er schenkte mir ein Dutzend rote Pulver, die ich in Milch verrühren und dem Kind geben sollte, sobald ich spürte, es sei wieder ein solch schrecklicher Anfall im Anmarsch. Es hat immer gut gewirkt. Weder Piotruś noch sonst eines meiner Kinder hat „das Böse“ gehabt, seit wir das rote Pulver im Haus haben. Schade, daß mein Bruder nicht erzählte, woraus es gemacht war; ich hätte es gern mitgeteilt; es ist nicht in der Apotheke erhältlich, und ich kenne keinen Ort, wo man es kaufen kann, außer bei Herrn Doktor A. Hoffmann in Warschau, Ulica Senatorska, Haus Nummer 453.

◇ ◇ ◇

Natürlich, ganz leicht ist es nicht, und meine Mutter spricht mit Frau Ciampi, und sie wissen nicht, daß ich horche, denn ich habe einen Platz gefunden, hinter der Tür, und keiner kann mich dort sehen, und keiner kann mich hören, wenn ich auf den Platz schleiche, und auch wenn ich wegschleiche, wenn es gefährlich werden sollte, sie glauben, ich spiele mit den Kindern oder mache Schularbeiten, aber ich stehe da und horche, und ich weiß, wann ich weglaufen muß, so daß sie mich rufen und bitten können, zu kommen und zu spielen, und es ist natürlich nicht ganz leicht, aber darüber wissen Sie ja Bescheid, und meine Mutter und Frau Ciampi wissen Bescheid, über alles, denn sie sind beide mit Ausländern verheiratet, und man soll sich ja nicht beklagen, oft sind die ausländischen Ehemänner viel besser als die polnischen, das darf man nicht vergessen, manchmal sind sie viel höflicher, und meine Mutter hat erlebt, und die Art, wie er zu seiner Frau sprach, viele Polen könnten davon etwas lernen, und dasselbe Ihr Mann, sagt sie zu Frau Ciampi, und Ihr Mann, die erlesenen Manieren, sagt Frau Ciampi, aber trotzdem, ganz dasselbe ist es ja nicht, es ist ja immer etwas an einem Ausländer, und auch wegen der Kinder, sagt Frau Ciampi, aber Sie haben ja keinen Grund zum Klagen, und Sie haben ja auch nicht, aber leicht ist es nun nicht, und dann die Kinder, wenn nur die Kinder nichts merken, und nur mit Ihnen spreche ich natürlich darüber, sagt meine Mutter, denn die anderen können das gar nicht verstehen, aber wir sind ja in der gleichen Situation, Sie und ich.

Und es war ein Junge, und er spielte genauso tüchtig wie du. Es war ein Junge. Und er sollte einer Fürstin vorspielen. Und sie hatte eine Unzahl Gäste eingeladen. Und sie saßen alle da und warteten. Und dann sollte der Junge spielen. Und er kam herein. Und er war genauso fein angezogen wie du. Und er setzte sich ans Klavier. Denn er konnte genauso tüchtig Klavier spielen wie du. Und denk.

Denk, was passiert. Er konnte gar nicht spielen. Und er saß am Klavier. Und er konnte keinen einzigen Ton aus dem Klavier herausbringen. Und sein Vater saß unten bei den Gästen. Und seine Mutter saß zu Hause. Und sein Vater grämte sich. Und sein Vater schämte sich. Und als er es seiner Mutter erzählte, schämte sie sich noch mehr. Denn denk nur. Einen Sohn haben. Und er kann so begabt spielen. Und wenn er dann endlich spielen soll. Da kann er nicht. Und denk nur. Die unglücklichen Eltern. Mit so einem Sohn. Wie schrecklich es für die armen Eltern gewesen sein muß. Welchen Kummer er seinen armen Eltern gemacht hat. Es ist ein Wunder, daß seine Eltern nicht vor Kummer starben.

Aber was sollen die Mädchen anziehn, denn für Fryc ist es ja leicht, er weiß ja aufzutreten, und er hat ja seinen schönen Anzug, aber was sollen die Mädchen anziehen, wenn seine Schwestern mit eingeladen sind, Thé dansant, bei Fürstin Zamoyska, aber Zuzia ist nicht seine Schwester, und Emilka ist viel zu klein, aber Ludwisia und Izabelka, das ist klar, und es ist eine Ehre, und es ist wichtig, denn es sind polnische Kinder aus den besten Kreisen, und Kolbergs, das ist klar, sie kommen auch, und es kommen ja auch Kinder aus fürstlichen Familien, das muß ja schon so sein, wenn man so einlädt, und Thé dansant, und alle die Kleinen, was machen sie bei einem Thé dansant, aber es ist ja wichtig, daß polnische Kinder zusammenkommen, und sie sollen wissen, daß sie Polen sind, und wir müssen Fürstin Marya dankbar sein, daß sie sich die Mühe gibt und uns einlädt, und dann muß es kosten, was es kosten mag, und wir können ja die Mädchen nicht einfach so kommen lassen, sie müssen ordentlich aussehen, und wir haben auch unseren Ruf, und denk an die Zöglinge, es soll ja nicht gerade heißen, aber Gott sei Dank, Fryc kann den Mädchen ein bißchen Manieren beibringen, damit keiner glaubt, sie hätten keine gute Kinderstube gehabt, was wohl

Frau Kolberg macht, nein, gut, daß wir Fryc haben, er kann ihnen zeigen, wie man sich benimmt, und eine Ehre ist es ja, Frau Kolberg, naja, das muß sie selbst wissen.

Und stellen Sie sich vor. Und meine Mutter und Baśka. Und was ist mit dem jungen Fräulein Gałękowska? Aber davon verstehst du nichts. Du mußt immer so neugierig sein. Geh, laß uns in Ruhe. Und meine Mutter und Baśka. Und stellen Sie sich vor. Und sie kichern. Du mußt immer alles wissen. Bist du nicht bald verschwunden? Das ist nichts für deine Ohren. Nichts für kleine Kinder. Wer hätte geglaubt. Das junge Fräulein Gałękowska. Und Baśka kichert. Und meine Mutter kichert. Die immer so heilig war. Ja, da kann man mal sehen. Und wie ist es passiert? Aber das ist natürlich nur, was überall gesagt wird. Aber es wird schon stimmen. Und verschwinde endlich aus meiner Küche. Du hast immer so lange Ohren. Und dann kichert Baśka. Und dann kichert meine Mutter. Richtig dumm. Dümmer als Baśka. Und ich bin nicht mehr der große Junge meiner Mutter. Und ich hasse meine Mutter, wenn sie dumm kichert.

Und wenn ich es aber nicht verstehe, nicht ganz verstehe, und wenn ein Kaufmann für 122 Złoty Tuch kauft, und ein anderer Kaufmann für 53 Złoty Tuch kauft, und sie dann, aber wer sagt, daß sie wollen, keiner hat das ja gesagt, und warum soll es nicht genausoviel kosten, es ist doch Tuch, aber es ist ein teureres Tuch, sagt meine Mutter, und die eine Rolle Tuch, und sie kostet mehr als die andere, aber trotzdem ist das eine Tuch nicht teurer als das andere, obwohl es teures Tuch ist, denn sie kosten gleich viel, gerade darum geht es ja, aber wieviel Tuch, und genau das mußt du verstehen, denn wonach wird gefragt, sagt meine Mutter, wonach wird gefragt, und kann etwas leichter sein, wenn nun die eine Rolle Tuch und die andere Rolle Tuch, und denk mal nach, und du bist doch sonst so tüchtig und so quick, warum denn nicht heute, das kann doch nicht so schwer sein, die eine Rolle Tuch und die andere Rolle Tuch, und warum fragt meine Mutter nicht sich selbst, und versuch mal, du mußt nur mal nachdenken, es ist nichts weiter als ein bißchen Nachdenken, eine Rolle Stoff 122 Złoty und eine Rolle Stoff 53 Złoty, ist das denn so schwer, und ich reiße ihr das Buch aus der Hand, und ich zerre an dem Buch, und sie reißt mir das Buch aus der Hand, und ich trampele und ich stampfe auf den Fußboden, und ich schreie und schreie, und ich will nicht, und ich will nicht, und es ist mir gleichgültig, das ganze Tuch, es ist mir gleichgültig, und ich reiße ihr das Buch wieder weg, und ich schmeiße es auf den Fußboden, und ich trample und ich stampfe, aber Fryc, warum regst du dich so auf, setz dich ruhig hin, eine Rolle Tuch, aber ich will nicht und kann nicht und kann nicht, und eine Rolle Tuch, und ich will nicht, kann nicht, will nicht können.

Aber Ihre Kinder essen doch wohl kein Fleisch? Denn Fleisch ist nichts für Kinder. Und keiner von Frau Kolbergs Jungen. Besonders nicht für Jungen. Das ist ungesund. Die Säfte, sagt Frau Kolberg. Gewürzt. Aber auch keine Butter. Von Frau Kolbergs Jungen bekommt keiner Butter. Das ist sehr ungesund für Kinder. Sie reizt, sagt Frau Kolberg. Aber meine Mutter glaubt dergleichen nicht. Ein bißchen Butter sonntags morgens hat Kindern noch nie geschadet. Und im Elternhaus meines Mannes in Frankreich wurde viel Fleisch gegessen. Ja, in Frankreich, sagt Frau Kolberg. Aber wenn man daran denkt, was über Napoleons Soldaten gesagt wurde. Nein, nicht in meinem Hause. Mit vier Söhnen. Von denen der Kleinste.

Und wir Mädchen, sagen Ludwisia und Zuzia, wir Mädchen, aber von so etwas versteht ihr Jungen nichts, denn so sind wir Mädchen, und das wirst du eben nie verstehen, denn so sind Mädchen, und wir Mädchen sind so, und Izabelka, komm her, Izabelka, komm her, zu uns Mädchen, und Fryc ist ein Junge, und ein Junge versteht nichts von dem, wovon wir Mädchen etwas verstehen, und warum, wir haben doch gerade so schön zusammen gespielt, warum, und Zuzia fängt an, und wir Mädchen, und wir wollen nichts mit Fryc zu tun haben, denn Fryc ist ein Junge, und komm her, Emilka, und wir Mädchen, und ich bin ausgeschlossen, und was soll ich tun, und warum kann ich kein Mädchen sein, und was ist das, und wir Mädchen, und was haben sie bloß, und wir Mädchen, und ich verstehe nicht, nein, du verstehst nämlich nicht, und das ist es nämlich, sagen Zuzia und Ludwisia und belehrend, denn du bist nämlich kein Mädchen.

Emilka soll einen Eiweißumschlag haben, denn sie ist gestürzt, und sie hat sich weh getan, und sie hat die schlimmsten blauen Flecken, richtige Blutergüsse, sagt meine Mutter, und wir genießen alle das Wort, und wir sagen richtige Blutergüsse, sogar Emilka, und obwohl es so weh tut, richtige Blutergüsse, obwohl sie Tränen in den Augen hat, und sie laufen auch etwas die Backen hinunter. Und zwei ganze Eiweiß, denn es ist ein großer Bluterguß auf dem Oberarm und noch einer auf dem Oberschenkel, und da gibt es doch nichts zu weinen, denn jetzt ist es ja überstanden. Und meine Mutter selbst schlägt die Eiweiß, denn sie müssen steif sein, und meine Mutter kann nun einmal am besten Eischnee schlagen, so steif, daß er steht, daß man die Schüssel auf den Kopf stellen kann, ohne daß er herausläuft, und die einzige, die das kann, ist meine Mutter. Und wir stehen um sie herum und staunen, wie das mit der Gabel geht, so schnell, so sicher, und dann plötzlich sagt sie, so, und dann kann sie die Schüssel kippen, und es geschieht nichts. Das hätte Baśka nie gekonnt, nicht so schnell und bestimmt jedenfalls. Und Emilka selbst hat all ihre blauen Flecken vergessen, so spannend ist das Zuschauen. Und plötzlich ist es ganz kalt, der Eischnee kommt auf ihren Oberarm und ihren Schenkel, und die Bandagen werden in Eißweiß getunkt, und sie werden stramm um ihren Oberarm und ihren Schenkel gewickelt, und dann kommen ein paar Binden außenherum, und dann werden wir sehen. Und was geschieht, und am nächsten Morgen, wie Tau vor der Sonne, und was Mama nicht alles kann, was hat Mama gesagt, und ist Mama nicht tüchtig, was hat Mama euch immer gesagt, und jetzt könnt ihr sehen, alle sehen, was für eine tüchtige Mama ihr habt.

So fein angezogen, denn ich bin immer fein angezogen, alle Chopinkinder sind fein angezogen, sogar Zuzia, einigermaßen, aber alle wir anderen, und meine Kinder sollen fein angezogen sein, und meine Mutter weiß gut, daß wir feiner sind als so viele andere Kinder, wir sind fast wie Grafenkinder, aber in gewisser Weise sind wir auch eine Art Grafenkinder, und Ludwika und Izabelka und selbst Emilka, obwohl sie noch nicht so groß ist, und es ist derselbe Stoff und derselbe Schnitt, und wie reizend sie aussehen, die Chopinkinder sehen fein aus, und die Mädchen ganz gleich gekleidet, wie entzückend, und der Junge wie ein ganz feiner Herr, denn man muß fein aussehen, und ich muß, denn ich soll spielen, und ich soll der Gräfin vorspielen, und es ist die Rede davon, daß ich vornehmeren Leuten als der Gräfin vorspielen soll, Wohltätigkeitskonzert, und die Fürstin Czartoryska, man muß fein aussehen, ein Chopinkind, und meine Mutter, nein, sie läßt sich nichts nachsagen, ihre Kinder, und wir bekommen die Kleider bei der besten Näherin genäht, wo auch die Grafenkinder genäht bekommen, die keine eigenen Näherinnen haben, und das haben die Kinder der Gräfin jedenfalls nie gehabt, jedenfalls nicht, wenn sie in der Stadt sind.

Ihr Namenstag, so herrlich können Sie Ihren Namenstag feiern, Herr Professor, mit Ihren begabten Kindern, wie glücklich müssen Sie sein, vier reizende Kinder, und jedes einzelne so begabt, und die Glückwünsche, die sie Ihnen auf Ihrem Namenstag gebracht haben, Herr Professor, hat man jemals so etwas erlebt, sogar die kleine Emilka, und das obwohl sie, ja wie alt ist sie, ein Gedicht, ein richtiges Gedicht, eine Sappho ist sie, eine polnische Sappho, eine kleine Urszula, und hoch soll sie leben, die neue polnische Sappho, die neue Urszula, und Izabelka, auch sie, und mit dem Fleiß, und wie schön es gemalt ist, ihre Farben, ihr Sinn für Farben, er übertrifft den Farbensinn so manch einer Fürstin, die glaubt, sie verstünde sich auf die Malkunst, ihre Striche, ihre feinen Striche, und Ludwika, ihre Prosa, so schön es klingt, Erzprosa kann man sie fast nennen, und sie verstößt nicht gegen eine einzige Regel, die Kunst der Prosa, unsere polnische Prosa, und Ihr Sohn, wie herrlich für Sie, seine schönen Reime, seine schönen Rhythmen, die Gesetze der Metrik bis aufs Tüpfelchen eingehalten, wie sich diese Verse skandieren lassen, nein, für ihn brauchen Sie nicht zu fürchten, Literatur, da hat er ganz bestimmt Fähigkeiten, das ist ja klar wie der hellichte Tag, aus ihm wird schon noch etwas werden mit diesen literarischen Fähigkeiten, und daneben die Musik.

◊ ◊ ◊

ARAMINTA: Guten Morgen, liebe Teofila; ich finde es ungemein liebenswürdig, daß du mich besuchen gekommen bist.

TEOFILA: Meine Mutter hat mir erlaubt, den Nachmittag zusammen mit dir zu verbringen.

ARAMINTA: Tatsächlich. Welche Freude. Das Wetter ist so schön! Mir scheint, unsere Freunde sind uns umso willkommener, je mehr die Natur um uns herum lächelt.

TEOFILA: So fühle ich auch. Gib mir deine Hand, wir wollen

wandern. Wie entzückend wir die Zeit mit Gesprächen verbringen werden.

ARAMINTA: Ja, und wir können fangen spielen! Sollen wir, um uns die Zeit zu vertreiben, in den Hain gehen?

TEOFILA: Ach, von ganzem Herzen! Reizend! Und niemand wird uns dort unterbrechen.

ARAMINTA: Ich möchte dich nur um Erlaubnis ersuchen, mich einen Augenblick zu setzen und die letzten Stiche an dieser Schürze zu tun, die ich mitgebracht habe.

TEOFILA: Tu das nur. Und ich werde dir überdies helfen.

ARAMINTA: Um nichts in der Welt, Teofila. Obwohl ich dir danke. Aber die Wahrheit ist, daß ich keinen einzigen Stich daran haben möchte, der nicht mein eigener ist.

TEOFILA: Ich vermute also, du beabsichtigst, die Handarbeit zu verschenken.

ARAMINTA: Du hast recht.

TEOFILA: Und du bist in Eile, sie fertigzumachen.

ARAMINTA: Ich würde alles dafür geben, daß sie am vierten diesen Monats fertig wird, es ist Fräulein Le Fèvres Geburtstag.

◊ ◊ ◊

Moderner Tand eigentlich sollte man dir gar nicht erlauben diesen modernen Tand zu spielen Gyrowetz Gyrowetz was ist das für eine Stümperei und hat man so etwas je gehört und sieh dir nur die Harmonien an und das ist ja die reine Unsitte Gyrowetz Gyrowetz und da kann er noch so sehr mein Landsmann mein ehemaliger Landsmann sein aber das ist auch nur weil die Damen es verlangt haben und für ein Wohltätigkeitskonzert aber es ist nicht gesund für dich derlei Dinge zu spielen nichts Gutes kommt dabei heraus Mozart und Bach und sieh hier meine Tabakdose warum glaubst du ich habe Mozart auf meiner Tabakdose und dann Haydn und Hummel und wenn das nicht genügen sollte und dann vielleicht Moscheles aber das ist noch zu schwer für dich aber Gyrowetz Gyrowetz wenn es Hummel und Bach gibt das einzig Gute ist vielleicht daß es e-Moll ist e-Moll ist eine vortreffliche Tonart für ein Klavierkonzert.

Ich liebe g-Moll, denn g-Moll ist die Trauer, und ist Händel, und tiefe Töne, und die schrillen Töne der Oboe, und die Violine, und es steht in g-Moll, denn das D führt zu einem g-Moll-Klang, das ist mein liebster Auftakt, und ich will eine Melodie machen, und da soll das D klingen, und es soll in Oktaven klingen, und in Oktavoktaven, und es soll klingen, und dann soll es sich auflösen, aber in Wehmut, in g-Moll-Wehmut, es soll g-Moll sein und alles soll g-Moll sein, denn ich höre das D, das heitere D, es wird gespannt und gespannt, bis es nicht mehr gespannt werden kann, und dann wird es aufgelöst, aber es wird nicht erlöst, denn g-Moll erlöst nicht, g-Moll wird nie erlösen, und g-Moll ist Trauer und die Wehmut der Trauer und der Mut der Trauer, wie bei Bach.

Sie ist gestorben, Frau Dulfus ist gestorben, weil sie an einem Grashalm gekaut hatte, und darum dürft ihr nie Grashalme in den Mund nehmen, und Baśka weiß es auch, denn zu Hause bei Baśka war auch, da war auch ein Kind, und es starb, weil es an einem Grashalm gekaut hatte, ihr dürft nie Grashalme in den Mund nehmen, denn Frau Dulfus war mit Herrn Dulfus an einem Sommerabend spazierengegangen, und dann hatte sie einen Grashalm gepflückt, einfach so, genau wie Fryc es neulich beinah getan hätte, und sie hatte ihn in den Mund gesteckt, genau wie Fryc es fast getan hätte, wenn seine Mutter ihn nicht im letzten Augenblick zurückgehalten hätte, und seid ihr nicht froh, daß ihr eine Mutter habt, die augenblicklich sieht, wenn ihr etwas tut, das gefährlich für euch ist, und Frau Dulfus hatte darauf gekaut, ohne das geringste zu ahnen, und was mußte passieren, Frau Dulfus bekam Pilz im Mund, und erst kam ein großer Knoten, und der war so hart wie ein Stein, als hätte sie einen Stein unter die Haut bekommen, und dann kamen Geschwüre, und es kamen Wunden, nässende Wunden, aber es war nichts zu machen, und es ging immer weiter so, und es wuchs und wuchs, und zum Schluß erstickte sie, ganz langsam, der Pilz war wie ein Eisenring, und er schnürte den Hals zu, so daß sie jeden Tag weniger und weniger Luft bekam, und zum Schluß schnappte sie nach Luft, so daß man es bis auf die Straße hören konnte, und dann starb sie, Pilz, nur weil sie keine Mutter hatte, die wußte, daß man keinen Grashalm in den Mund nimmt.

Tanzunterricht, und Herr Poncet, und meine Mutter spielt, aber leise und etwas verzagt, und ich merke, er hätte es lieber markig, aber er kann es nicht richtig erklären, denn sie ist ausreichend mit Noten und Fingern beschäftigt. Ich genieße meine Schritte, tanze langsam, tanze vornehm, verbeuge mich tief, und ich liebe es, mit Zuzia zu tanzen, denn sie ist die Älteste, und dann ist sie trotzdem nicht ganz meine Schwester, und sie riecht anders, und mein Ernst steckt an, sogar Izabelka traut sich nicht richtig herumzualbern, obwohl sie ein bißchen versucht, sich hinter Herrn Poncets Rücken über ihn lustig zu machen, aber es zündet nicht. Gnädige Frau, sagt er, gnädige Frau, wiederholt er immer wieder, und ich merke, meine Mutter wird immer nervöser und verwirrter, ich kann nicht mehr, jetzt muß Fryc, sie steht abrupt vom Klavier auf, aber ich habe gar keine Lust, es war so schön zu tanzen und sich zu verbeugen, erst vor Zuzia und dann vor Ludwisia und sogar vor Izabelka und Emilka, obwohl sie eigentlich zu klein ist. Ich weiß, daß meine Verbeugung sehr schön ist, ich kann es in den Augen aller Freunde meiner Eltern sehen. Und dann trotzdem, ich muß, und da sitze ich am Klavier, ich kann nicht anders als mich einfach mitreißen lassen, und meine Rhythmen sind nicht vage wie die meiner Mutter, und Herr Poncet gibt meiner Mutter die Hand, seht her, Kinder, und er und meine Mutter tanzen, und ich spiele, und sie tanzen, und ich spiele, und je mehr ich spiele, desto mehr tanzen sie, und meine Mutter sieht plötzlich ganz anders aus, und ich bekomme es plötzlich mit der Angst zu tun, und ich will abbrechen, aber gleichzeitig kann ich nicht abbrechen, denn meine Mutter tanzt, und sie tanzt zu meinen Melodien, und sie tanzt mit Herrn Poncet, bis ich plötzlich weiß, jetzt muß ich aufhören, und ich höre auf, und warum hörst du auf, sagt meine Mutter mit einer Stimme, die ich gar nicht kenne, und ich kann es ihr nicht erklären, gerade darum.

Ich spiele mit dem anderen Fryc, und er ist zwei Jahre älter als ich, und komm mit auf die Straße, und ich traue mich nicht, nein zu sagen, und niemand braucht ja etwas davon zu erfahren, und dann sehen wir plötzlich Marysia Hinketeufel mit dem Holzbein. Wir gehen im Gänsemarsch hinter ihr her, wer der Eifrigere ist, weiß ich nicht, bald der eine, bald der andere zuerst, und ich sehe, daß die Leute nicht anders können als ein wenig zu lächeln, besonders über mich. Bis uns plötzlich ein Mann etwas zuruft, ihr Schlingel, was bildet ihr euch ein, euch über eine arme, alte Frau lustig zu machen, und wir kehren um und laufen so schnell wir können. Es war Herr Kolberg. Beim Abendessen sagt mein Vater, ich höre, Fryc hat nichts Besseres zu tun, als alte, gehbehinderte Frauen zu raillieren. Was Bach wohl dazu gesagt hätte. Und acht Jahre. Und sie sehen mich alle an, und Izabelka stößt Ludwisia mit dem Ellbogen in die Seite, aber sie sieht nur auf ihren Teller, und dann entdecke ich, daß sie errötet. Und Emilka starrt auf ihren Teller. Und dann beugt auch meine Mutter den Kopf. Und meine Mutter errötet auch. Nur Zuzia und Izabelka senden sich Blicke zu. Ich bekomme mein Essen nicht mehr hinunter, und ich will mich nicht verschlucken, ich will nicht husten, und keiner spricht zu mir, und ich weiß, ich muß aufessen, und der Tisch wird abgeräumt, alles außer meinem Platz, alle sind aufgestanden, sie sprechen gedämpft miteinander, aber ich will nicht weinen, und dann habe ich aufgegessen, und ich gehe ins Bett, allein, ich weiß, daß mir niemand gute Nacht sagen kommt, ganz allein, und am nächsten Tag wird es nicht vergessen sein, bestimmt nicht, und ich traue mich nicht, Bach zu spielen, ich spiele nur Übungen, immer wieder, und keiner vergißt, Terzübungen, und keinen Bach, und kühl formell grüße ich den anderen Fryc, als er das nächste Mal mit seinen Eltern auf Besuch kommt, und richte kein einziges Mal das Wort an ihn.

Jetzt halte ich es nicht mehr aus, du übst und übst, und von frühmorgens bis spät abends, und immer, und es ist immer, und dieselbe Passage, und ich werde bald wahnsinnig, nie hat man einmal Frieden, wenn man aufsteht, wenn man nach Hause kommt, und immer wieder, und immer dieselben Läufe, und du mußt natürlich auf dem Wohltätigkeitskonzert spielen, und du mußt natürlich das Gyrowetz-Konzert spielen, und ich weiß es, aber trotzdem, es gibt doch auch andere Dinge, und ein achtjähriger Junge, bloß weil er von ein paar Gräfinnen oder was weiß ich wem angestaunt werden soll, die nicht genug bekommen können von diesem und jenem, worüber sie runde Augen machen können, und glaubst du, das wäre so, weil du spielen kannst, nein, es ist, weil du acht Jahre alt bist, und sonst nichts, und es gibt keinen Grund, daß du glaubst, und ich will nicht mehr hören, und dann muß es gehen, wie es geht, und man kann ja auch nicht alles von einem Achtjährigen erwarten, sie müssen es nehmen, wie es kommt, und wir anderen müssen ja auch hier leben können, immer dieselben Läufe, es ist zum Wahnsinnigwerden, das kann ja nicht der Sinn der Sache sein, daß ein achtjähriger Bub seine Eltern auf diese Art tyrannisiert.

Herr Żywny ist genauso alt wie Mozart, denn Herr Żywny ist im selben Jahr wie Mozart geboren, und vielleicht ist Herr Żywny sogar einige Monate älter als Mozart, Herr Żywny weiß es nicht, aber jedenfalls im selben Jahr, Mozart und ich, sagt Herr Żywny, aber obwohl Herr Żywny beinahe Mozart kennengelernt hätte, Mozart, mein kleiner Bruder, scherzt Herr Żywny, hätte mein Vater doch nur, sagt Herr Żywny, mein Vater, der ein Virtuose auf seiner Flöte war, hätte mein Vater bloß, und du hast viel von Mozart in dir, mein Junge, du bist begabt wie Mozart, du bist Warschaus Mozart, aber wir leben in einem anderen Zeitalter als Mozart, denk nur, was geschehen ist, seit Mozart starb, eine ganz andere Welt, so begabt du also auch bist, sagt Herr Żywny, keiner wird Mozart, Mozart mein Bruder, Mozart mein Freund, Mozart mein Gleichaltriger.

Und was ist F mit einem Auflösungszeichen und einem Kreuz, wenn es in Cis-Dur steht, frage ich Herrn Żywny, das ist natürlich Fis, antwortet Herr Żywny, aber dann könnte man ja genauso gut ein F schreiben, sage ich, aber schau mal, im Baß ist das F ja mit einem doppelten Kreuz geschrieben, sagt Herr Żywny, und darum muß man im Diskant Fis mit einem Auflösungszeichen und einem Kreuz schreiben, so ist Bach, sagt Herr Żywny, so ist nämlich Bach, und das ist eines der Geheimnisse bei Bach, Chromatik ist Bachs Geheimnis, sagt Herr Żywny, und hör mal genau hin, sagt Herr Żywny, kannst du es nicht hören, und ich höre hin und ich höre zu, und dann kann ich es hören, den Unterschied zwischen Fis und einem F mit Auflösungszeichen und einem Kreuz, ganz deutlich, wie Bach es gehört hat.

◇ ◇ ◇

Ich habe das Insekt bis zu seiner vollen Größe wachsen sehen, gesehen, wie es verschmachtet und sich weigert,

Nahrung zu sich zu nehmen; es spann sich ein Grab, und es kleidete sich in sein Leichentuch aus Seide; es lag da ohne Beine, ohne Gestalt oder Kraft, sich zu bewegen. Ich sah wieder hin, und sein Grab war geborsten; das Tier war voller Leben und segelte auf bunten Flügeln in der sanften Brise; es freute sich über seine neue Gestalt.
So soll es auch dir geschehen, o Mensch! So soll sich dein Leben erneuern.
Schönheit soll aus der Asche wachsen; Leben aus dem Staub.
Eine kurze Weile wirst du im Grabe liegen, wie das Samenkorn im Schoße der Erde liegt; aber du sollst wieder auferstehen; und wenn du gut und fromm bist, wirst du nie mehr sterben.
Wer wird kommen und die Gefängnistüren des Grabes sprengen und den Toten gebieten, aufzuwachen, wer wird die Erlösten von den vier Winden des Himmels sammeln?
Er wird auf einer Wolke von Feuer niederschweben; der Laut von Trompeten wird ihm vorausgehen; Tausende von Engeln sind zu seiner Rechten.
Es ist Jesus, Gottes Sohn; der Erlöser der Menschheit; der Freund der Guten.
Er kommt im Strahlenglanz seines Vaters; er hat von dem Hohen seine Macht empfangen.
Trauere darum nicht, o Kind der Unsterblichkeit; denn der Zerstörer, der grausame Zerstörer, der Gottes Werke vereitelt, ist besiegt; Jesus hat den Tod überwunden; Kind der Unsterblichkeit, trauere nicht mehr.

◇ ◇ ◇

Meine Fuge und sie ist dreistimmig und sie ist in h-Moll denn Bach liebte h-Moll und ich kann trotzdem nicht ganz eine vierstimmige Fuge machen obwohl ich versucht habe aber ich kann es nicht ganz und ich traue mich nicht sie Herrn Elsner zu zeigen denn es ist meine Fuge und was wird er sagen und auch nicht Herrn Żywny trotzdem nicht obwohl es keine parallelen Quinten keine parallelen Oktaven gibt und ich spiele sie durch immer wieder um zu hören ob nicht doch irgendwo parallele Quinten und parallele Oktaven sind und was für ein schreckliches Stück Musik spielst du denn zur Zeit sagt meine Mutter es ist ja nicht mit anzuhören und wo hast du das denn her es ist ja das ärgste Stück Katzenmusik und ich höre auf und es ist meine Fuge und nichts Besonderes und ich übe nur es ist nichts Besonderes aber es klingt entsetzlich sagt meine Mutter und kannst du denn nichts anderes zum Üben finden du hast ja deine netten Mazurkas und das Konzert von Gyrowetz mit dem du auftreten sollst und meine Fuge war in h-Moll und ich dachte an Bach und ich riß das Notenheft durch und ich habe sie nie mehr gespielt und ich lächle meiner Mutter zu und ich kann mich nicht mehr daran erinnern und ich habe sogar ihr Thema vergessen und in h-Moll und ich lächle meiner Mutter zu und vergesse.

Sie konnten keine eigenen Kinder bekommen. Und dann hatte ihre Schwester Unmengen von Kindern. Mindestens elf. Und als sie ein wenig älter waren. Und dann, ja aber warum denn nicht. Und ihre Schwester übertrug ihr, ließ sie bekommen, und zwei ihrer Kinder, einen Jungen und ein Mädchen. Zwölf und acht. Aber es ging nie gut. Sie wußten es nicht zu schätzen. Obwohl sie alles taten, was sie konnten, eben weil sie keine eigenen Kinder hatten. Aber das ist ja trotz allem nicht dasselbe. Und der Junge kam in die Lehre. Aber was kann man erwarten. Undankbarkeit. Und mit dem Mädchen ging es noch schlimmer. Ja, es ging so schlimm, wie man sich überhaupt vorstellen kann. Und da kann man sehen. Wenn man keine eigenen Kinder bekommen kann. Nein, es nützt nichts. Es ist ja ein Gesetz des Herrn. Und natürlich waren sie streng. Und vielleicht auch strenger, als wenn sie eigene Kinder gehabt hätten. Denn den eigenen Kindern verzeiht man in gewisser Weise leichter. Aber daß sie beide. Nein, sie müssen auch wirklich vom Unglück verfolgt gewesen sein. Denn es waren ordentliche Leute. Was man auch sagen mag. Es waren ordentliche Leute. Aber sie sagten, die Kinder hätten nie ihren Eltern verziehen, daß sie sie weggegeben hatten. Auch wenn es an ordentliche Leute war. Statt ihnen dankbar zu sein. Aber so ist die Welt. Undank ist ihr Lohn.

Und wir werden in Fürstin Czartoryskas Wagen geholt, mein Vater und ich, und meine Mutter will an uns denken, und ich werde die ganze Zeit an euch denken, und um, genau um, dann wird Mama an ihren kleinen Fryc denken, denn dann setzt ihr Frycek sich ans Klavier, und denk, Mamas kleiner Fryc, und dann die Fürstin Czartoryska, und dann das Wohltätigkeitskonzert, und dann das Gyrowetz-Konzert, das ihr kleiner Fryc spielen soll, und du bist doch nicht nervös, denn es gibt keinen Grund, nervös zu sein, und das große Publikum, nein, du brauchst nicht nervös zu sein, Mamas Frycek muß nicht nervös sein, denn Frycek kann sicher sein Gyrowetz-Konzert, und Fryc hat es ja geübt und so gut geübt und so fleißig, es gibt also keinen Grund, nervös zu sein, und Herr Żywny hat ja auch gesagt, und alle die vielen Leute, und du bist ja auch hübsch angezogen, das ist das Wichtigste, Mama hat alles getan, damit ihr Fryc fein aussieht, so fein, daß Mama sich nicht zu schämen braucht, und Fryc sich nicht zu schämen braucht, was macht es also, wie es geht, aber es gibt keinen Grund, nervös zu sein, denn es wird sicher so gut gehen, so gut, da ist Mama sich ganz sicher, und Mamas kleiner Fryc, nein, es gibt bestimmt keinen Grund, nervös zu sein, und warum sollte ich nervös sein, und natürlich ist es Fürstin Czartoryskas Wagen, und warum sollte sie uns nicht ihren Wagen schicken, meinem Vater und mir, und warum ist mein Vater nervös, und was ist das überhaupt, nervös sein, wenn man bloß spielen soll.

Fingerfertigkeit, ein Affe, man kann einem achtjährigen Buben Fingerfertigkeit beibringen, das bezweifle ich nicht, aber kann man ihn Musik lehren, das möchte ich gerne wissen, und ich bin so klein, daß Herr Niemcewicz nicht entdeckt, daß ich in der Nähe stehe, aber das ist ja auch eine Sache, welche die Fürstin, Kinder auftreten zu lassen, ein dressierter Affe, so würde ich ihn bezeichnen, aber natürlich, wenn es Geld einbringt, Wohltätigkeit, darum dreht sich das Ganze wohl eigentlich, Ausnutzung, und ausstaffiert, und Fingerfertigkeit, daß es ein Graus ist, der arme Junge, alles für Geld, warum ihn nicht auf dem Instrument den Handstand machen und mit der Nase spielen lassen, das würde vielleicht noch größere Einnahmen bringen, aber Musik, ein achtjähriger Bub, wie kann er überhaupt etwas von Musik verstehen, Wohltätigkeit, jawohl, aber Musik, ach, da stehst du ja, ja, Herr Professor, der Sohn des Herrn Professors, darf ich gratulieren?

Frau Stępińskis Nasenlöcher, und ihre Nasenflügel sind gewissermaßen zu kurz, als wären sie abgeschnitten, und die Scheidewand schillert hellrot, und das Licht scheint durch sie hindurch, und es sitzt immer Popel an Frau Stępińskis Nasenscheidewand, und ich ekle mich, wenn ich sie sehe, und ich winde mich los, wenn sie mich umarmen will, denn ich habe Angst, daß ihr Nasenpopel sich in meinen Kleidern oder auf meiner Haut festsetzt, denn ich habe einmal gesehen, wie sie Ludwisia umarmte und küßte, und hinterher saß ein großer Nasenpopel auf Ludwisias weißem Spitzenkragen, und ich hätte mich fast übergeben, über Frau Stępiński, über Ludwisia, über Frau Stępińskis Nasenpopel, und jedesmal, wenn Ludwisia den Spitzenkragen anhat.

Und stellen Sie sich vor, Fryc, aber schauen Sie nicht zu ihm hin, denn dann merkt er, daß wir von ihm sprechen, und er erzählte mir, und er bat mich, es keinem zu sagen, aber so ein kleiner Bursche, was versteht er schon davon, was man sagt oder nicht sagt, und es ist ja nur lieb und entzückend, aber Sie und ich, Sie, Frau Kolberg, und Sie haben ja auch Söhne, Sie wissen doch, was es heißt, Jungen in diesem Alter, sie mögen ja nie, sie wollen nicht, daß man von ihnen auf diese Art spricht, aber du liebe Güte, wenn wir uns nach allem richten würden, was unsere Kinder leiden mögen und was nicht, und an und für sich ist es ja nur lieb, es zeigt ja, daß er immer noch ein Kind ist, und Sie hätten sehen sollen, es war geradezu rührend, es war so, daß ich es fast nicht übers Herz brachte, ihn zur Ordnung zu rufen, aber etwas mußte ich ja tun, und so ein großer Junge, sagte ich zu ihm, so ein kleiner Junge zu sein, und ein Junge, der bei der Fürstin Czartoryska gespielt hat, und Sie hätten ihn sehen sollen, wenn Sie gesehen hätten, wie verlegen er wurde, und wie lieb er war, wie hinreißend, als er verlegen wurde, und ich mußte ihm einfach um den Hals fallen und ihn auf beide Backen küssen, und das machte ihn noch verlegener, nein, er ist nun mal noch ein kleines Kind, er ist und bleibt ein Kind, Mamas kleiner Junge, aber das hört er natürlich nicht gern, aber das ist er nun mal, wie tüchtig er auch immer seine Schulaufgaben macht und Klavier spielt, er wird immer Mamas kleiner Junge bleiben, aber passen Sie auf, er sitzt da und hört zu, tun wir, als sprächen wir über etwas anderes.

Natürlich können wir zwei Jungen dazunehmen, dann haben wir acht und acht ist auch eine gute Zahl, sagt meine Mutter. Und mein Vater weiß ja. Meine Mutter hat nichts dagegen. Sie und Baśka werden schon klarkommen. Und wir haben ja Zuzia. Und es ist lustig mit den Jungen, es ist nur lustig. Denn meine Mutter mag unsere Zöglinge. Sie findet es lustig. Du liebe Güte. Die Arbeit, nicht der Rede wert. Ob es sechs sind oder acht. Und wir stellen einfach zwei neue Betten in ihr Schlafzimmer, ja, wir können sie an die Wand zum Flur stellen, da können sie gut stehen, das paßt gerade, und um den Tisch. Es wird bestimmt Platz für zwei mehr geben. Und es gibt größere Einnahmen, denn die Kosten. Du liebe Güte, zwei mehr oder weniger. Und meine Mutter mag die Jungen. Und sie sieht zu, wie Baśka die Suppe in ihre Stube trägt. Daß sie alle haben, was sie brauchen, und bekommen, was ihnen zusteht. Denn Jungen sind Jungen. Und sie schöpft ihnen selbst die Suppe aus. Und während sie essen, sitzt meine Mutter am Ende des Tischs, denn mein Vater hat seine Arbeit und darf nicht gestört werden, jedenfalls nicht durch das Mittagessen der Zöglinge. Und später ißt die Familie allein zusammen, denn die Zöglinge, es sind ja doch Jungen und Fremde. Obwohl meine Mutter Jungen sehr mag, muntere Jungen, lebendige Jungen, Jungen mit guter Laune, kecke Jungen, und natürlich nehmen wir zwei dazu, es bedeutet nichts, denn die Kosten, und die Einnahmen, besonders wenn es Jungen aus guter Familie sind, aber wir nehmen ja überhaupt nur Jungen aus guter Familie, lebhafte, jawohl, aber aus guter Familie, und meine Mutter mag nun mal lebhafte Jungen.

Meine Eltern haben ihren Ausdruck für jeden von uns. Sie werden wo auch immer und wann auch immer gebraucht. Ludwisia ist immer so sauer und mürrisch und schwermütig und schüchtern, und sei doch nicht immer so, und Izabelka ist schlagfertig und heftig und so unregierbar, und es ist bald nicht mehr auszuhalten mit dir, und Emilka ist reizbar und nervös, und kannst du nicht einen einzigen Augenblick stillsitzen, und Zuzia ist träge und lustlos, und immer muß man ihr die Dinge zweimal sagen, und sie tut nie etwas freiwillig, und ich bin so ein Träumer und schwer von Begriff und ausgelassen machmal und ganz unberechenbar, und du bist so überempfindlich, was soll aus dir noch werden mit dieser Überempfindlichkeit, es ist schrecklich, wie sollst du denn einmal zurechtkommen, und in der großen Welt. Überempfindlich.

◇ ◇ ◇

Der Arzt trocknete sich die Augen und sagte: „Aber lieber Freund, bist du nicht hungrig?“

FERDYNAND: Doch, Herr, ich bin hungrig, das ist wahr; aber es verursacht mir nicht so großen Schmerz wie den, meine Familie leiden zu sehen.

DER ARZT: Aber du wirst sterben, wenn du keine Nahrung zu dir nimmst.

FERDYNAND: Das ist mir klar; aber ich will in Frieden sterben. Mein Vater wird einen Mund weniger zu stopfen haben; und wenn ich bei Gott bin, werde ich ihn bitten, meinen kleinen Brüdern und Schwestern Brot zu geben.

Der sanftmütige Arzt schmolz dahin vor Mitleid und Bewunderung, als er das großherzige Kind so sprechen hörte. Er nahm es in seine Arme und drückte es an sein Herz und sagte: „Nein, kleiner Freund, du sollst keineswegs sterben! Gott, der unser aller Vater ist, wird dich und die Deinen in seine schützende Hand nehmen. Dank ihm dafür, daß er dich zu mir gebracht hat. Ich werde sofort zurückkehren.“

◇ ◇ ◇

Aber ich bin ein guter Läufer. Denn ich mag nicht boxen, ich habe Angst davor, und es ist nicht gut für meine Hände, und keiner fordert mich zum Boxen heraus, denn sie wissen, ich kann nicht wegen meiner Hände, und dann macht es ja keinen Spaß. Und ich traue mich nicht zu ringen. Und ich klettere nicht auf Bäume, ich habe Angst wegen meiner Hände, daß sie Kratzer und Schrammen bekommen, denn man muß seine Hände schonen, ein Pianist muß vorsichtig sein mit seinen Händen, und wenn man klettert, dann schadet es den Händen und besonders den Handgelenken. Und ich springe nicht gern, aber du bist ja so leicht, du solltest weit springen können, aber ich kann nicht weit springen, und ich kann nicht hoch springen, und ich kann nicht rüberspringen, denn ich habe Angst, daß meine Füße hängenbleiben und ich falle und meine Hände verderbe, denn es ist so leicht, sich die Hände zu brechen. Und ich kann überhaupt nicht werfen. Ich begreife nicht, wie man wirft. Aber laufen, das kann ich. Bis Wiluś von der Wiluśbande mich einholte. Aber zum Glück war Herr Kolberg direkt in der Nähe. Und zum Glück. Und jetzt ist er tot.

Der Mozart Warschaus, unser Sohn, Warschaus Mozart, aber was soll das heißen, und wer war Mozart im Grunde, und wie endete es mit Mozart, keiner weiß, wie es mit Mozart endete, und in so einem jungen Alter, gestorben, in Armut gestorben, und im Elend, und unser Sohn, und Warschaus Mozart, ist wohl jemand neidisch auf Mozarts Schicksal, gestorben, und elternlose Kinder, denn wie viele Kinder hatte Mozart, und ohne Vater, und die arme Mutter, verlassen, und Mozart tot, und unser Sohn und der Mozart Warschaus, wenn man ein Elternhaus hat, ein ordentliches Elternhaus und man ihm alles geben kann, was er braucht, und er wird ein glückliches Leben haben können, ein reiches und glückliches Leben wie sein Vater und seine Mutter, was man auch immer sagen mag, der Mozart Warschaus, nein, und wenn es über meine Leiche wäre, da müssen auch Fürstinnen sich beherrschen.

Fast gestorben sein, und es ist meine Mutter, und als sie das letzte bekam, und es war Emilka, meine Mutter wäre fast gestorben, als sie das letzte bekam, aber keines der Kinder weiß es natürlich, aber es war schrecklich, und fast aufgegeben, und von Arzt und Hebamme, und als meine Mutter das letzte bekam, und es war ein Wunder, ein schieres Wunder, und meine Mutter wäre fast gestorben, und darum, obwohl ich Fryc in mancher Hinsicht gönnen würde, daß er einen kleinen Bruder hätte, denn manchmal, obwohl sie ja so reizend zusammen spielen, und sie kommen so gut miteinander aus, alle vier, aber trotzdem, man denkt ja, und einziger Junge, und Zuzia, das macht es ja nicht besser, aber er scheint nichts dagegen zu haben, und mein Mann ist glücklich, daß wir wenigstens einen Sohn haben, denn der erste, und nach drei Tagen, aber es war ja der Wille Gottes, und zum Glück, die Freude, die wir an Fryc haben, und natürlich auch an den Mädchen, und man muß ja daran denken, bei unseren Verhältnissen, so viele Münder zu stopfen, nein, vier sind eigentlich mehr als genug, und dann Zuzia, aber das ist ja eine Verpflichtung, denn ich weiß, was das heißt, elternlos, da habe ich keinen Augenblick gezögert, und mein Mann, was man auch immer sagen mag, das muß ich sagen, keinen Augenblick, moralische Verpflichtung, darin ist mein Mann, aber nach dem letzten, und es war ja ein Wunder, daß ich überlebt habe, aber das weiß keiner, aber es war ein Wunder, und darum, das verstehen Sie sicher, und Fryc steht doch wohl nicht da und horcht, das sähe ihm ähnlich, Fryc horcht doch wohl nicht, aber ich werde ihm noch dahinterkommen, tun Sie so, als sprächen wir immer noch, sprechen Sie laut, als erzählten sie mir gerade etwas, dann schleiche ich unterdes hin und öffne die Tür.

Ich lese schrecklich gern von Affen. Denn es sind kluge Tiere. Und sie leben in den Baumkronen. Und sie tun niemandem etwas zuleide. Aber Affen können auch wütend werden. Wenn man ihnen in die Quere kommt. Sie leben in Familien. Großen Familien. Und sie spielen miteinander. Die Kinder klammern sich an dem Pelz ihrer Mutter fest und werden von ihrer Mutter getragen, bis sie erwachsen sind. Wenn sie also nicht miteinander spielen. Affen sind glücklich. Sie stehen auf mit den ersten Strahlen der Sonne. Über dem Urwald. Und sie essen nur Früchte und Nüsse. Sie töten nicht für Nahrung. Sie entlausen sich gegenseitig. Aber das tun die Menschen ja auch. Wenn sie Läuse haben. Und sie schwingen sich an ihren langen Armen von Ast zu Ast. Und sie sind beisammen. Immer beisammen. Miteinander. Glücklich in ihrer Horde. In ihrer Familie. Allesamt beisammen.

Es ist eine Passacaglia, erklärt Herr Żywny, und eine Passacaglia hat ein bestimmtes Motiv im Baß, und es wiederholt sich in der ganzen Variationenreihe, und dieselben Harmonien werden in allen zweiunddreißig Variationen verwendet, und ich will eine Passacaglia machen, und sie soll in Des-Dur sein, und das Motiv soll ganz einfach sein, und acht Takte, und sie werden immer wieder wiederholt, und in der rechten Hand, nur eine einzige Melodie, und wiederholt, mit immer mehr Verzierungen und Passagen und Trillern, langen, langen Trillern, wie bei Bach, und dann Lauf für Lauf, wie bei Hummel, und was spielst du denn da, fragt Herr Żywny, und Herr Żywny kann kein Thema im Baß hören, das ist ja nur Begleitung, sagt er, reine Begleitung, kein Thema, kein richtiges Thema, ein Thema muß ein Thema sein, sagt Herr Żywny, wie bei Hummel, wie bei Bach.

Es ist gut fürs Blut und Baśka ist munter und sie schneidet Kohlrabi klein denn Kohlrabi sind gut fürs Blut und da war ein Mann in Baśkas Dorf der wurde zur Ader gelassen und er aß Kohlrabi und aß und aß und sein Blut war so dünn und fein wie nur eins und später bekam er Scharlach und keiner dachte daran ihn zur Ader zu lassen denn man wußte sein Blut war dünn und fein und ich erbreche mich und ich muß mich erbrechen und bloß nicht Kohlrabi und bleib mir weg mit deinen Kohlrabi aber Kohlrabi ist gesund fürs Blut sie sind gut fürs Blut und du mußt essen und ich muß essen und bloß keine Kohlrabi und iß schon deine Kohlrabi und du darfst nicht vom Tisch aufstehen ehe du deine Kohlrabi gegessen hast und sieh mal Ludwisia und Izabelka und sieh Emilka und sie haben alle brav ihre Kohlrabi gegessen und ihr Blut und du willst doch nicht der einzige sein der kein feines und dünnes Blut hat und iß endlich deine Kohlrabi und so schrecklich ist es wohl auch nicht und dein Vater ist erwachsen und er hat das Recht seine Kohlrabi nicht zu essen und sein Blut ist auch stark und dünn wie Blut zu sein hat aber du mußt auf dein Blut aufpassen denn du bist immer noch ein Junge.

Bei dir muß immer alles schnell gehen. Du bist immer so ungeduldig. Warum kannst du dir nicht Zeit nehmen. Warum muß immer alles ruck, zuck gehen. Und nichts machst du letzten Endes richtig fertig. Du fängst etwas an, und dann gibst du auf halbem Wege auf. Man muß Geduld haben. Es nützt nichts. Sieh doch ein. Sobald du. Nein, denk an deinen Vater. Glaubst du, er hätte es so weit gebracht, wenn er nicht solch eine Geduld gehabt hätte. Alle seine Schüler. Von ganz jungen Jahren an. Und dann die Zöglinge. Glaubst du, man kann ein Kind erziehen ohne Geduld? Aber hab erst einmal selbst Kinder, dann wirst du es schon lernen. Und du willst Pianist und Komponist werden. Wieviel Geduld, glaubst du, hat Herr Paganini gehabt? Und Frau Catalani, welche Geduld sie haben muß. Es ist nicht vornehm, so schnell zu sein. Könntest du dir vorstellen, daß Bach so herumsaust wie du? Wie, glaubst du, hätte er komponieren können, wenn alles in einem Hui hätte gehen müssen? Aber mit dir. Und selbst Herr Żywny beklagt sich. Keine Geduld. Und danach wird es. Eile ist des Teufels Bote. Und es ist nun mal nicht vornehm, sich zu beeilen.

◇ ◇ ◇

Wie ich bereits erzählt habe, gab es für einen Augenblick Frieden. Das Heer verteilte sich über das ganze Land; einige Regimenter, darunter auch das Regiment, in dem Kapitän Komorek Dienst tat, wurde in die Hauptstadt verlegt. Die einst so toten Straßen waren plötzlich von munterem Lärm und dem Säbelrasseln der Soldaten belebt; und auf dem Exerzierplatz waren fast täglich Vorführungen, bärtige Infanteriesoldaten schritten vorwärts, die Streitäxte in der Hand, die Grenadiere kamen mit ihren hohen Bärenfellmützen, die goldenen Epauletten der Soldaten glänzten, und die Menschenmenge stand dicht zusammengedrängt am Straßenrand.
Bei einer dieser Vorführungen gewann die Kompanie, die von Hauptmann Komorek angeführt wurde, allgemeine Bewunderung, sowohl für ihre exemplarische Properheit als auch für ihr kunstfertiges Manövrieren. Der Fürst konnte seine Freude nicht mehr verbergen, er dankte allen Offizieren, nahm Komorek am Arm und sagte ihm: „Herr Hauptmann, Sie haben längst durch Ihr ehrenhaftes Benehmen meine Achtung und Freundschaft gewonnen, seit langem schon wünsche ich mir, Ihnen zu erzählen, was ich heute sage; im Feld erkämpften Sie sich den Rang eines Hauptmanns, Sie haben Blessuren, die Ihnen Ehre machen, Sie haben das Kreuz der Legion empfangen. Für mich und für diejenigen, die Sie näher kennen, genügt es, Sie zu lieben und Ihnen ergeben zu bleiben, aber für die Welt ist dies nicht genug; denn die Welt beugt nicht die Knie vor Tugend und Verdienst, sondern vor den leeren Vorurteilen des Besitzes und der Geburt, und eben daran ermangelt es Ihnen; Ihre Familie ist arm und unbekannt, nehmen Sie darum einen freundschaftlichen Rat von mir an: Verwerfen Sie den Namen, unter dem Sie geboren sind, nennen Sie sich statt dessen Komorowski, so werde ich Sie adeln."
„Nein, hoher Fürst", antwortete er ihm lebhaft, „nie werde

ich auf den Namen verzichten, der mir in der Taufe verliehen wurde, und ich wünsche nicht, daß Komorowski geehrt werden soll für das, wofür sich Komorek verdient gemacht hat."
Verblüfft, bewegt umarmte der Fürst bis ans Herz gerührt und voller Bewunderung Komorek, er berichtete den Zwischenfall den anwesenden Offizieren, und von diesem Augenblick an achtete er mehr als je zuvor den tapferen Krieger. Die Kameraden bewunderten gleichfalls die edle Denkweise ihres Streitgenossen; und in der Hauptstadt sprachen sie lange von nichts anderem als von Komorek; seine Worte gingen von Mund zu Mund, und alle bewunderten seine Bescheidenheit, sein aufopferndes und uneigennütziges Wesen. Und so gewannen Komoreks Verdienste und seine Hochherzigkeit ihm Belohnung und Beifall in den Herzen des Fürsten und seiner Kameraden.

◊ ◊ ◊

Denn es heißt nicht, ich kann nicht. Es heißt, ich soll und ich muß. Nicht können, das gibt es nicht. Man kann, was man muß. Und mein Vater kennt nicht den Ausdruck Nicht-Können. Und wenn es zu schwer ist, muß man üben. Und es gibt nichts, was zu schwer ist, wenn man wirklich will. Denn nicht können, das ist nicht wollen. Und wer sagt, die Fuge in A-Dur sei schwer. Nichts ist schwer. Und die Fuge in Cis-Dur. Die paar Kreuzchen. Und mein Vater spielt am liebsten F-Dur. Aber Quantz hat auch nichts in Cis-Dur geschrieben. Und wenn er etwas in Cis-Dur geschrieben hätte. Mein Vater hätte geübt und geübt, bis er es gekonnt hätte. Denn wenn man übt. Und mein Vater versteht auch etwas von Musik. Und wenn mein Vater gewollt hätte. Er wäre sicher genauso ein Virtuose auf der Flöte geworden wie ich auf dem Klavier. Und zumindest in genauso jungen Jahren. Denn man kann, wenn man will. Und es war nur, weil mein Vater nicht wollte. Und, sagt er zu Herrn Linde, auch ich erwog in meinen jungen Jahren,

Virtuose auf der Flöte zu werden. Aber dann habe ich die andere Laufbahn gewählt. Und das habe ich nie bereut. Der Weg der Musik ist schmal. Und welche Bedeutung hat ein Musikant überhaupt im gesellschaftlichen Leben. Mit allem Respekt vor. Nein, Fryc, er soll eine ordentliche Ausbildung bekommen.

Es klopft an die Tür aber draußen ist niemand und es sind bloß Straßenjungenstreiche und wenn ich sie erwische sie sollten nur versuchen aber man kann ja nicht überall zugleich sein und es klopft wieder und man kann sie ja hören sagt mein Vater es ist eine Frechheit und wenn ich sie erwische wenn sie versuchen und hört nur ihre Schritte ihr Laufen aber Baśka weiß daß es keine Straßenjungenstreiche sind denn so klopfen Straßenjungen nicht sie klopfen schnell an und dann laufen sie wenn sie geklopft haben aber hier sind es nicht dieselben Schritte die man hört denn die Schritte die man hört sind die des Todes es ist der Tod er klopft an sagt Baśka und wenn der Tod anklopft wer wagt in dem Haus zu sein an das der Tod klopft und eigentlich traut Baśka sich fast nicht zu schlafen und es ist bestimmt eins der Kinder und es können die Großen sein und es können die Kleinen sein und ich weiß nicht ganz ob ich der Große bin oder der Kleine denn es kann doch nicht sein daß nein meine Mutter und mein Vater sind es nicht versichert Baśka obwohl sie nicht ganz weiß der Tod kommt schnell ein Reiterunglück und gerade haben wir Frau Lewicka gesehen und viel älter als Mama war sie nicht dann können es vielleicht trotzdem auch meine Eltern sein denn der Tod hat angeklopft das ist sicher und dann kann der Herr Professor soviel von Straßenjungenstreichen sprechen wie er will.

Ich muß gerade einmal auf einen Sprung hinaus, wie mein Vater zu sagen pflegt, und wir sind auf dem Land, aber du hast ja deinen Topf, aber trotzdem, und ich bin schon weg, wo bist du, komm, und dann gibt meine Mutter auf, denn ich komme ja trotzdem, so weit wage ich mich wohl nicht weg. Und dann wage ich mich trotzdem so weit weg. Denn ich soll ja gar nicht auf einen Sprung hinaus, wie mein Vater zu sagen pflegt, ich muß bloß hinaus. In die warme Nacht, denn es ist August, und spät im August, und die Wärme schlägt mir immer noch von der Erde entgegen. Und dann plötzlich kann ich nicht mehr das Licht vom Haus sehen. Ich bin allein in der schweren Nacht. Und ich bekomme Angst. Ich fange an zu laufen. Ich habe mich verirrt. Und wenn ich rufe, hört mich keiner, nur die, die mich nicht hören sollen und die dann wissen, daß da ein kleiner Junge ist, der sich verlaufen hat, und den man bloß. Und außerdem bin ich auch zu groß zum Rufen. Und ich laufe und laufe. Und es sind so viele kleine Stämme im Unterholz. Und dann gehe ich und gehe. Und ich gehe still und vorsichtig, obwohl ich am liebsten laufen und laufen würde. Denn ich muß auf meinen Schlafanzug aufpassen. Keinen Riß, nicht hängenbleiben. Wie dumm ich war, wie ich bereue. Und dann plötzlich, eine Lichtung, dort im Gebüsch, zwischen den sonderbaren Stämmen, den gekrümmten. Und obendrüber ist der Himmel, und die Sterne leuchten und funkeln, wie ich sie noch nie habe strahlen sehen, sie blinken, sie glitzern, sie flimmern, und da, war da nicht eine Sternschnuppe? Und mit einem Mal werde ich ruhig, unterm Zelt der Sternennacht, und ich wiederhole und wiederhole, unterm Zelt der Sternennacht, beschützt an deiner Hand ich wandre, und geborgen und sicher, beschützt an deiner Hand, und da, ich erblicke das Licht vom Haus, und ich sehe meine Mutter in der Türöffnung stehen, dunkel gegen den hellen Hintergrund, vielleicht ruft sie nicht mehr, aber sie wartet, beschützt an deiner Hand ich wandre.

Ich bin so vernünftig, und meine Schwestern sind so vernünftig, und wir sind alle so vernünftig, und darum machen wir unseren Eltern Freude, aber ich bin der Vernünftigste von uns allen, und darum mache ich meinen Eltern besondere Freude, denn Fryc brauche ich nicht, Fryc, er versteht, ihm braucht man nicht einmal, ihm braucht man nur, und dann versteht Fryc, mit den Mädchen ist es etwas anderes, denn sie muß man, aber dann verstehen sie auch, aber trotzdem man muß, aber ich, ich bin so vernünftig, mit mir braucht man nicht, da braucht man nur.

◊ ◊ ◊

Meine Frau konnte ihr Kind stillen ohne die Schmerzen in der Brust, von denen die meisten stillenden Mütter geplagt werden. Auch das hatte sie meiner Mutter zu verdanken. Ein Vierteljahr vor ihrer Entbindung hatte sie ihr mehrere Galläpfel gegeben, die mitten durchgeschnitten, ausgehöhlt und von oben mit einem kleinen Loch versehen waren. Sie wurden in Branntwein eingeweicht und dann auf die Brustwarzen gebunden und sollten dort bleiben, bis sie ganz ausgetrocknet waren, wonach sie frische auflegen mußte. Dadurch wurden die Warzen hervorgezwungen und gefestigt. Ein einziges Mal bekam sie einen Knoten in der Brust; aber mit Hilfe meiner Mutter war sie ihn bald wieder los; sie gab ihr nämlich das Fell eines weißen Wiesels, ich vermute, ein braunes hätte denselben Nutzen getan, und damit mußte sie fleißig die Brust einreiben und es darauf tragen. Durch dieses einfache Mittel verschwand der Knoten in wenigen Tagen. Mein Bruder meinte, man könne, wenn man kein Wieselfell habe, auch weiches Leinen benutzen, das sorgfältig von Schäben gereinigt ist.

◊ ◊ ◊

Ein Sommerabend. Auf dem Land. Wie schön es doch hier ist, sagt mein Vater. Er legt meiner Mutter den Arm um die

Schultern. Seine Stimme ist tief. Und sieh den Sonnenuntergang. Sollen wir warten, bis die Sonne untergegangen ist? Und die ersten Sterne. Wer sieht den ersten Stern? Der Abendstern. Die Venus. Und vielleicht entdecken wir auch den Mond. Eine kleine, schmale Sichel. Und die Bauern kommen zurück. Ist das nicht schön? Nach des Tages Arbeit. Müde. Erschöpft. Sie kehren heim. Und es sind zwei, und ein beladener Wagen, und er will nicht, und das Pferd will nicht. Und sie peitschen auf das Pferd ein. Und sie rufen. Und sie fluchen. Und dann kommt der Gutsverwalter. Und er ruft. Und sie sollen schieben. Und er flucht. Und sie schieben nicht genug. Und plötzlich sausen die Schläge. Seine Peitsche auf den Rücken der Bauern. Und immer noch nicht genug. Wie ist es möglich. Ich bin entsetzt. Und ihr Fluchen und ihr Rufen. Und die Pferde rühren sich nicht, und die Bauern schieben, und der Wagen kommt nicht los, und der Gutsverwalter läßt nicht locker, und wo ist mein Vater. Warum sagt mein Vater nichts? Denn man schlägt nicht auf andere Menschen. Und er schlägt auch nie seine Kinder. Warum ruft er nicht, er soll aufhören? Und sofort. Und ich sehe meinen Vater an. Und er sieht die Bauern an. Und warum regt er sich nicht auf, warum sagt er nichts, warum protestiert er nicht? Und es ist, als würde er lächeln. Und ich sehe meine Mutter an. Und es ist, als würde sie lächeln.

Ludwisia und Izabelka schreiben einen Roman, er heißt Die wahre Geschichte von Fryceks Abenteuern. Er handelt nicht von mir, das versichern sie mir, und dann kichern sie, denn ich darf nicht sehen. Wie kannst du dir überhaupt einbilden, wir würden über dich schreiben, sagt Ludwisia, glaubst du, du bist so wichtig? Aber sie wollen trotzdem nicht erzählen, was in der Geschichte passiert. Sie findet in einem fremden Land statt, weit weg von Polen, aber es ist nicht Frankreich und nicht China, auch nicht Indien, versichern sie, und erst recht nicht Rußland.

Nein, denn ich weiß gut, wo, es ist in Kopenhagen, in Dänemark. Und dort ist es kalt, und dort ist Meer, wo du hinschaust, und dichter Nebel, aber die Dänen sind immer auf unserer Seite gewesen. Und sie wohnen in Holzhäusern, alle außer dem König, der wohnt in einer Burg von Riesensteinen mit vier großen Türmen und einem in der Mitte. Der ist so groß wie Malbork, sogar etwas größer. Und Frycek wohnt in einem Haus am Meer, und er wohnt zusammen mit seiner großen Schwester und seinem Vater und seiner Mutter, und eines Tages stiehlt er sich von zu Hause weg, nein, es kommt ein alter Mann, aber er will ihm nichts Böses, er nimmt ihn nur mit, und Frycek zieht mit ihm hinaus in die weite Welt. Und was er weiter erlebt, davon wird im nächsten Kapitel berichtet. Aber ich will nicht in die weite Welt hinaus. Und keiner soll kommen und mich mitnehmen. Ich will hierbleiben, und ich will nicht nach Kopenhagen, wo Meer und Nebel und Kälte sind und Leute, die eine Sprache sprechen, die ich nicht verstehe. Und das nächste Kapitel heißt, verkündet Ludwisia, was Frycek weiter auf seiner Reise durch die weite Welt passierte.

Deine Milchzähne, deine allerliebsten Milchzähne, und Mama hat sie verwahrt, und Mama hat alle eure Milchzähne verwahrt, aber am allermeisten hat Mama deine Milchzähne verwahrt, denn die Milchzähne eines Kindes, die verwahrt eine Mutter, und die verwahrt eine Mutter für die Fee, die Fee, die über jedes Kind wacht, und die Fee wird unglücklich, wenn eine Mutter nicht die Milchzähne eines Kindes verwahrt hat, denn was soll die Fee dem kleinen Kind schenken für die Milchzähne, die seine Mutter verwahrt hat und der Fee schenkt, und Mama hat sie verwahrt, aber besonders deine, deine in erster Linie, und glaub mir, Mama wird gut auf deine Milchzähne aufpassen, alle deine Milchzähne vom ersten bis zum allerletzten, denn du hast doch nicht etwa einen deiner Milchzähne verschluckt, denn es bringt Unglück, seine Milchzähne zu verschlucken, denn dann kann die Fee ja nicht deine Milchzähne bekommen, du hast also gut aufgepaßt, wenn du Äpfel und weiches Brot gegessen hast, nie die Milchzähne verschlucken, darauf aufpassen, auf jeden einzelnen, und Mama kennt alle Milchzähne ihres Frycek, Mama kann sie von Ludwisias und Izabelkas und Emilkas Milchzähnen unterscheiden, und Mama verwahrt sie, getrennt, und die Fee soll sie haben, die Fee, wenn sie kommt, und wo sind meine Milchzähne? und darf ich meine Milchzähne sehen? und wo ist die Schachtel mit meinen Milchzähnen? und was weiß ich, und jetzt bist du so groß geworden, und Baśka muß sie wohl weggeworfen haben, man kann ja nicht alles verwahren.

Herr Brodziński, und Herr Brodziński ist so klug, und ihr dürft Herrn Brodziński nicht stören, wenn ihr hinein- und herausgeht, denn Herr Brodziński ist ein Dichter, und Herr Brodziński behauptet, sagt mein Vater, und Herr Żywny nickt, denn Herr Brodziński hat behauptet, und es ist so wahr, wie nur etwas, sagt Herr Żywny, und davon wissen Sie ja mehr als ich, sagt mein Vater, und bescheiden, denn Herr Brodziński, und er hat behauptet, die Idylle, die Idylle, sie ist die polnische und die slawische Eigenart, und hören Sie doch Ihrem Sohn zu, wenn er spielt, und nicht seine Polonaisen und seine Walzer oder seine Mazurken oder seine Kontratänze, sondern einfach wenn er spielt und man nicht so genau hinhört, was er spielt, ist es dann nicht die Idylle, sagt Herr Żywny, wenn er improvisiert, hören Sie sich seine Klänge an, die Nachtstücke, wie man sagt, und sind das nicht echte Idyllen, Nachtstücke im Mondschein, wenn die Liebenden sich unter der Weide am Fluß ein Stelldichein geben, hat Herr Brodziński nicht recht, Ihr Sohn, er bleibt, und nicht nur das Polnische, Ihr Sohn, er wird bleiben, und das ist der Mozart der Slawen, denn das Idyll der Slawen lebt in Ihrem Sohn, und haben Sie jemals Herrn Brodziński gebeten, zuzuhören, wenn Ihr Sohn improvisiert, Herr Brodziński würde verstehen, hat er nicht die Töne vom Klavier gehört, wenn Ihr Sohn, vom Fenster, Sie müssen mit Herrn Brodziński sprechen, wie Laura und Filon, gerade vom Fenster, Herr Brodziński selbst, und manchmal mit Verlaub gesagt, glaube ich, Herr Żywny hat den Wodka getrunken, anstatt sich damit zu waschen, Fryc und dann Herr Brodziński, der Mozart der Slawen, und so ein kleiner Bub, aber Herr Żywny versteht ja auch nichts von Literatur, Fryc und das Idyll der Slawen.

◊ ◊ ◊

Sie mußte innehalten, denn das Weinen ihres Mannes und ihrer Kinder wurde so stark, daß man nicht mehr ihre schwache Stimme hörte.
Aber bald hatte sie frische Kräfte gewonnen, und sie wandte sich ihrem Manne zu und sagte: „Hab Dank! Hab Dank! lieber Mann! Für all die Liebe und Treue, die du mir im Ehestand erwiesen hast. Gott vergelte dir deine Liebe! Gott segne dich! Leb wohl!"
Eugeniusz fiel ihr um den Hals und erstickte sie fast mit Küssen und Tränen. Und die Kinder schrien: „Ach, liebe Mutter, stirb doch nicht! Mutter! Mutter! ach Mutter! Geh nicht von uns!"
Da befreite sie sich aus den Armen ihres Mannes und sagte: „Ich sterbe nicht, liebe Kinder! Ich lege nur diesen Körper ab wie der Schmetterling die Hülle ablegt, in die er eingeschlossen war. *Mein Geist ist unsterblich und geht zu Gott!* Zu ihm müssen wir alle; und er wird einem jeden vergelten nach seinem Tun, den Bösen wird er bestrafen, den Guten wird er belohnen. Seid gut, liebe Kinder, gehorcht eurem lieben Vater, denkt immer daran, daß Gott euch sieht, und zu Ihm geht eure Mutter nun. Dort werden wir bald wieder zusammenkommen in einer besseren Welt und ewig froh miteinander leben. Gott sei mir gnädig! Vergebt mir mei-

ne Fehler! Ich – falle – in – deinen – Arm – Vater! Vater!" – Hier sank sie ohnmächtig zurück.

◇ ◇ ◇

Ihr bleibt draußen, denn Frau Pruszakowa ist zu Besuch gekommen, und wir wissen, es dreht sich um uns, das kann man ihr ansehen, bloß die Art, wie sie guten Tag zu jedem einzelnen von uns sagt, jedem für sich, uns mustert, ich weiß ja, daß die Kinder der Frau Professor, und wir können nicht anders als horchen, und wir stehen draußen, denn es dreht sich ja um uns, das tut es, wenn meine Mutter so bestimmt sagt, wir sollen bleiben, wo wir sind, das ist sicher, und natürlich, ein Theater zu Hause, Frau Pruszakowas bescheidenes Haustheater, aber gerade weil es so bescheiden ist und zu Hause – manchmal findet man es ja – und nicht nur richtige Schauspieler, sondern manchmal in einem bescheidenen Haustheater, wie es nun einmal bei Frau Pruszakowa ist, und obwohl es bescheiden ist, so nehmen doch die vornehmsten Familien teil, die Familien Czartoryski, Zamoyski, um nur einige zu nennen, und obwohl es so bescheiden ist, ist es doch in der ganzen Stadt bekannt, weit und breit, gerade polnisch, und manchmal, gerade Kinder, gerade polnische Kinder, der polnische Geist, und die Kinder der Frau Professor, denn alle wissen, wie begabt die Kinder der Frau Professor sind, und alle vier, und wir werden hereingerufen, und wir werden Frau Pruszakowa ein zweites Mal vorgestellt, und die drei Mädchen, ja das kleinste ist wohl noch zu klein, aber die beiden anderen, sie haben ja die besten Manieren, und Hofdamen, und der Junge, ja ich, ja, der Junge, ja er, wir haben uns gedacht, und die Hauptrolle, und als König, Zygmunt August, ich als König Zygmunt August, und Frau Professor darf ja nicht vergessen, selbst die feinsten Familien, und die junge Fürstin Czartoryska, und die Fürstin Zamoyska, die feinsten Familien, alle spielen mit, denn es soll ja ein echtes polnisches Theater sein, Frau Pruszakowas Haustheater, und ich als König, König Zygmunt August, aber natürlich muß ich erst mit meinem Mann beraten, er trifft ja die Entscheidung.

Fryc soll Felicya Dmuszewska küssen, Fryc soll Felicya Dmuszewska küssen, auf der Bühne, im Theater, denn Fryc soll König Zygmunt August spielen, und Felicya Dmuszewska soll Barbara spielen, aber das ist ja völlig unanständig, Kinder, und dann so etwas, sagt Baśka, und man nennt es Kunst, aber dann gibt es bald nichts, was man nicht Kunst nennen kann, nichts, und die Kinder kreischen, Fryc soll Felicya Dmuszewska küssen, Fryc soll Felicya Dmuszewska küssen, und Felicya Dmuszewska ist das häßlichste Mädchen in der Stadt, und sie hinkt und sie riecht unter den Armen und sie hat große Pickel auf den Backen, aber sie ist die Tochter von Herrn Dmuszewski, und sie sind bloß neidisch, erklärt mein Vater.

Ich möchte Frau Werbusz warnen, jetzt wo ihr Mann angestellt wurde, und sie ist doch noch so jung, und jetzt, wo sie und ihr Mann, und sie weiß nicht, was man erleben kann, aber das ist doch das Häßlichste, was ich je erlebt habe, auch wenn Frau Kulikowski die Frau eines der Kollegen meines Mannes ist, aber auf diese Weise ein ganz unschuldiges junges Mädchen zu verleumden, ein Flecken auf ihrer Ehre, und es ist doch ganz klar, das junge Fräulein Koniewicz, das würde sie nie tun, nie hätte sie sich sehen lassen, und in Gesellschaft mit einem Mann, auf offener Straße, so etwas zu sagen, und über ein junges Mädchen, und die Tochter eines Kollegen ihres Mannes, aber so ist sie, und ich will Frau Werbusz warnen, denn sie darf nicht so gutgläubig sein, sie muß sich vor Frau Kulikowski in acht nehmen, daß Frau Kulikowski sich dafür nicht zu gut ist, boshaft ist sie, boshaft, und nichts für ungut, sagt sie dann, sagt Frau Kulikowski, nichts für ungut, ja, und daß sie etwas für ihr Ungut bekommt, die Ehre eines jungen Fräuleins beflecken, aber so ist die Welt, sie erträgt nicht, daß etwas rein ist.

Mein Vater wendet sich ab. Er tut, als sähe er nicht. Und es ist auch ein Mann in zerlumpten Kleidern. Und er grüßt meinen Vater. Aber mein Vater grüßt nicht zurück. Denn hast du den Mann gesehen? Und das mußt du mir versprechen, mein Sohn. Du darfst kein Geld verleihen. Und er war so gutherzig, daß er sein Vermögen verlieh. An einen Spieler. Er kautionierte. Und das darfst du nie tun, mein Sohn. Du darfst nie kautionieren. Und mein Vater hat zuviel zu erzählen, als daß er mir erklären könnte, was kautionieren bedeutet. Und er mußte von Haus und Hof gehen. Sein schönes Haus auf dem Land. Alles nahmen seine Kreditoren. Du darfst nie in die Hände von Wucherern geraten. Und alle Juden sind Wucherer. Und sobald du so einem in die Hände gerätst, bist du verloren. Aber dann bist du selbst schuld. Denn dann hast du vielleicht kautioniert. Oder du hast in aller Arglosigkeit Geld verliehen. Du darfst nie Geld verleihen. Denn du würdest nicht anfangen zu spielen. Dazu kenne ich dich zu gut. Du wirst nie spielen. Aber es gibt sehr listige Leute. Und unter der Maske der Freundschaft. Du mußt dich vor den Leuten hüten. Vor falschen Freunden. Denn die Welt ist voller Betrug. Und ein unschuldiger Junge wie du. Und dann in die Hände eines Wucherers geraten. Und Juden. Und Kreditoren. Kautionieren. Und alles nehmen sie. Wie sie alles dem Mann nahmen, den du hier siehst. Und was hat er zum Leben? Und keiner will ihn kennen. Und nur weil. Und das darfst du nie tun. Nicht spielen. Nicht kautionieren. Nicht in die Hände von Kreditoren und Wucherern kommen. Und genau Buch führen mit Einnahmen und Ausgaben. Und immer einen Notpfennig.

Wie Mozart, Warschaus Mozart, und man vergleicht mich mit Mozart, denn ich bin ein Wunderkind wie Mozart, und ich kann komponieren wie Mozart, und Mozart ist der größte Komponist, der je gelebt hat, sagt Herr Żywny, abgesehen von Hummel und Bach, aber der größte, und ich spiele Mozart, und ich kann Mozart spielen, und ich bin Mozart, aber ich bin nur Mozart, weil ich ein Kind bin, ich bin ein Wunderkind, und auch wenn man mich ein Jahr älter macht und sagt, ich sei achtzehnhundertneun geboren, bin ich immer noch ein Kind, und ein Kind wie Mozart, aber ich kann komponieren wie Mozart, und vielleicht, und in meinem Alter, aber ich bin immer noch wie Mozart, ich bin Warschaus Mozart, und komm dir nur nicht zu großartig vor, sagt mein Vater, bilde dir nur nichts ein, sagt meine Mutter, für wen hältst du dich eigentlich, sagen die Kinder und Zuzia, aber ich bin wie Mozart, und ich werde zeigen, daß ich wie Mozart bin, und nicht nur ein Wunderkind, und Mozart und ich, wir hätten uns verstanden, wie ich Mozart verstehe.

Er hat heute seine vierte Frau begraben, sagt mein Vater feierlich zu meiner Mutter, seine vierte Frau hat er begraben. Und die armen Kinder, antwortet meine Mutter. Aber es gibt ja nicht so viele, und die aus der allerersten Ehe sind ja schon so gut wie erwachsen, und von der letzten sind nur zwei, und zwei Jungen. Aber die armen Jungen, seufzt meine Mutter. Mutterlos. Da haben wir es ja besser. Und wie dankbar wir doch sein müssen, daß wir eine Mutter und einen Vater haben, und daß sie unsere richtige Mutter und unser richtiger Vater sind. Und keine Stiefmutter. Ihr habt für vieles dankbar zu sein, sagen mein Vater und meine Mutter wie aus einem Mund. Und wir auch. Und mein Vater und meine Mutter sehen sich an. Und ihre Augen glänzen. Und ihre Stimmen kann ich fast nicht wiedererkennen.

Ich habe eine Gesellschaftsblase, Fryc hat eine Gesellschaftsblase, sagt meine Mutter, und das ist sehr wichtig, denn wenn ich eingeladen bin, und wenn ich darum gebeten werde zu spielen, in den feinen Kreisen, und es nützt ja nichts, wenn ich plötzlich verschwinden muß, hat Bach vielleicht plötzlich verschwinden müssen, und was passiert, wenn Hummel plötzlich merkt, daß er verschwinden muß, und wenn Frau Catalani auf der Bühne steht? denk, wenn Frau Catalani nun plötzlich, aber Damen, die tun so etwas ja nicht richtig, also richtige Damen, es ist also wichtig, eine Gesellschaftsblase zu haben, und man kann sich auch erziehen, und man muß in diesem Leben auch nicht immer allem gleich nachgeben, man muß einhalten, es ist wichtig, sich beherrschen zu können, das kann man nicht früh genug lernen, und es sieht nicht schön aus, und es ist in gewissen Fällen völlig unmöglich, in den feinen Kreisen, du mußt also lernen, und du brauchst auch nicht so oft hinunterzugehen, und ein Junge muß einhalten können, aber Fryc hat ohnehin Glück, denn sie muß mir angeboren sein, meine Gesellschaftsblase.

Beethoven-Kram, Beethoven-Schund, Beethoven-Plunder, Beethoven-Krach, Beethoven-Heu, Beethoven-Lärm, Beethoven-Schnickschnack, Beethoven-Mist, Beethoven-Brühe, Beethoven-Quatsch, Beethoven-Baba, warum der Mann bloß so populär geworden ist, aber das ist ja typisch für Wien, immer dieser Modekram, immer der letzte Schrei, immer Eintagsfliegen, und wer ist er schon im Vergleich mit Mozart oder Hummel, nein, da ist Warschau besser, da läuft man nicht dem ersten besten Hanswurst hinterher, da weiß man trotz allem immer noch, was Musik ist, sagt Herr Żywny.

Aber wenn es nur nicht herauskommt, zu Fremden, denn das Schlimmste, was passieren kann, wenn das Schlimmste passieren muß, ist doch, daß Fremde es erfahren, und zum Glück in unserer Familie, es ist ja so, es gibt nichts, worüber wir uns zu schämen haben, aber was auch passieren mag, und was auch immer gesagt werden wird, dafür müßt ihr sorgen, nicht zu Fremden, denn daß es zu Fremden hinauskommt, das ist doch die schlimmste Schande, zu Fremden, Schande, Skandal, was sie nicht denken, ihr müßt dafür sorgen, es bleibt in der Familie, nie zu Fremden.

◇ ◇ ◇

Es ist wichtig, daß die Eltern so früh wie möglich der kindlichen Seele fromme Gefühle einprägen. Wir sind uns vollauf bewußt, daß diese nicht zu früh eingeprägt werden können, damit das Kind, um die volle Kraft in der Idee Gottes fühlen zu können, nie an eine Zeit zurückdenken kann, wo es nicht eine solche Idee nährte. Sie sollte eingeprägt werden, indem die Religion mit einer Reihe sinnlicher Objekte verbunden wird, mit allem, was das Kind sieht, allem, was es hört, allem, was seinem jungen Gemüte wundervoll und herrlich erscheint; um so durch tiefe, starke und anhaltende Assoziationen die beste Grundlage zur praktischen Andacht im kommenden Leben zu legen. Denn wer früh daran gewöhnt wurde, seinen Schöpfer in sichtbaren Erscheinungen um sich herum zu sehen, Seine anhaltende Anwesenheit zu fühlen, sich auf Ihn in den täglichen Dingen zu stützen, selbst wenn sich seine religiösen Gedanken mit mancherlei Ungereimtheiten vermischen sollten, die sein Mentor, die Vernunft, läutern wird, der hat einen großen Schritt zur gewohnheitsmäßigen Frömmigkeit getan, ohne welche die Religion kaum das Verhalten des Menschen regulieren kann und nie sein Herz erwärmen wird.

◇ ◇ ◇

Und natürlich, es kommt so natürlich, und mein Fryc braucht überhaupt nicht zu üben, unser Fryc, andere üben vielleicht, aber unser Fryc, üben, nein, er spielt seine kindlichen Spiele, er ist ein munteres Kind, er macht seine Schulaufgaben, und mein Mann oder auch ich hören seine Lektionen ab, und er kann immer seine Lektionen, seine Lektionen kommen zuerst, denn wenn man zu Hause unterrichtet wird, von seinem Vater und seiner Mutter, dann müssen die Lektionen zuerst kommen, vor allem anderem, und das weiß unser Fryc auch, er braucht nicht zu üben, denn Fryc kann alles, man kann ihn an ein Klavier setzen, und er spielt fast alles, was es auch sein mag, und er improvisiert, und seine Schwestern tanzen nach seinen Tänzen, unser Fryc hat es nicht nötig, Tonleitern und Dreiklänge zu üben wie so viele andere, denn unserem Fryc fällt es zu, ohne daß er, habe ich je unseren Fryc üben gehört, haben mein Mann und ich je unseren Fryc üben gehört, nein, das kommt von selbst, und keiner braucht ihm etwas zu sagen, er tut es aus eigenem freiem Willen, er ist ein fröhliches Kind, er ist munter, er ist ein natürliches Kind, alles geht so leicht, es fällt ihm alles zu, üben, unser Fryc, üben, nie im Leben.

Einmal im Jahr, und es kommt ein Mann vom Land, mit den Waren, wie er sagt, und dann macht meine Mutter ihre Creme für das Gesicht und ihre Creme für die Hände. Und Baśka wird zur Apotheke geschickt, und dann wird sie aus der Küche verbannt. Denn es ist das Geheimnis meiner Mutter, und der Grund, warum sie so zarte und ganz weiße Haut im Gesicht hat, das ganze Jahr durch, selbst im Sommer, und so feine, weiche Hände, trotz der ganzen Arbeit, die sie tun muß. Es ist das einzige Mal, wo Baśka aus ihrer Küche verbannt wird, und sie kann sich nicht beruhigen, sie weiß nicht, wo sie sitzen oder stehen soll. Aber sie will auch nicht in die Stadt gehen, denn das Geheimnis gehört meiner Mutter, und ihr allein, und es könnte ja sein, daß sie es trotzdem herauskriegt. Keiner kommt hier herein, ruft meine Mutter, und in diesem Ton ist Baśka plötzlich zum ältesten ihrer Kinder geworden. Sie ist genauso ratlos wie wir anderen, sie weiß noch weniger, was sie mit sich anfangen soll, und ihre Hilflosigkeit steckt an, so daß wir nicht mehr spielen können, uns fällt nichts mehr ein. Wir spüren nur, wie sich der Duft von Rosen und Zitronen und Thymian verbreitet, und wir müssen auch mit dem Mittagessen anfangen, fast der ganze Vormittag ist herum, versucht Baśka ihre Neugier zu untermauern. Aber meine Mutter ist rasch, und sie hat ihren Vorrat für das ganze Jahr hergestellt, bevor das Mittagessen gekocht werden muß, aber es ist auch einfach wie bei den großen Waschtagen. Und Baśka bekommt ein kleines Töpfchen Handcreme, halbvoll, verehrt, für die hohen Feiertage.

Und es kommt, und es ist wie eine Welle und es ist wie ein Erdwall, und es kommt wie eine Welle und rollt und rollt wie Wellen, und die Welle kommt, und ich will nicht mehr, und ich will nicht träumen, und ich kann mich zwingen, nicht zu träumen, und ich wache auf, denn ich zwinge mich, und dann träume ich trotzdem, und ich kann nicht aufwachen, und er kommt wie ein Erdwall, und er raucht, und es ist Lava, denn Lava, die kommt, und man kann nicht vor Lava fliehen, und ich will fliehen, aber meine Beine sind angenagelt, und ich laufe und laufe, und ich laufe nicht, und die Lava kommt, und es ist ein Erdwall und es ist ein Feuerwall, und er kommt und kommt, und ich kann nicht flüchten, denn ich kann nicht laufen, und dann wache ich auf, und ich habe mich trotzdem nicht zwingen können, und ich bin allein, und es ist Feuer hinter mir, und keiner kommt, und ich fliehe, aber ich kann nicht fliehen, denn es gibt niemanden, zu dem ich fliehen kann, es gibt bloß den Erdwall, und er ist kalt wie kalte Lava, erstarrt, Eiswall.

Meine Fuge ist in g-Moll, mit D als Auftakt. Denn jetzt sind sie mir bald über, die Polonaisen und Mazurken, die Baśka singen kann und nach denen die Kinder tanzen. Es soll wie Bach sein. Und mein Thema läßt sich engführen. Ich habe es so gewählt, daß es sich engführen läßt. Und dazu noch umkehren, aber traue ich mich, es umzukehren? Und es kommt in d-Moll und dann wieder in g-Moll und dann nicht mehr, denn ich wage mich trotzdem nicht an eine vierstimmige Fuge heran. Aber ich führe die Themen durch. Und danach die Umkehrung. Es geht trotzdem. Und Thema und Umkehrung. Und dann Engführung. Und traue ich mich, die Umkehrung engzuführen? Ich traue mich. Und ich zeige es Professor Elsner, als er meine Eltern besucht. Aber das ist ja eine Fuge. Und er sieht mich an. Aber dort sind ja parallele Quinten. Und hier, eine parallele Oktave. Und ich starre Professor Elsner an. So schnell hat er das sehen können. Nein, bleib du lieber bei deinen Mazurken und deinen Polonaisen und gib deinen Schwestern etwas zu tanzen.

◇ ◇ ◇

Im unglücklichen Sohn Peters des Großen haben wir ein treffendes Beispiel, das in einer weniger erhabenen Situation unserer Aufmerksamkeit entgangen sein könnte, für das Resultat einer mangelnden Übereinstimmung zwischen Richtschnur und Vorbild. Die verschiedenen Abschnitte und Stadien seiner Erziehung wurden scheinbar absichtlich so geplant, daß sie einander widersprachen. Bis zu seinem elften Lebensjahr lag sein Schicksal in den Händen von Frauen und Unkundigen sowie bigotten Geistlichen, die ständig gegen seinen Vater eiferten, weil er gewisse barbarische Sitten abgeschafft hatte. Dann wurde Baron Huysen sein Gouvernator, ein vernünftiger Mann, der gerade angefangen hatte, auf seinen Schüler einzuwirken, als Fürst Menzikow darauf bestand, der alleinige Erzieher des unglücklichen Alexej zu sein. Fürst Menzikow gab ihn den niederträchtigsten Schurken preis, in deren Gesellschaft er zu ständiger Trunkenheit ermuntert wurde und dazu, alles zu schätzen, was niedrig und ruchlos war. Schließlich kam Euphrosyne, seine finnische Maitresse, die, als er des Aufruhrs angeklagt wurde, jedes böse Wort bezeugte, das der unglückselige Sohn in seinen unbewachtesten Augenblicken gegen den tyrannischen Vater geäußert hatte. Überrascht es uns, daß Alexej Petrowitsch unter dem Eindruck solch widersprüchlicher Erfahrungen schwach, unwissend und ausschweifend wurde; daß er sich gegen einen Vater auflehnte, den er früh fürchten und hassen gelernt hatte; daß er auf entsetzliche Ratschläge von Zechgenossen hörte, die durch Schmeichelei und geheuchelte Sympathie den Platz in seinem Herzen errungen hatten, den sich kein elterliches Wohlwollen jemals gesichert hatte? Die Historiker haben in ihrem Eifer, Peter den Großen zu verherrlichen, blindwütig bestritten, daß er das geringste mit dem mysteriösen Tod seines Sohnes zu tun hatte, und diesen Verdacht als die empörendste Verleumdung dargestellt. Aber wie wollen sie die Versäumnisse des Zaren bei der Erziehung seines Sohnes entschuldigen, von der alle Unglücke seines Lebens herrührten?

◊ ◊ ◊

Aber eigentlich, was Herr Linde tut, sagt mein Vater, und meine Mutter nickt, ja, was tut er eigentlich anderes als eine Menge Wörter sammeln und dann setzt er das Ganze zusammen, aber natürlich soll niemand bestreiten, daß er ein tüchtiger Rektor ist, und Herr Jasiński, ja, hat er anderes als seine Brüche und ich weiß nicht was im Kopf, daß er nicht schwindlig davon wird, fügt meine Mutter hinzu, und Herr Skrodzki, irgendwann einmal wird er sicher in die blaue Luft explodieren, darüber sind sich beide einig, ganz zu schweigen von Herrn Maciejowski, der ganz einfach nichts anderes im Gehirn hat, und dann Herr Vogel, Herr Vogel mit seinen ganzen Strichen und optischen Linien und perspektivischen Verbindungen, aber eine Katze zeichnen, die wie eine Katze aussieht, nein, da sprechen mein Vater und meine Mutter wie aus einem Munde, aber der Französischunterricht, ja der.

Ich habe eine Sonate geschrieben, und sie ist in D-Dur, und D-Dur mag ich nicht besonders, aber D-Dur ist die richtige Tonart für eine Sonate, eine Sonate muß in D-Dur sein, und Herr Żywny sieht sie sich an, und er sieht sie durch, und das ist ganz korrekt, so soll das Nebenthema sein, und das ist völlig richtig, Kontrast, und vielleicht hättest du dafür sorgen können, daß er größer ist zwischen den beiden Themen, und vielleicht lyrischer, das Thema in A-Dur, aber sonst, sie ist schön, deine Sonate, und der erste Satz ganz korrekt, aber der zweite Satz, was hast du dir gedacht, welche Form, denn der zweite Satz, der hat ja gar keine richtige Form, was hast du dir hier vorgestellt, denn denk einmal an Mozart und seine D-Dur-Sonate, aber so ist er ja auch nicht, er ist nichts, das reine Nichts, er ist zu frei, wo beginnt er und wo endet er, dort ist ein Motiv in A-Dur, und dann wechselst du zu d-Moll, aber das ist ja ganz unmöglich, das geht nicht, man muß sich an die Regeln halten, und vielleicht konnte sich Bach das erlauben, aber Bach schrieb ja auch keine Sonaten dieser Art, und er lebte auch in einer ganz anderen Zeit als unserer, und wir können heutzutage nicht mehr machen, was Bach gemacht hat, nicht bei Sonaten, aber wir können uns über Bach freuen, und wir können von Bach lernen, und dann war Bach eben letzten Endes Bach, den mußt du also umschreiben, aber der letzte Satz, der ist glänzend, dein Rondo als letzter Satz, und in einem Rondo kann man sich erlauben, und die Art, wie du ein Rondo machst, ja, das Rondo ist deine starke Seite.

Und Baśkas Gesicht ist ganz geschwollen, die ganze linke Seite, und sie hat keinen Augenblick geschlafen, und die ganze Nacht, und Zuzia hat gehört, wie sie sich drehte und wendete, denn Baśka, es ist die alte Geschichte, es sind die Zähne, denn zum Glück haben wir gesunde Zähne, auch wenn meiner Mutter der äußerste Schneidezahn im rechten Oberkiefer fehlt, aber Baśka hat immer schlechte Zähne gehabt, und am besten wär's, sie bekäme den ganzen Mund ausgeräumt, unter uns gesagt, jetzt taugt sie weder zu dem einen noch zu dem anderen, sie muß eben sehen, daß sie den Zahn gezogen bekommt, das hat mein Vater auch gesagt, als er heute morgen ging, denn so geht das also nicht, und Baśka traut sich nicht, sie will lieber leiden, sagt sie, und es geht vielleicht von selbst vorüber, aber es geht nicht von selbst vorüber, und ob sie will oder nicht, sie muß den Zahn gezogen bekommen, und wenn meine Mutter selbst den Zahnarzt holt, und dann kommt der alte Kindzel, und wer hätte geglaubt, daß sein Vater, und er stinkt vor Wodka, und Baśka will nicht, nein, keiner darf sehen, keiner darf in die Küche kommen, und er bricht nicht nur den Zahn ab, er reißt auch ein großes Stück des Kiefers heraus, und er ist ja auch zu alt, und seine Trinkerei, und sehen kann er auch nicht richtig, und wo er doch eigentlich aus guter Familie stammt, sein Vater war gar kein schlechter Arzt, und einmal, als meine Mutter einen Zahn gezogen bekommen mußte, aber jetzt ist er jedenfalls der letzte, den sie für einen von uns herbitten würde, und Baśkas Gesicht schwillt noch mehr an, und sie kann gar nicht schlafen, drei geschlagene Nächte, und sie ist überhaupt zu nichts zu gebrauchen, drei geschlagene Tage, aber man muß sich ja zusammennehmen.

Und jetzt kannst du ja deine Sonate benutzen, um Notenschreiben zu üben, sagt Herr Żywny, denn Noten schreibst du mir etwas langsam, und du bist doch wohl nicht ein wenig träge, schiebt mein Vater ein, daß du keine Lust hast, denn was soll das heißen, keine Lust haben, das gibt es nicht, keine Lust haben, und jetzt, wo du alt genug bist, und mag sein, es ist leichter, nur zu spielen, aber ein richtiger Komponist muß auch seine Kompositionen hinschreiben können, sonst sind es ja nur Improvisationen, was glaubst du, Hummel, und deine Sonate in D-Dur, und du kannst sie korrigieren, und dann schön reinschreiben, ordentlich, sagt mein Vater, so daß sie fein aussieht, und dann kannst du sie jemand verehren, ja, du kannst sie deiner Mutter zu ihrem Namenstag verehren, wäre das nichts, denn deine Mutter würde sich sehr darüber freuen, eine richtige Sonate, und von ihrem Fryc zu ihrem Namenstag, na, was hältst du von dieser Idee, das wäre doch prächtig, statt der Karten, die ihr uns immer schenkt, und Gedichtchen, eine richtige Komposition, und das meint Herr Żywny bestimmt auch, und dann kannst du ja üben, glaub mir, deine Mutter wird sich freuen.

Der kleine Makarewicz, sagt mein Vater, ja, der kleine Makarewicz, sagt meine Mutter, denn meine Mutter hat auch den kleinen Makarewicz bemerkt, und er ist ja sehr lieb und eigentlich ist er auch wohlerzogen, von allen Zöglingen führt er sich eigentlich am besten auf, obwohl, zur Zeit dürfen wir nicht klagen, und er hat kein einziges Mal, jedenfalls noch nicht, aber alles kann sich ja ändern, aber er hat noch kein einziges Mal Madame Rózga zu schmecken bekommen, und das sagt trotzdem einiges, aber der kleine Makarewicz, in der Schule, und was man auch immer behaupten mag, er ist fleißig, er bleibt sogar noch lange sitzen, nachdem die anderen mit ihren Schulaufgaben fertig sind, und mein Vater hört ihn ab, aber was hilft es, er kann nicht begreifen, und Ludwisia sieht mich an, und ich sehe zurück, und Izabelka sieht Emilka an, und Emilka sieht meinen Vater an, und wir sehen alle meinen Vater an, der kleine Makarewicz, ich glaube einfach, er ist dumm, denn faul kann man ihn nicht nennen, und was wird aus ihm werden? ich frage mich, ob er überhaupt zurechtkommt, der kleine Makarewicz, ja, der kleine Makarewicz, wiederholt meine Mutter und sieht meinen Vater an, ja der kleine Makarewicz, ich glaube, er ist dumm, arme Eltern, der kleine Makarewicz ist dumm.

Der Mund, Fryc, sagt Doktor Malcz, der Mund ist kein Greifgerät, man kann nicht genug davor warnen, Kinder sowie Erwachsene, den Mund zu benutzen, um Dinge hineinzustecken, die nicht hineingehören, der Mund wird oft zum Festhalten von Dingen benutzt, die im Munde nichts zu suchen haben, wie Griffel oder Federhalter oder Briefe oder anderes Papier, sogar Geldscheine, ja, Doktor Malcz hat tatsächlich auf dem Markt eine Frau gesehen, und sie gebrauchte statt ihrer Geldbörse ihren Mund, wenn es schnell gehen mußte, aber dann muß man sich fragen, ob sie das Jahr noch zu Ende gelebt hat, ganz zu schweigen davon, den Mund als Anfeuchtgerät zu benutzen, den Schwamm für seine Tafel mit dem Mund anzufeuchten, seinen Griffel mit dem Mund anzufeuchten, der Mund ist kein Flüssigkeitsbehälter, und die Finger anfeuchten, wenn man in einem Buch umblättert oder, wie Doktor Malcz erlebt hat, wenn man Geldscheine durchblättert, Doktor Malcz hat einen Mann gesehen, der las seine Zeitung, und er blätterte und blätterte, und jedes Mal feuchtete er seinen Finger an, und das schmutzige Zeitungspapier von der schmutzigsten Papiermühle und dann durch die Druckerei, aber hier hat man ja auch seinen Verdacht, wie es einem solch unvorsichtigen Mann ergangen ist, und wir erwähnen ja gar nicht erst, wenn man Geldstücke in die Hand nimmt und hinterher die Finger in den Mund steckt, und danach wieder die Geldstücke in die Hand nimmt, und der Schmutz von den Geldstücken bekommt durch die feinen Poren in der Mundhöhle Zugang zum Körper, und man stirbt, man stirbt, sagt Doktor Malcz, die Finger können allerlei ansteckende Gegenstände berührt haben, und vielleicht dringt der Schmutz nicht durch die harte Haut auf den Fingern, aber er dringt durch den Mund, die Finger haben im Mund nichts zu suchen, man kann daran sterben.

Und gleichgültig was, sagt meine Mutter, und dann hört sie auf, denn die Kinder sollen ja nicht hören, und dann kann sie es nicht lassen, und gleichgültig was, hier ist ja nicht Frankreich, und es nützt ja nichts, und du mußt das essen und trinken, was auf den Tisch kommt, denn hier ist nicht Frankreich, und gleichgültig was man für dich macht, nie ist es gut genug, nie bist du zufrieden, aber jetzt reicht es, und jetzt höre ich auf, und dann mußt du eben sehen, daß du eine französische Köchin findest, und sehen, ob sie es besser macht, als es hier im Haus gemacht wird, immer unzufrieden, nichts als Kritik, und auch wenn die Kinder es hören, was glaubst du, müssen die Kinder denken, Essen wie in Frankreich, du bist nicht in Frankreich, und du mußt nehmen, was du hierzulande bekommst, und wer sagt, daß es so viel schlechter ist als das, was sie in Frankreich bekommen, woran warst du eigentlich gewöhnt, du mit deinen Mehlsuppen, und ich bin es allmählich leid, Mehlsuppe hier, Mehlsuppe dort, und du mußt dich daran gewöhnen, und gleichgültig was, und jetzt bist du seit was weiß ich wie lange hier im Lande und immer noch, immer nur Kritik, nie zufrieden.

Meine Mutter ist sehr still, und meine Mutter ist sehr feierlich, und auch Baśka ist feierlich und still, und sie zischt, wir sollen still sein. Denn meine Mutter hat ein Zeichen bekommen. Aber mein Vater darf nichts davon wissen, denn mein Vater ist sehr gegen diese Dinge, und mein Vater versteht überhaupt nichts davon. Aber meine Mutter und Baśka. Und meine Mutter selbst sagt nichts. Sie hat sich nur zurückgezogen. Mein Vater glaubt, sie hat ihre großen Kopfschmerzen. Darum sagt er nichts, und er weiß nichts. Aber meine Mutter hat heute morgen ein Zeichen bekommen, das ist sicher. Denn es war direkt bevor sie aufwachte, und da erscheint ihr ihre Mutter, ganz genau wie sie zu Lebzeiten war, ihre Mutter. Und ihre Mutter kam ihr entgegengegangen, und es war auf einem einsamen Weg, und da hört sie die Stimme ihrer Mutter, so wie sie in ihrer Kindheit geklungen hatte, gedenke meiner, sagt ihre Mutter, gedenke meiner. Aber was kann das wohl bedeuten, fragt sich meine Mutter. Und sie fragt Baśka. Was mag das wohl bedeuten, gedenke meiner? Denn noch gestern abend habe ich an meine Mutter gedacht und daran, wie glücklich sie gewesen wäre, mich verheiratet und mit vier gesunden Kindern und einem guten Mann zu sehen. Was kann meine Mutter damit meinen? Denn es hat doch nichts mit den Kindern zu tun? Es ist doch nicht eins der Kinder? Eines der Kinder, das uns genommen werden soll? Kann es etwas anderes sein? Meine Mutter, die ein solch edler Mensch war, und die nie eine Sünde beging. Sie kann doch nicht gekommen sein, um zu? Was mag es wohl bedeuten? Aber es ist ein Zeichen. Es ist eine Vorwarnung. Ihre eigene Mutter hat sich ihr gezeigt. Und wenn nur den Kindern nichts zustößt. Und ihr dürft eure Mutter nicht stören. Denn eure Mutter hat ein Zeichen bekommen. Und wenn es nur nicht einer von uns ist, sagt Ludwisia.

Die Tiere sind für die Menschen da, sagt Herr Linde, und nicht umgekehrt. Und darum ist es nicht gesund, besonders für Kinder, wenn sie sich zu eng einem Tier anschließen. Denn sie heben die Grenze zwischen Mensch und Tier auf. Und diese Grenze ist von Gott gezogen. Denn hatte Adam im Paradiese nicht alle Tiere benennen und sie sich dadurch untertan machen müssen? Es gibt wenige Dinge, die Herrn Linde mehr aufregen, als wenn er sich diese viel zu nahen Beziehungen zwischen Menschen und Tieren ansehen muß. Beispielsweise gewisse Damen, aber Herr Linde nennt keine Namen, und ihre Schoßhündchen und anderen Hätscheltiere. Und darum haben wir ja auch keinen Hund, flicht mein Vater ein, denn mein Vater hat aus genau diesem Grunde nicht gewollt. Und natürlich, die Trauer eines Kindes, wenn sein Kanarienvogel stirbt, bis zu einem gewissen Grade mag sie ja verständlich sein, denn Kinder sind noch nicht groß genug, um die Rolle zu begreifen, die der Schöpfer dem Menschen in der Natur zugeteilt hat, dem nach seinem Bilde geschaffenen Menschen. Und es kann sogar manchmal auch rührend sein, ein Kind zu sehen, meint Herr Linde, das über einen Kanarienvogel trauert, das zeugt von einer empfindsamen Seele, und unser Begräbnis des Kanarienvogels in einer hübschen Schachtel, wo der kleine Fryc der Kaplan war, aber es darf nicht übertrieben werden. Kinder müssen verstehen, daß Tiere Tiere sind und Menschen Menschen, sagt Herr Linde. Und manchmal ist es ihm direkt zuwider, zu-wi-der, zu sehen, was gewisse Damen, das ist gegen die natürliche Ordnung, schlecht und recht gegen die natürliche Ordnung.

Er hat die Hand gegen seine Eltern erheben wollen, sagt mein Vater. Aber er ist doch erst vier Jahre alt, sagt Ludwisia. Aber mein Vater sieht sie streng an. Und meine Mutter. Auch du, sagt mein Vater, vielleicht willst du auch die Hand gegen deine Eltern erheben. Meine Eltern sind traurig. Sie sind mehr als traurig, sie sind erschüttert. Denn wie wird es noch mit so einem Kind gehen. Und meine Mutter hat uns erzählt. Der kleine Antoś. Und er ist so jähzornig. Und meine Mutter hat sich immer Sorgen gemacht, denn was soll aus einem Kind werden, das so jähzornig ist. Und woher hat er es? Die sanften Eltern. Und die unglücklichen Eltern. Meine Mutter war auf Besuch. Und er wollte ein Stück Konfekt haben. Und soviel Konfekt tat ihm nicht gut. Denn Konfekt tut Kindern nicht gut, und meine Mutter gibt uns auch keinen Konfekt. Jedenfalls nicht sehr viel. Und da wird das Kind zornig. Es wirft sich auf den Fußboden, und es fängt an zu treten, so daß es das Tischbein trifft. Und das Kindermädchen sollte das ja auch kontrollieren. Aber sie wollen an allem sparen und haben ein Bauernmädchen genommen statt eines Mädchens, das ein wenig Manieren hat, zumindest eines aus der Stadt. Und sie steht bloß da. Und dann versucht die Mutter, ihn auf den Arm zu nehmen. Und was tut der Junge, er langt nach ihr aus. Langt richtig aus. Und wenn er nur ein bißchen mehr Kraft gehabt hätte, dann hätte sie Nasenbluten bekommen. Gegen seine Mutter. Ein Kind, das die Hand gegen seine Mutter erhebt. Und sei es noch so klein. Und du hältst doch nicht etwa mit Ludwisia? Ihr beiden seid doch die garstigsten Geschöpfe. Gegen seine Eltern die Hand erheben. Es wird nie Frieden in seinem Grab bekommen, das Kind. Denn das Kind, das die Hand gegen seine Eltern erhoben hat, wird in alle Ewigkeit die Hand aus dem Grab strecken. Und selbst wenn die Mutter kommt und es auf die Hand schlägt. Selbst dann wird es keine Ruhe finden. Denn es gibt keine größere Sünde auf dieser Welt, als die Hand gegen seine Eltern zu erheben. Dann wäre es besser, man würde sieben Klafter tief in den tiefsten Fluß versenkt und hätte nie das Licht des Tages erblickt.

◇ ◇ ◇

Als meine Frau zu meiner Mutter kam, gab sie ihr folgende Ermahnung: „Liebe Frau Tochter! Ich freue mich über die glückliche Botschaft, die mein Sohn von Ihnen überbracht hat. Machen Sie sich keine Sorgen! Ein Kind in die Welt zu setzen ist bei weitem nicht so schrecklich, wie sich viele Menschen vorstellen. Ich habe sechs gesunde Kinder geboren, und der liebe Gott hat mir immer glücklich beigestanden. Sie sind eine junge, gesunde, kräftige Frau, Ihnen wird es auch gelingen. Wenn Sie sich nur von Pulvern und Quacksalbern fernhalten. Wenn es im Dorf bekannt wird, kommen alle Tanten und Nachbarinnen und weiblichen Verwandten und geben Ihnen Ratschläge über allerlei Arzneimittel. Lassen Sie sie zum einen Ohr herein- und zum anderen Ohr hinausgehen, scheren Sie sich nicht darum. Leben Sie in Gottes Namen weiter wie immer. Je besser eine Frau zu Fuß ist, desto leichter ist der Augenblick der Geburt. Nehmen Sie sich bloß in acht vor Sprüngen und dem Heben und Tragen schwerer Lasten.

◊ ◊ ◊

Nein, jetzt falle ich in Ohnmacht. Es ist nicht wahr. Es kann nicht wahr sein. Und wo ist mein Mann? Du mußt augenblicklich meinen Mann finden. Gleichgültig was er tut. Er muß sofort kommen. Jetzt falle ich in Ohnmacht. Und natürlich kann er einen Augenblick unterbrechen. Und es ist Fryc. Und ich stehe daneben, und ich weiß nicht, worum es geht. Denn es ist eine Nachricht für meinen Vater und meine Mutter gekommen. Und eine vornehme Nachricht. Und eigentlich für meinen Vater. Aber meine Mutter hat sie in Empfang genommen. Und es kann nicht wahr sein. Und Fryc. Und das ist ja ganz unglaublich. Und das hatte ich mir nun doch nicht vorgestellt. Und wo ist mein Mann? Und ich muß mit meinem Mann sprechen. Und hast du gesehen? Ein Bescheid vom Großfürsten. Fryc soll kommen. Er ist bestellt. An einem Vormittag. Um dem Großfürsten vorzuspielen. Und ganz allein. Kein Konzert. Nur dem Großfürsten vorspielen. Seine eigenen Stücke. Aber was soll das wohl bedeuten? Du mußt mit ihm fahren. Du mußt dir freinehmen. Sie holen ihn ab. Nächsten Dienstag. Holen ihn einfach ab. Am nächsten Dienstag vormittag. Du mußt mitfahren. Und meine Mutter dreht sich um. Und sachlich. Du sollst dem Großfürsten vorspielen. Und sieh zu, daß du ordentlich spielst. Dem Großfürsten. Damit wir uns nicht schämen müssen. Daß du mir keine Schande machst, fügt mein Vater hinzu. Und der Junge hat doch auch etwas Ordentliches zum Anziehen?

Denn die Chopins sind im Grunde ganz vornehm, und das kann man auch deinem Vater ansehen, sagt meine Mutter, seine Manieren, sein Auftreten, er hat adliges Blut in den Adern, und obwohl sein Vater Stellmacher war, aber sein Großvater war Bürgermeister, und wäre man so fein, wenn man kein adliges Blut in den Adern hätte, sieh dir nur die Hände deines Vaters an, zart und weiß, und schneeweiß wie deine eigenen, das schlägt durch, und sein Profil, es ist edel, und seine Art zu sprechen, seine Stimme, ja dein Vater ist vornehm. Die Großmutter deines Vaters war aus vornehmer Familie, aber sie sollte nicht den Großvater deines Vaters bekommen, den sie liebte, und dann lief sie mit ihm davon, und sie gehörte zu einem der vornehmsten Geschlechter Frankreichs, und es ist die Großmutter deines Vaters, es ist also deine Urgroßmutter, aber auch von seiten der Mutter deines Vaters, es sind vornehme Leute, es sind Edelleute, das kann man merken, sieh nur deinen Vater, adliges Blut fließt durch eure Adern, französisches Blut, Adelsblut.

Der Saal ist riesengroß, es funkelt von den Spiegeln, das Licht sind die frühen, schrägen Strahlen des Vormittags. Und setz dich. Dort ist das Klavier. Setz dich hin und spiel. Aber ich bin fast geblendet vom Gold der Möbel. Und die von Blumen strotzenden Porzellanschalen. Und dort hängen so große Bilder, wie ich sie noch nie gesehen habe. Nicht einmal bei der Fürstin Czartoryska. Und setz dich. Und spiel einen Marsch. Und mein Vater ist mitgekommen, und jetzt empfiehlt er sich. Ich empfehle mich. Wohl ein Diener. Majordomus. Denn wir haben noch nichts vom Großfürsten gesehen. Und ich setze mich. Und ich sehe eine Frucht. Eine Frucht aus weißem Gips an der Wand. Unter einem großen Medaillon. Einen Kranz von Blumen und Früchten. Und er glänzt matt. Und ich spiele für die Frucht. Ich spiele ihren Marsch. Einen Marsch für die Frucht. Ich bin ganz allein in dem großen Saal. Ich spiele bloß. Apfelmarsch taufe ich ihn, während ich spiele. Der Marsch des weißen Apfels. Aber ich bin nicht so versunken, daß ich nicht die Kommandorufe des Obergärtners draußen höre. Und das Geräusch von Schritten. Nachdem eine Tür geöffnet wurde. Spiele lauter, Junge, höre ich plötzlich das Geräusch einer Stimme. Und ich spiele lauter und lauter. Mein weißer Apfelmarsch hallt von der Decke wider. Und ich starre auf meinen Gipsapfel. Starre.

Aber sie bekommen ihre Strafe, kein Zweifel, sagt meine Mutter. Denn solche Menschen. Und wenn sie noch so vornehm sind. Die Strafe Gottes wird sie treffen. Und das zu wissen, ist eine Erleichterung. Wenn nicht in diesem Leben, dann auf jeden Fall im nächsten. Sie werden dafür büßen. Aber auch hier. Denn wie müssen sie sich fühlen? Wenigstens das. Diese Art Menschen. Auch wenn sie äußerlich nichts merken. Die Strafe Gottes. Und davon wissen Juden und Heiden nichts. Wie schön es doch ist, Christ zu sein. Und zu wissen, daß sie kommt. Die Strafe. Zu wissen, daß sie sie bekommen werden. Daß sie sie treffen wird. Welche Wohltat. Sie werden ihr nie entgehen. Der Strafe Gottes. Wie schön, getauft zu sein. Christ zu sein. So weiß man, sie bekommen ihre Strafe.

Herrn Małachowskis Mädchen und sie tanzen und tanzen und sie sind ganz rotäugig vom Tanzen und sie niesen vor lauter Tanzen und ihre Augen tränen vor lauter Tanzen und wer bekäme keine roten Augen bekäme Nieskrampf vor lauter Tanzen wenn nicht Herrn Małachowskis Mädchen und es ist der Staub sagt Baśka natürlich es ist der Staub und der Staub und der Sand ganz klar jedem Mädchen würden die Augen überlaufen vor Staub und Sand er wird aufgewirbelt wenn sie tanzen und tanzen und nicht genug tanzen können und nicht lange genug tanzen können und Herrn Małachowskis Mädchen und es ist klar sagt Baśka aber pockennarbig sind sie und pockennarbig bleiben sie da können sie tanzen soviel sie wollen sagt Baśka.

Ich spiele den Marsch, der dem Großfürsten so gut gefiel. Denn ich kann mehrere Märsche spielen. Aber ich weiß, es ist der, den der Großfürst vorzieht. Und spiel einen Marsch, sagt der Großfürst so oft. Und dann weiß ich, welchen Marsch ich spielen soll. Und der Großfürst kommt durch den Saal. Und ich höre seine Schritte. Und ich höre Schritte hinter ihm. Und ich sehe Herren, die ihm ehrerbietig folgen. Und ich spiele meinen Marsch, und ich spiele ihn besonders kräftig, ich weiß, so mag der Großfürst es am liebsten. Und hör endlich mit der Klimperei auf. Und ich höre die Stimme des Großfürsten schreien. Hier wird gearbeitet. Schreit sie wieder. Und ich halte ein. Und ich fasse es nicht. Und ich höre schnelle Schritte. Und ein Diener kommt heran. Der Großfürst wünscht. Und augenblicklich. Und ich erkenne einige Herren wieder. Denn der Großfürst steht mit dem Rücken zu mir. Und der Diener zerrt fast an mir. An meinem Arm. Und schick ihn sofort nach Hause. Höre ich den Haushofmeister befehlen. Und ich bekomme nicht einmal Zeit für eine Verbeugung.

Ihr Sohn hat Talent. Ihr Sohn hat unbestritten Talent, und mein Vater hat Herrn Hervé auf der Straße getroffen, wenn es mein Sohn wäre, hat Herr Hervé gesagt, und wenn jemand es weiß, dann ist es Herr Hervé, Ihr Sohn, seine Diktion, die Art, wie er sich völlig frei auf einer Bühne bewegen kann, und seine mimischen Fähigkeiten, seine mimischen Fähigkeiten sind unübertroffen, hat Herr Hervé gesagt, eine unbestrittene Schauspielerbegabung, und wir Franzosen, hat Herr Hervé gesagt, wir Franzosen, und was bildet er sich eigentlich ein mit seinem Wir Franzosen, sagt mein Vater, was meint er, unbestrittenes Talent, für wen hält er mich eigentlich, wen, glaubt er eigentlich, hat er hier vor sich, wir Franzosen, mein Sohn, zum Theater, sagt mein Vater, das wäre aber das letzte, lieber sterben als seinen Sohn auf der Bühne sehen, Talent, Talent zum Schmierenkomödianten, hat er das vielleicht gemeint, eine Beleidigung, ich werde Herrn Hervé nicht mehr grüßen, wenn er mir über den Weg laufen sollte, eine unbestrittene Beleidigung, wir Franzosen, unbestrittenes Talent, für wen hält er mich, für den Sohn eines Hanswursts?

Und die Stimme des Haushofmeisters. Und am Ende des Saals. Und sie hallt. Jetzt können Sie aufhören. Und er sagt wenigstens Sie. Denn der Großfürst ist längst gegangen. Und vielleicht habe ich eine halbe Stunde gespielt. Und er war weg. Aber jetzt können Sie aufhören. Und draußen. Und Sonnenschein. Und Moriolka wartet. Und jetzt wollen wir spielen. Und ich warte, bis der Wagen kommt und mich nach Hause bringt. Und der kleine Fürst Paweł und Moriolka bestimmen, wann der Wagen kommt. Und wir spielen. Alle drei. Verstecken. Und im Park endlos viele Stellen, wo wir uns verstecken können. Aber nicht zu weit weg. Sagt der Hauslehrer. Sagt die Gouvernante. Und das ist viel besser. Spielt etwas Stilles. Sprecht miteinander. Und dann Tee. Lindentee ist gut für Kinder. Und Kuchen. Und dann wartet der Wagen. Und jetzt können Sie aufhören. Hat der Haushofmeister mit seiner Stimme gesagt. Und ich gehe kerzengerade an ihm vorbei zum Wagen. Und der kleine Fürst Paweł folgt mir. Und Moriolka. Und Herr de Moriolles streichelt mir übers Haar. Hoffentlich kommst du auch bald wieder.

Ja ganz froh darüber ist man ja nie, sagt meine Mutter zu Frau Werbusz. Denn man weiß ja nicht. Es ist ja eine große Ehre, sagt Frau Werbusz. Ach ja, Ehre oder auch nicht, sagt meine Mutter. Denn eine Mutter ist doch ein wenig unruhig. Und sie holen das Kind so und so oft, und man weiß ja nie. Man hört ja soviel. Und er soll spielen, und der Großfürst hört zu, und dann geht er, und er soll weiterspielen, und dann kommt er und hört einen Augenblick zu, und dann geht er wieder. Was das Ganze eigentlich bedeuten soll? Musik ist ja ganz nett. Aber trotzdem, er ist doch noch ein Kind. Und er soll sich nicht daran gewöhnen. Und weil er gut spielen kann. Er soll ja nicht mit seinem Spiel das tägliche Brot verdienen. Später. Und ich glaube gar nicht, daß es ihm bekommt. Er ist seit kurzem so nervös. Es ist zuviel für ihn. So geholt zu werden. Und wie ein Fürst durch die Stadt zu fahren. Es ist nicht gesund. Und einfach so spielen. Musiker sein. Das hatten mein Mann und ich uns nicht gedacht für unseren Sohn. Er könnte Dutzende anderer zum Vorspielen haben. Aber bloß, weil es ein Kind ist. Und in der Regel ist er im Zimmer nebenan. Oder er spricht mit jemand. Richtig wie ein Musiker. Und das tut dem Kind nun einmal nicht gut. Auch wenn er ganz nett spielt. Das ist nicht der Sinn der Sache. Ja, ich würde, wenn es mein Kind wäre, sagt Frau Werbusz. Eine zweifelhafte Ehre, und das meint mein Mann auch.

◊ ◊ ◊

Eine Hausfrau, die Ordnung in ihrem Haus wünschte, entdeckte zur großen Verblüffung ihrer Freunde und Bekannten die leichteste Art, ihre Dienstboten dazu anzuhalten, alles auf den rechten Platz zu legen. Sogar in der Küche hatte jedes Ding, von den größten Geräten bis zu den kleinsten Gegenständen, seinen ganz bestimmten Platz. Ihre Dienstboten schienen ein Wunder an Gehorsam zu sein; aber in Wirklichkeit gehorchten sie, weil es am leichtesten war. Ordnung war ihnen leichter gemacht worden als Unordnung, und so sehr sie auch versuchten, es war ihnen nicht möglich, einen besseren Platz für eine Sache zu finden, als denjenigen, welchen die Hausfrau sich ausgedacht hatte. Auf dieselbe Art kann man dafür sorgen, daß Kinder gehorchen, ohne daß weder ihre noch die eigene Geduld platzt.

◇ ◇ ◇

Pappeln werden gelb und Stundenplan und mein Vater sitzt über seinem Stundenplan und was wird sein und mein Vater bekommt seinen Stundenplan ausgehändigt und Pappeln und Sonnenblumenkerne und wie und mit meinen Zöglingen und wo soll ich sein und wie kann ich und mein Vater sollte und kann ich an zwei Stellen gleichzeitig sein und wie und eine ganze Familie und wie denn wie soll es gehen und mein armer Vater und die Pappeln starren und die Blätter werden gelb und alle Zöglinge spucken Sonnenblumenschalen und wie können sie so einen Stundenplan machen und will man mich damit ärgern nur um mich zu ärgern und ihr ärgert mich alle alle ärgern mich und warum hat mich niemand gefragt und Kinder und Kinder und Zöglinge und Frauen und Kinder und mein armer Vater und hört endlich auf Sonnenblumenschalen auf den Fußboden zu spucken augenblicklich hört ihr damit auf und die Pappeln werden gelb und sie sind ganz still gegen den blaßblauen Himmel denn es ist nach Norden und mein armer Vater und Wintersemester.

Mit deinem Vater ins türkische Bad, freust du dich nicht, es muß doch herrlich sein für einen Sohn, mit seinem Vater zu gehen, und für eine Mutter, ihren kleinen Jungen und ihren Mann zu sehen, gemeinsam, los ins türkische Bad, und warum weinst du denn die ganze Zeit, es ist fast nicht auszuhalten mit diesem Jungen, nein, das nächste Mal, aber es war wohl nur Freude, aber es war keine Freude, und es waren alle diese Männer, und sie schwitzten und waren groß und waren nackt, und sie glänzten, und sie sprachen, und ihre Stimmen dröhnten, und überall Männer, und im Nebel tauchten Männer auf, immer mehr Männer, und immer mehr Schweiß, und immer mehr Haare, und von Oberkörpern perlendes Wasser, und Unterkörper und mehr Haar und mehr Wasser, und die Stimmen, und der Geruch, Schweiß und sauer und Mann und Seife und Wasser und Mann und Schweiß und Männer und Männer, und ich hätte mich fast übergeben.

Meine Mutter ist unwohl. Und wir dürfen nicht hineingehen. Denn meine Mutter liegt auf dem Sofa. Nur Baśka darf hineingehen. Und Baśka tritt ganz leise auf. Und Baśka ist sehr feierlich. Denn die gnädige Frau ist unwohl. Und mein Vater darf auch nicht. Denn meine Mutter hält es nicht mehr aus. Und mein Vater muß mit den Zöglingen sprechen. Meine Mutter kann den Lärm der Zöglinge nicht mehr aushalten. Und es ist deine Pflicht. Wenn deine Frau unwohl ist. Denn meine Mutter mag keine wilden Jungen mehr. Nicht heute. Und meine Mutter muß sich schonen. Und die gnädige Frau muß sich schonen. Und das gilt auch für euch, Kinder. Denn es ist zuviel für meine Mutter. Meine Mutter ist schließlich eine Geborene. Aber dazu ist meine Mutter nicht geboren. So war es nicht gedacht. Und Adelsblut verleugnet sich nie. Was hätte die Großmutter der Großmutter meiner Mutter mit dem Potocki-Daumen dazu gesagt. Obwohl meine Mutter lebhafte Jungen mag. Aber alles mit Maß. Und was mein Vater ihr bieten kann. Und meine Mutter liegt auf dem Sofa. Und Baśka kommt mit ihrer Verbena. Und hoffentlich geht es ihr heute abend ein wenig besser. Aber ihr müßt eure Mutter schonen. Verstehen, daß eure Mutter. Auch nicht immer leicht. Obwohl sie ja lebhafte Jungen mag. Aber Adelsblut verleugnet sich eben doch nicht.

Und komm mal her. Und dies und das. Und reich mir mal eben. Und was bildet er sich ein? Für wen hält er sich? Und ich kann nicht darankommen. Und versuch einmal. Und sei so lieb. Und die Mädchen. Er tyrannisiert sie. Die arme Emilka. Es geht bald keine Minute, ohne daß. Und allein seine Art. Aber damit will Baśka sich nicht mehr abfinden. Er ist schließlich nur ein Junge. Und die Art, wie er stillschweigend erwartet. Und hier und da. Und bald das eine und bald das andere. Und glaubt er nicht, wir anderen hätten genug zu tun? Auch ohne ihm an allen Ecken und Enden aufzuwarten. Aber er hat ein Talent. Fryc hat ein Talent. Alle Leute dazu zu bekommen, für ihn zu hüpfen und zu springen. Sogar seine Mutter.

Und mein Vater kann sich das Lachen nicht verbeißen, und mein Vater versucht zu verstecken, daß er sich das Lachen nicht verbeißen kann, aber es ist typisch Ludwisia, und sie antwortete Frau Linde, sie sagte, Frau Linde, sagte sie, Frau Linde, dann hätten Sie doch nicht die Hemden Ihres Mannes flicken sollen, und eigentlich war es ja eine freche Antwort, für ein Mädchen wie Ludwisia, ein Mädchen in Ludwisias Alter, sie ist ja viel zu jung, um sich eine solche Antwort herauszunehmen, und nicht einmal meine Mutter hätte gewagt, und meine Mutter war aufgebracht, aber Ludwisia, was sagst du denn da, und sie erzählt es meinem Vater und während wir essen, und mein Vater sagt, aber Ludwisia, welche Art, Frau Linde zu antworten, aber Ludwisia hatte ja recht, und außerdem war es eine witzige Antwort, und es fällt meinem Vater schwer, nicht zu lachen, denn es ist ja typisch für Frau Linde, daß sie sich gerade zu diesem Zeitpunkt damit beschäftigt und nur an die Hemden ihres Mannes dachte, und gerade das hatte Ludwisia betont, denn Ludwisia ist geistreich, und die Chopins sind geistreich, und die Chopins haben Witz, die Chopins haben Esprit, und mein Vater kann sich ein Lachen nicht verbeißen, obwohl, unartig war es ja.

Und wenn ich sterbe, wenn mein Vater stirbt, aber sag doch nicht so etwas, sagt meine Mutter, denn natürlich, aber mein Vater war einmal Zeuge, und da war er noch ein Junge, es war in Mirecourt, und mein Vater kannte den Mann, und er starb ganz plötzlich, und keiner verstand ganz, woran er starb, aber er starb, und es war mitten im Sommer, darum ließ man ihn nicht besonders lange aufgebahrt liegen, gerade, daß man von ihm Abschied nehmen konnte, und dann wurde er begraben, und dann in der Nacht auf dem Friedhof, und es waren ein paar Lümmel, und sie haben ja vor nichts Respekt, und sie gingen zu dem frisch zugeworfenen Grab und fingen an zu wühlen, um zu sehen, was sie finden würden, und plötzlich ist es, als käme ein Geräusch aus dem Grab, eine Art Klopfen, und sie stürzen davon, was das Zeug hält, aber am nächsten Tag, denn ehrlich waren sie doch, sie erzählten es dem Pfarrer, und ich sehe, wie meinem Vater beim Erzählen der Schweiß ausbricht, und er erzählt es oft, immer wieder, von damals, als er ein Junge war, aber er schwitzt trotzdem, und der Pfarrer konnte fast nichts anderes als ihnen glauben, und er verlangte, daß das Grab wieder geöffnet würde, und was fand man, man konnte sehen, wie der tote Mann die Hände gegen den Sargdeckel gestemmt hatte, er war aufgewacht und hatte begriffen, wo er war, daß er lebendig begraben worden war, und dann war er gestorben, und ganz bestimmt tot, erstickt, und er wurde wieder begraben, und mein Vater hatte ihn gesehen, seine Hände, als man den Sargdeckel öffnete, gegen den Sargdeckel gestemmt, denn mein Vater hatte sich vorgedrängt, und der Mann hatte gewußt, daß er lebendig begraben worden war, und das werde ich euch sagen, das müßt ihr mir versprechen, und die Stimme meines Vaters zittert, ihr müßt dafür sorgen, mich nicht lebendig begraben zu lassen, und ich kann den Schweiß meines Vaters riechen.

Und was ist das für ein Unsinn, das ist doch die Höhe, und was soll das heißen, Klavierhände schonen, was soll das bedeuten, bloß weil du keine Lust hast, aber das werde ich deinem Vater sagen, und hat man so etwas schon gehört, und Klavierhände schonen und bloß weil er faul ist, denn Fryc ist doch wohl nicht indolent, sagt mein Vater, und wer hat gehört, daß Paganini, aber Paganini ist Paganini, und außerdem spielt er Violine, und dann ist er Italiener, aber ein frischer und gesunder Junge, und er weigert sich, und dann redet er davon, daß Klavierhände geschont werden müssen, geschont, wenn seine Mutter ihn bittet, und was meint Herr Żywny, und das mag stimmen, sagt Herr Żywny beim Abendbrot, es mag ein wenig übertrieben sein, Klavierhände schonen, Klavierhände schonen, singen Izabelka und Emilka, hört schon auf, sagt meine Mutter, und Ludwisia beugt den Kopf, und wie steht es mit einem Gläschen, Herr Żywny, sagt mein Vater, ein ganz kleines, ja vielleicht ein wenig übertrieben, sagt Herr Żywny, der Junge soll ja auch nicht affektiert werden.

Ein Unglück kommt selten allein denn es war ein schrecklicher Schnee und wir wären fast eingeschneit worden und die Leute sind zu Tausenden auf den Straßen gestorben erzählt Baśka denn da war ein Wagen der ausgegraben werden mußte und innendrin fand man fünf Menschen und drei Kinder steifgefroren und tot als lebten sie noch und die Pferde standen noch aufrecht da als ob sie auch noch lebten und Herr Radliński ist noch einmal vom Pferd gefallen und dieses Mal war er mehrere Stunden bewußtlos und es war ein Glück daß er gefunden wurde denn sonst wäre er erfroren und er wurde nach Hause getragen und das kann ihn vielleicht endlich lehren aufzupassen und nicht auszureiten wenn er einen über den Durst getrunken hat und am nächsten Abend was passiert ihm da? Feuer brach aus in seinem Schornstein in der Küche denn er ist so geizig daß er ihn ein ganzes Jahr nicht fegen ließ und das Feuer hätte auf das ganze Haus überspringen können ja auf die ganze Stadt wirft meine Mutter entsetzt ein wenn nicht aber zum Glück war genug Wasser in der Küche und es war erstaunlicherweise nicht eingefroren obwohl er es nicht fertigbringt das Haus ordentlich zu heizen und alles was sie an Bettzeug und Decken und Laken hatten wurde in den Schornstein gesteckt aber es dauerte trotzdem ein paar Stunden bis sie das Feuer gelöscht hatten und alle erwachsenen Männer im Haus halfen mit und trotzdem gab er ihnen nicht einmal einen Schilling nicht einmal ein Glas Wodka denn es war ja in ihrem eigenen Interesse behauptete er aber das hat er jedenfalls davon kein Federbett keine Decke im ganzen Haus die nicht komplett verdorben ist nein ein Unglück kommt selten allein.

Ich will dienen. Ich will meinen Eltern dienen. Mein Leben soll im Geist des Dienstes stehen. Meine Eltern sollen mich nie vergebens rufen. Ein Wort von ihnen, und ich werde zur Stelle sein. Ich werde meinen Eltern dienen, ich werde meiner Familie dienen. Sie sollen wissen, in der Not, dann bin ich zur Stelle, dann können sie auf mich zählen. Ich werde die Kinder lieben und ihnen dienen, meinen Schwestern, was ihnen auch immer einfallen mag in diesem Leben. Ich werde dem Herrgott dienen, gehorsam gegen ihn und seine Gebote. Ich werde ihm gegenüber demütig sein, und seine Befehle sollen die Richtschnur in meinem Leben sein. Ich werde meinem Vaterland dienen. Wenn es ruft, werde ich zur Stelle sein. Ich werde mein Leben für mein Vaterland einsetzen. Kein Ziel so groß, keines. Mein Leben will ich hingeben. Für mein Vaterland, für meine Familie, für die Kinder, für meinen Gott, für meine Eltern. Ich werde dienen. Ich werde der Kunst dienen. Ich werde der Musik dienen. Der Musik dienen und nicht mir selbst und nicht meinem Vaterland und nicht meinen Schwestern und nicht meinen Eltern und nicht meinem Gott. Dienen und dienen. Der Musik dienen.

Sie weiß alles denn sie wußte was geschehen würde als Frau Zyberts Kusine und keiner hatte geahnt nicht das geringste und sie ist merkwürdig und meiner Mutter schaudert denn wie sonderbar muß es doch sein solch einen Menschen in seiner Familie zu haben und sie weiß und sie kann sagen und voraussagen und sie ist fast eine Hexe aber ganz eine Hexe ist sie nicht denn sie ist Frau Pełczyńskis Schwester und sie weiß nur und woher kann sie wissen und wenn man sie fragt obwohl sie sonderbar ist kann es trotzdem geschehen und ihre Augen und sie sind so sonderbar aber es ist ganz sicher und meine Mutter hat sie trotzdem einmal besucht und sie wollte sich nicht zu erkennen geben und sie ist sich sicher daß sie nicht wußte wer sie war denn sie war weniger als zwei Tage in der Stadt gewesen und was sie sagte und erst mehrere Wochen später muß ihr klar gewesen sein daß Frau Pełczyński und meine Mutter Bekannte waren aber natürlich sehr ferne Bekannte und sie hatte meine Mutter nur angesehen und dann hatte sie ihre Hand genommen und sie hatte auf die Hand meiner Mutter gesehen und dann hatte sie gesagt und nicht nur daß der Mann meiner Mutter sondern auch wie viele Kinder und wann und sogar das mit dem Jungen vor mir und das weiß sonst fast niemand und die Eltern meiner Mutter und die Gräfin sogar die Gräfin sogar davon hatte sie etwas gewußt und ist es nicht sonderbar und dann hatte sie etwas über mich gesagt aber meine Mutter will nun trotzdem nicht daß jemand davon erfährt und ich erst recht nicht aber trotzdem sich vorzustellen mit einer solchen Person verwandt zu sein und in meiner Kindheit obwohl eigentlich kann man ja nicht sagen daß sie jemandem etwas tut aber unheimlich ist es und so eine Art Hexe und wäre es in meiner Kindheit gewesen nicht auszuhalten der Gedanke was geschehen wäre wenn es in der Kindheit meiner Mutter gewesen wäre aber etwas ist daran da können die Klugen sagen was sie wollen.

Und dafür müßt ihr sorgen, das ist das einzige, worum ich euch bitte, dafür müßt ihr sorgen, und besonders du, Fryc, denn du wirst mich bestimmt überleben, und du bist mein Sohn, und es fällt dir wohl zu, dafür mußt du sorgen, dafür müßt ihr alle sorgen, es ist das einzige, worum ich meine Kinder zu bitten habe, meine einzige Bitte, und mein Vater ist krank gewesen, aber mein Vater ist wieder gesund geworden, und zum Glück hat mein Vater sich jetzt ganz erholt, und dank Doktor Malcz, und wir halten Dämmerstunde, und wir sitzen zusammen, Winter, Sonntag, und ich kann die Stimme meines Vaters hören, und sie zittert, und die Stimme meines Vaters darf nicht zittern, sie darf nicht zittern, wenn sie mich um etwas bittet, und darum bitte ich euch, aber mein Vater hat uns nicht um etwas zu bitten, und besonders du, aber mein Vater hat mich nicht um etwas Besonderes zu bitten, und mein Vater hat Angst, und plötzlich entdecke ich, daß mein Vater Angst hat, mein Vater Angst, aber mein Vater kann keine Angst haben, und darum bitte ich euch, und warum sagt meine Mutter nicht, daß Zuzia mit den Lampen hereinkommen soll, warum sollen wir sitzen und hier in der Dunkelheit, und die Stimme meines Vaters, und ich kann sein Gesicht nicht sehen, denn er sitzt mit dem Rücken zum Fenster, und ich habe Angst davor, sein Gesicht zu sehen, ich kann nur hören, die Stimme meines Vaters. Und zitternd und bebend, aber mein Vater darf keine Angst haben, mein Vater darf mich nicht bitten, und besonders du, mein Sohn, und es ist wohl an mir, und was ist an mir, er darf keine Angst haben, und besonders du, du mein Sohn, und die Stimme meines Vaters bebt, denn ihr müßt mir versprechen, ihr müßt mir versichern, du mein Sohn, du mußt garantieren, du, der du meine Augen schließen wirst, daß ich nicht lebendig begraben werde.

Du bist alt genug, sagt Herr Żywny, du bist alt genug, die Fuge in As-Dur zu spielen. Denn das Präludium in As-Dur spiele ich schon längst, aber das ist ja nicht dasselbe. Es ist leicht, und ich habe eigentlich nicht daran gedacht, daß es auch eine Fuge in As-Dur gibt. Es gibt so viele Fugen. Und ich habe sie noch nicht einmal probiert. Denn Herr Żywny hat nichts gesagt, und er ist darüber hinweggegangen. Sie sah auch ein wenig langweilig aus. Und er hatte daran vorbeigeblättert. Aber jetzt bist du alt genug. Und die Fuge in As-Dur. Es ist das Höchste, was Bach für das Klavier geschaffen hat, es ist eine Kathedrale, eine Kathedrale von Tönen. Und du mußt an die Fuge in As-Dur herangehen, als wäre sie das größte Heiligtum, denn sie ist das größte Heiligtum. Und ich bin jetzt so reif. Und Herr Żywny kann mir vertrauen. Und er sagt es. Und ich soll seiner würdig sein. Die Fuge in As-Dur. Und langsam und feierlich. Als wäre dein Klavier eine Orgel. Laß es wie eine Orgel klingen. Und vielleicht werde ich selbst einmal eine Fuge in As-Dur schreiben können. Das größte Heiligtum. Die Kathedrale. Und es ist ein Rubin, sagt Herr Żywny, der auf ihrem Altar strahlt.

Und hat die gnädige Frau gehört, sagt Baśka. Und meine Mutter hat gehört. Aber das ist unerhört, sagt meine Mutter. Hat man jemals gehört. Und bevor das Trauerjahr vorbei ist. Das tut man nicht. Das tut man einfach nicht. Eine Verlobung erklären. Aber das ist ja typisch. Wie wagen sie. Das ist ja eine Profanation, sagt meine Mutter. Sie haben weder Respekt vor Gott noch vor dem Bösen. Und darum sind sie auch auf diese Art gestraft worden. Denn es ist eine Strafe Gottes. Ein schwachsinniges Kind zu bekommen. Und dann treiben sie es so fort. Bevor das Trauerjahr vorbei ist. Die reine Blasphemie. Wie wagen sie. Aber die Verlobung. Es wird sicher so gehen, wie es seinerzeit mit der Verlobung des jungen Fräulein Szczepański ging. Und davon wissen wir ja alles. Aber es kann natürlich nicht schnell genug gehen. Denn wenn man aussieht wie sie, dann muß man ja den ersten besten nehmen. Und so geschwind wie möglich. Sobald er ins Netz gegangen ist. Und der arme junge Mann. Wer es auch ist. Nein, meiner Mutter tut der arme junge Mann wirklich leid. Unerhört. Genau das ist es.

Denn Herr Leleu ist den ganzen Weg aus Frankreich gekommen, und er bleibt bloß, ja bloß ein paar Wochen in Warschau, und er muß natürlich eingeladen werden, Landsmann, und allein um Neues aus Frankreich zu hören, obwohl es ja schon so lange her ist, aber auch nur, um zu sprechen, und ich merke, mein Vater, er lebt auf, ein Franzose, und er kommt, und wir müssen auf jeden Fall tun, was wir können, und eine Lammkeule, eine Lammkeule, wie meine Mutter sie macht, denn er soll ja nicht glauben, und keinesfalls Barszcz, denn was würde er denken, wenn er Suppe aus Roten Beten bekäme, daß wir von was weiß ich lebten, aber er, und meine Mutter versteht sich ja auch auf, und eine herrliche Zwiebelsuppe, mit den herrlichen polnischen Zwiebeln, so frisch, genauso fein, wie man sie in Frankreich bekommt, und die Pasteten, gegen die wird er auf keinen Fall etwas einzuwenden haben, und so ein Fisch, ein Zander, ja genau, ein Zander, ja, damit können wir uns sehen lassen, und darf ich Herrn Leleu noch ein Stückchen anbieten, und Herr Leleu möchte gern noch ein Stückchen, und man kann schon hören, woher in Frankreich Sie ursprünglich kommen, Herr Chopin, sagt er, und lacht er sich nicht in den Bart, und Herr Chopin, man kann hören, daß Sie seit langem aus Frankreich weg sind, und was bildet er sich eigentlich ein, sagt mein Vater, als er gegangen ist, und Polonismen, als hätte es etwas mit Racine und Corneille zu tun, nein, kommt mir nicht mehr über die Schwelle, das versichere ich dir.

◇ ◇ ◇

Kind der Sterblichkeit, woher kommst du? Warum ist dein Anblick so traurig, und warum sind deine Augen rot vom Weinen?
Ich habe die Rose in ihrer Pracht gesehen; sie breitete ihre Blätter der Morgensonne entgegen – ich kehrte zurück, und sie lag sterbend auf ihrem Stengel; ihre anmutige Form war verschwunden; ihre Schönheit war verwelkt; ihre Blätter lagen zerstreut auf der Erde, und niemand las sie auf.
Ein prächtiger Baum stand auf dem Feld; seine Zweige waren mit grünem Laub bedeckt; seine ausladende Krone spendete erquickenden Schatten; der Stamm war wie eine starke Säule; die Wurzeln wie starke Klauen – ich kehrte zurück, und der Ostwind hatte das grüne Laub abgesengt; die Axt hatte die Zweige abgeschlagen; der Wurm sich einen Weg in den Stamm gebahnt, und sein Herz war verfault; er verwitterte und fiel zur Erde.
Ich habe den Menschen in seinem Stolz und seiner Kraft gesehen; seine Wangen glühten vor Schönheit; seine Glieder waren voll Bewegung; er sprang; er ging; er lief; er freute sich darüber, von allen der Vorzüglichste zu sein – ich kehrte zurück, er lag steif und kalt auf der nackten Erde; seine Füße konnten sich nicht mehr bewegen, seine Hände hingen schlaff hinunter; sein Leben hatte ihn verlassen, und darum weine ich, denn der *Tod* ist in der Welt; der Zerstörer unter den Geschöpfen Gottes; alles, was geschaffen ist, wird zugrunde gehen; alles was geboren ist, wird sterben; laßt mich allein, denn ich will noch eine Weile weinen.

◇ ◇ ◇

Der Mensch ist Herr der Natur, die Natur ist dem Menschen von Gott gegeben, damit er über sie herrsche, was man auch über die Geschichte vom Paradies denken mag, und mein Vater sieht Herrn Linde tief in die Augen, und Herr Linde nickt so unmerkbar, daß sicher nur ich und mein Vater es bemerkt haben, und darum sind sie auch völlig wahnsinnig, die neuen Ideen, aber natürlich wird bald niemand mehr darüber reden, es ist ja wie bei den Wilden, die einen Baum anbeten, oder unseren heidnischen Vorvätern, und Herr Linde nickt, und warum machte Gott einen Unterschied zwischen Mensch und Tier, doch nur, damit der Mensch über das Tier herrschen sollte, Rührseligkeit, sagt mein Vater, das ist vielleicht etwas für Frauen und Kinder, und darum will ich auch nicht, sagt mein Vater, ein Vogel in einem Käfig, das mag angehen, aber all diese Rührseligkeit, die Erde ist dazu da, daß sie beackert wird, und es ist eine Sünde gegen Gott, die Erde unbeackert zu lassen. Gott freut sich über jeden Wald, der gefällt wird, über jeden Baum, damit er fruchtbarer Ackererde Platz machen kann, denn was sagte Gott zu Adam, ob man an Adam glaubt oder nicht, das hat damit nichts zu tun, unbebaute Erde, eine Sünde, rührselig, da können sie sagen, was sie wollen.

Aber was soll das bedeuten, lebendig begraben werden, und nach dergleichen Dingen darfst du nicht fragen, und nicht deinen Vater, auf keinen Fall, denn dein Vater, und was das bedeuten soll, und es gibt Dinge, nach denen man nicht fragt, und wie ist es möglich, aber es ist möglich, und Baśka hat auch gehört, und Baśka hat gekannt, aber du darfst also nicht auf all den Unsinn hören, den Baśka erfindet, denn er ist dein Vater, und dein Vater hat erlebt, und das Schlimmste, was einem Menschen passieren kann, das ist, lebendig begraben zu werden, das ist, in einem Sarg aufzuwachen und zu wissen, daß man tief unten ist, tief in der Erde, und du bist zu klein, du hast nicht gesehen, wie tief ein Grab sein kann, aber das Grab ist tief, und nichts hört man, man ist tief unten, und ganz eingeschlossen, und wird lebendig begraben, und man wacht auf, und man weiß, es ist unmöglich, niemand hört einen, und man klopft und klopft, aber man ist auf dem einsamen Friedhof, und man versucht, den Deckel zu öffnen, aber Wagenladungen bleischwerer Erde, und man versucht zu rufen, aber niemand hört, und man ist lebendig begraben, lebendig begraben, und niemand kann hören, und man wird von niemandem gehört, da ist niemand, man ist allein, ganz allein, man schreit, aber niemand hört, niemand hört, ganz allein, das bedeutet lebendig begraben zu sein, und zum Schluß erstickt man.

Frau Catalani, Ihr Sohn muß sie kennenlernen, es genügt nicht, daß er sie bei einem öffentlichen Konzert hört, das Musikleben von ganz Warschau, und gehört Ihr Sohn nicht allmählich zum Warschauer Musikleben, Sie müssen ihm erlauben, und ich habe Herrn Żywny noch nie so gesehen, Ihr Sohn muß sie kennenlernen, und ich verstehe gut, natürlich ist es nicht gesund für ihn, so spät aufzusein, und es ist auch nicht richtig, denn es kann seiner Gesundheit schaden, wenn er die ganze Zeit, aber einmal, und ich garantiere, es ist bei der Fürstin Zamoyska, und ich garantiere, von ausschweifendem Künstlerleben kann nicht die Rede sein, und Frau Catalani ist ja schließlich keine Zigeunerin, Frau Catalani ist Frau Catalani, und wie wäre es sonst möglich, daß sie in den vornehmsten Häusern empfangen wird, und im Theater, Ihr Sohn muß sie treffen, Ihr Sohn muß sie hören, Ihr Sohn muß dabeisein, Wohltätigkeit, es ist ja nur ein kleines Konzert, und warum Ihrem Sohn nicht erlauben, auch eine kleine Nummer zu geben, sein Rondo, es würde sich gut machen, ich finde, Sie sollten sich das überlegen, sagt Herr Żywny zu meinem Vater, Herr Żywny garantiert.

Herr Żywny setzt sich ans Klavier und Herr Żywny spielt und seine langen braunen Finger und seine schwarzen gehörnten Nägel und es ist seine neueste Komposition und schau her mein Junge hör her und so soll eine Kadenz sein und hör wie es gemacht wird und du mußt hören nur hören und dann mußt du Bach hören denn keiner hat eine Kadenz so schreiben können wie Bach und du mußt lernen und du kannst nur lernen und nur bei Bach und hör auf mich und hör was ich jetzt spiele und es ist meine eigene Komposition aber sie ist nur für mich selbst geschrieben und für dich und für die wenigen die verstehen und sie wird nie gedruckt denn es ist Musik die nicht verstanden wird aber das darfst du nie vergessen daß man immer Musik wird schreiben können die so ist und Musik die wie Bach ist und nie verstanden werden wird und nur von den ganz wenigen gehört wird und du bist einer von denen die hören und es ist der Geist Bachs und es ist ein Präludium wie Bach es geschrieben hätte und es wird mit mir sterben und es wird sterben denn es wird nie aufgeschrieben werden es ist für mich geschaffen und für dich und damit du verstehst und die wenigen aber alle die anderen und sie wollen nur Polonaise und Mazurka und Walzer und Marsch und Rondo und Oberek aber dies ist ein Präludium und wie Bach es geschrieben hätte.

Denn es ist sehr wichtig, sagt Doktor Malcz, daß die Mahlzeiten regelmäßig eingenommen werden. Hier wie in allen Lebenslagen gelten die alten Worte, gut Ding will Weile haben. Das Essen will gründlich gekaut sein. Auch wenn es nur ein sogenanntes Löffelgericht ist, kann es trotzdem Klumpen enthalten, die einen schädlichen Einfluß auf die Verdauung ausüben, wenn sie vor dem Schlucken nicht durch die Arbeit der Zähne zerkleinert werden. Jede Portion, die in den Mund kommt, soll auf jeden Fall zwanzig Mal gekaut werden, und mehr kann nie schaden. Versuche haben gezeigt, daß Raubtiere in Gefangenschaft, die ihr Futter in großen Klumpen verschlingen, unweigerlich matt und kränklich werden. Sie verlieren ihr Haar, ihr Pelz wird glanzlos, und manchmal verlieren sie auch ihre Zähne. Der Mensch ist kein Wiederkäuer wie die Kuh, die ihr Essen verschlingen und später in aller Ruhe kauen kann. Und die ganze innere Einstellung sollte während der Mahlzeit im Gleichgewicht sein. Jede unnötige Erregung sollte vermieden werden. Darum ist es auch eine Unsitte, wenn die Eltern die gemeinsamen Mahlzeiten dazu benutzen, Angelegenheiten zu erörtern, die außerhalb des Rahmens der Mahlzeit behandelt werden könnten, ganz zu schweigen von Eltern, die während der gemeinsamen Mahlzeit Themen berühren, die für kindliche Ohren nicht geeignet sind. Ruhe, Schweigen und Harmonie sollten während der Mahlzeit vorherrschen. Jeder Affekt ist der Verdauung abträglich, das zeigen nicht nur Experimente mit Tieren, sondern jeder, der sich die Mühe geben will, kann es beobachten, indem er einen aufmerksamen Blick um sich wirft. Wer hat beispielsweise eine gereizte Katze Milch schlecken sehen, und welcher Hund würde sich in erregtem Zustand ruhig seinem Futter zuwenden. Und Doktor Malcz sieht mir tief in die Augen, und dann streichelt er mir die Backe.

Aber in diese Golduhr müssen wir sofort das Datum eingravieren lassen, dritter Januar achtzehnhundertundzwanzig, denn eine Golduhr und von Frau Catalani, denk, und unser Sohn, und von Frau Catalani, und sie schenkte ihm, schenkte ihm einfach so, Frau Catalani hörte unseren Frycek an dem Abend spielen, nachdem sie selbst ihr Konzert mit der Arie zu Ehren des Großfürsten gegeben hatte, sie nahm ihre Golduhr und ganz spontan, denn so sind ja die Italiener, und sie selbst hatte gesungen, Superba Roma, sie griff ihre Golduhr, und sie schenkte sie meinem Frycek, als sie ihn hatte spielen hören, und wem sonst hat sie hier in Warschau etwas geschenkt, und hat sie jemals jemandem etwas geschenkt, abgesehen davon, daß sie sehr wohltätig ist, aber es war ja keine Wohltätigkeit, es war etwas anderes, und mein Frycek, als sie ihn spielen gehört hatte, und es ist ja klar, das muß eingraviert werden, ich war selbst anwesend, ich sah sie, ihre Bewegung, wie gerührt sie war, der kleine Junge, das große Instrument, und es war ganz spontan, sie konnte nichts sagen, sie umarmte ihn bloß, natürlich muß das eingraviert werden, und er ist natürlich noch zu klein, um eine Uhr zu tragen, aber wenn er einmal groß genug ist, eine wunderbare Erinnerung, meine Frau und ich, wir verwahren sie für ihn, bis er groß ist, eine Erinnerung daran, als er klein war, das muß eingraviert werden, geschenkt von Frau Catalani, und Tag, und Jahreszahl, und dann sein Alter natürlich.

So empfindsam, unser Fryc ist so empfindsam, man braucht nur ein Wort zu sagen, ein einziges hartes Wort, und sofort, unser Fryc, Tränen in den lieben Augen, Flecken auf den Backen, ihr hättet ihn sehen sollen, und es war nicht einmal meine Absicht, ihm etwas vorzuwerfen, aber der arme Junge, und plötzlich, und er wurde rot, und er wurde blaß, er ist so empfindsam, und er weiß sofort, sowohl was sein Vater als auch was seine Mutter, und was sie denken und fühlen, es ist nicht dasselbe wie mit den Mädchen, denn sie sind anders, sie sind nicht empfindsam, nicht so, denn Fryc ist empfindsam, und seine Musik, wenn er spielt, bloß ihm zuhören, die Empfindsamkeit, auch wenn er Tanzmusik spielt und Mazurken und Polonaisen und Kontertänze, und wenn man bloß das geringste harte Wort sagt, und Fryc, und mein Fryc, und er weint ja nicht mehr über ein hartes Wort, aber eine Mutter kann sehen, die Tränen stehen ihm schon in den Augen, denn mein Fryc, eine Mutter weiß, so unendlich empfindsam, um vieles empfindsamer, so empfindsam.

Herr Żywny hat ein Lied komponiert, am Flusse grünen zwei Linden, denn es stimmt ja, was Herr Brodziński sagt, es stimmt ja, die Manier der Slawen ist die Idylle, ihre Kronen von beiden Ufern, und Herr Żywny spricht oft mit Herrn Brodziński darüber, auf der Treppe, wenn er auf dem Weg zu uns ist, Zweig für Zweig sich verbinden, und das gilt nicht nur für die Slawen als solche, sondern auch und besonders für die Polen gilt es, meint Herr Żywny, denn ursprünglich ist er ja aus Böhmen, und miteinander verwuchern, und darum liebt Herr Żywny auch dieses Gedicht, ein echtes slawisches Gedicht, für ewig grausame Ströme, und er spielt uns sein Lied vor, aber er hat keine Singstimme, darum summt er nur falsch auf ein paar Worte und rezitiert den Rest, die zween an der Wurzel trennten und er gibt Ludwisia die Noten, denn ihre Stimme ist weich und schön, nur Sehnsucht, die traurig schöne, aber Ludwisia kann nicht vom Blatt singen, und versuch du, Fryc, deine Stimme ist zwar nicht so schön, aber du kannst wenigstens Noten lesen, bezwinget des Flusses Grenzen, aber dergleichen ist ja nichts für einen Jungen und in diesem Alter, denn auch wenn Herr Brodziński sagt, sagt mein Vater, nur ferne Seufzer sandte Koryl, nein das soll mein Sohn nicht singen, das möchte ich nicht, der treuen Ismene voll Pein, aber liebe Frau Justyna, Sie mit Ihrem herrlichen Sopran, ja zier dich doch nicht so, versuch doch, du singst doch so hübsch, mach uns doch die Freude, Herr Żywny freut sich so, dem Fremden er nicht sich vertraun will, und auch, wenn Herr Brodziński es auch sagt, und er unter uns wohnt, seinen Schmerz, den trägt er allein, aber meine Mutter fühlt sich nicht disponiert, ja, die Idylle ist die wahre Manier der Slawen, sagt Herr Żywny, da hat Herr Brodziński nun trotzdem recht, schade, daß er nicht heraufkommen und mein neues Lied hören kann, aber wenn meine Mutter indisponiert ist, und das muß man ja respektieren, das hat Herr Żywny wiederholt erlebt, als Künstler, indisponiert, das sind Künstler oft, seinen Schmerz, den trägt er allein, und Herr Żywny nimmt sich eine Prise, und nimmt dankend mit unserer bescheidenen Abendmahlzeit vorlieb, in aller Bescheidenheit, seinen Schmerz, den trägt er allein, so ist es, Künstler zu sein.

Ich habe meine Fuge verbessert, aber sie ist immer noch dreistimmig, denn vierstimmig, das wage ich trotzdem nicht, das ist nur für Bach, aber könnte man sie nicht fast eine Doppelfuge nennen, einige würden vielleicht sagen, es sei ein Kontrapunkt, aber in gewisser Weise ist es ja ein Thema, in gewisser Weise, eine Doppelfuge, ich habe eine dreistimmige Doppelfuge gemacht, und es stimmte, was Herr Elsner darüber sagte, denn es waren ja parallele Quinten und parallele Oktaven, aber jetzt, jetzt traue ich mich, dafür einzustehen, ganz sicher, und ich habe alle Stimmen untersucht, und natürlich kann man es hören, wenn man richtig hinhört, aber Herr Elsner kann es sehen, auf einen Blick, und Herr Elsner kommt, und er soll mit meinem Vater sprechen, und ich bin eifrig, denn natürlich, er soll sie sehen, und als erster, und wo ich mich nach ihm gerichtet habe, wo ich geändert habe, und er soll nicht glauben, ich könnte nur Rondos, das soll er nicht glauben, denn ich kann Fugen schreiben, richtige Fugen, und eine Doppelfuge, und was ist das denn, Junge, und dein Vater und ich sprechen miteinander, Herr Elsner und ich sprechen miteinander, und mit so etwas angerannt kommen, wenn dein Vater und ich wichtige Angelegenheiten erörtern, was bildest du dir ein, zwei Erwachsene, sie in ihrem Gespräch zu unterbrechen, du bist doch nicht etwa dabei, ein bißchen eingebildet zu werden, zwei Erwachsene zu stören, die miteinander sprechen, jetzt fang nicht an, dir etwas auf dich einzubilden, es ist auch nicht gesund für ein Kind mit diesen ganzen Privatkonzerten, da kann der Zweck auch noch so gut sein, es ist nicht gesund, genau meine Meinung, sagt mein Vater, eingebildet, und Herr Elsner würdigt mich keines Blickes, und mein Vater und Herr Elsner sprechen miteinander, eingebildet sein, eingebildet, ein Junge, zu glauben, er sei Bach, und ich hasse Herrn Elsner.

Ich kämpfe mit dem Präludium in D-Dur. Ich kriege es nicht gleichmäßig hin, so sehr ich auch übe. Schließlich mache ich eine Übung, ganz meine eigene. Ich halte den ersten und zweiten Finger auf einer Terz fest und spiele mit dem dritten, vierten und fünften. Über die ganze Klaviatur. Eine Fingerübung für die rechte Hand. Eine Etüde. Und Herr Żywny ist erstaunt. Selbsterfunden. Selbstkomponiert. Ich spiele sie immer wieder, hartnäckig, konzentriert, und das D-Dur-Präludium beginnt gleichmäßig zu klingen. Dank meiner Etüde. Chromatisch. In a-Moll.

Und sobald du Musik hörtest, nein unterbrich mich nicht, denn ich entsinne mich, eine Mutter entsinnt sich, denn in dem Augenblick, als Fryc Musik hörte, und er war keine zwei Jahre alt, und ich entsinne mich deutlich, eine Mutter entsinnt sich dergleichen, ja, du warst noch ein Säugling, als du an meiner Brust lagst, und ich brauchte nur ein kleines Liedchen zu singen, und sofort war Fryc, so war es nicht bei den anderen, aber so war es bei Fryc, und als er ein wenig älter wurde, gut zwei Jahre, ja, wir merkten schon, konnte man Fryc mit etwas glücklich machen, konnte man dir mit etwas eine Freude machen, wenn Papa auf seiner Flöte spielte, wenn Mama am Klavier saß, ja, ehe du gehen konntest, wenn du deine eigene Freude hättest sehen können, wie glücklich du wurdest, wenn Sie seine Freude gesehen hätten, wie seine Augen aufleuchteten, er mußte nur hören, und später, du konntest kaum gehen, deine ersten Schritte, als du zum Klavier wackeltest, deine ersten Töne, du konntest spielen, ehe du gehen konntest, ja, unser Fryc konnte spielen, ehe er gehen konnte, so etwas weiß eine Mutter doch, und deine ersten Töne, als du deine ersten Töne spieltest, wir beide, mein Mann und ich, wir wußten, als wir die ersten Töne hörten, da waren wir uns darüber im klaren, etwas Ungewöhnliches, das fühlt eine Mutter, und du hättest deine Freude sehen sollen, Sie hätten seine Freude sehen sollen, Sie hätten sehen sollen, wie Frycs Augen glänzten, als er die ersten Töne hörte, die er selbst am Klavier anschlug, nein, wir wußten, mein Mann und ich, im selben Augenblick, ein ungewöhnliches Kind, wir konnten nicht anders als, so etwas ahnt eine Mutter, eine Mutter ahnt, und du kannst glauben, sowohl dein Vater als auch deine Mutter, Papa und Mama, sie sagten sich, mein Mann und ich, das verstehen Sie sicher, wir sagten uns, Fryc muß musikalisch sein, eine ungewöhnliche Musikalität, eine Mutter ahnt, eine Mutter bewegt in ihrem Herzen.

Und verstehst du denn nicht, und schau einmal genau hin, und du mußt doch begreifen können, und versuch zu übersetzen, und es ist ja ganz einfach, der Vogel, der den Tag verkündet, und welcher Kasus ist der Tag, ja, da kannst du sehen, es ist ganz einfach, natürlich Akkusativ, was sollte es sonst sein, wie heißt das auf polnisch, ja, dann gibt es vielleicht keinen Unterschied zwischen Nominativ und Akkusativ, aber den gibt es auch nicht auf französisch, der Vogel, der den Tag verkündet, und was tut der Vogel, der Vogel erzählt uns, daß das Licht des Tages hervorbricht, und welcher Kasus ist des Tages, das ist ganz selbstverständlich, erzählt uns, daß das Licht des Tages hervorbricht, und so weiter. Weiter. Christus weckt unsern schlafenden Geist, ja Geist, gerade Geist, Christus weckt unsern schlafenden Geist, und wie der Hahn ruft er uns zum Leben, und Leben, welcher Kasus ist Leben, ja genau, das ist gerade nicht wie auf polnisch, zum Leben, wie der Hahn ruft er uns zum Leben, „diese Betten“, schreit er, nein, er schreit nicht, denn was tut ein Hahn, ja genau, ein Hahn schreit nicht, ein Hahn kräht, der Hahn kräht, „diese Betten“, kräht er, „waren nur geschaffen“, und wozu waren sie geschaffen, sie waren geschaffen für, „diese Betten waren nur geschaffen für Krankheit und Schlaf“, und was dann, ja was dann, „diese Betten waren nur geschaffen für Krankheit und Schlaf“, ja richtig, „diese Betten waren nur geschaffen für Krankheit und Schlaf und Müßiggang", ja, und was ist Müßiggang, was ist Müßiggang? Aller Laster Anfang. Und wie geht es weiter, ja genau, „sei rein, wahr, wachsam", ja und dann, was dann, kannst du es nicht sehen, was bedeutet es, denk nach, gib dir Mühe, „sei rein, wahr, mäßig", ja genau, mäßig, sei mäßig, „denn ich", denn ich was, „denn nun bin ich zu dir gekommen", ja genau, „nun bin ich zu dir gekommen", und das sagt Christus, denn der Hahn ist dasselbe wie Christus, und war das wirklich so schwer?

Und in zwei Jahren, auf jeden Fall in zwei Jahren, allerspätestens in zwei Jahren, und Fryc soll ins Gymnasium, wie die Zöglinge, Fryc soll wie die Zöglinge lernen, und dann muß er auch können, denn das wäre ja blamabel, und du wirst doch nicht deine Eltern blamieren, es wäre blamabel, denn, wenn Fryc nun nicht, der Sohn des Professors, und dann nicht aufgenommen werden, denn deine Mutter hat zwar mit dir geübt, aber trotzdem, und ich habe zwar, aber alles kann man ja nicht, die Zöglinge, das Gymnasium, die Artillerieschule und was weiß ich, vielleicht daß, und Herr Linde kennt wohl, es braucht nicht die Welt zu kosten, es gibt ja junge Studenten genug, und einen Taler extra, und wenn die Zeit näherrückt, Herr Hilczyński und Herr Gołuchowski und Herr Maciejowski, oder sollte man einen festen Lehrer anstellen, das wäre ja eine Entlastung für deine Mutter, der junge Barciński, und den Mädchen helfen, und sich um die Zöglinge kümmern, aber er ist wohl noch ein wenig grün, achtzehn Jahre, wir werden sehen, denn du mußt verstehen, du bist kein Kind mehr, unser Fryc muß verstehen, das eine ist, vor Fürstinnen auf Wohltätigkeitskonzerten zu spielen und Uhren von italienischen Sängerinnen geschenkt zu bekommen, das andere, das ist eine ordentliche Ausbildung, und da kommt der Zeitpunkt, wo man auch etwas leisten muß, das mußt du verstehen, und Herr Żywny wäre der erste, eine ordentliche Ausbildung, man muß seine Prioritäten setzen, und Herrn Żywnys Vater war Flötenvirtuose, da siehst du, und fast unter Mozart, man muß seine Prioritäten setzen, es kommt die Zeit, wo auch etwas von einem gefordert wird, und nicht zuletzt, für Geld auftreten, *unser* Sohn?

Und wer soll eine ordentliche Ausbildung haben, und soll Ludwisia nicht, und soll Izabelka nicht, und Emilka mit ihren Gedichten, denn Zuzia soll ja für meinen Vater und meine Mutter sorgen, wenn wir anderen eine ordentliche Ausbildung bekommen haben, aber du mußt doch verstehen, du bist ein Junge, und für einen Jungen, es ist anders, und du hast auch viel zu viel mit den Mädchen gespielt, das ist nicht gesund, und natürlich ist es gut, daß Kinder nicht unter fremden Einfluß kommen, und daß sie sich nicht mit anderen Kindern gemein machen, denn wenn unsere Kinder sich gemein gemacht hätten, und dankt ihr eurem Gott, daß ihr euch nicht gemein gemacht habt, sondern ein ordentliches Elternhaus habt, ihr seid ordentlich geblieben, und ordentliche Kinder, mit einer ordentlichen Ausbildung, das ist ja nicht dasselbe, und es gibt Unterschiede, auch wenn man gemeinsam gespielt hat, und auch wenn man noch so tüchtig Theaterstückchen machen und Erzählungen schreiben und französisch lesen kann, ein Junge ist ein Junge, und ein Mädchen ist ein Mädchen, und es ist ja nicht die Rede davon, keine ordentliche Ausbildung zu bekommen, glaubst du wirklich, deine Eltern würden versäumen, ihren Töchtern eine ordentliche Ausbildung zu geben, Ludwisia, Izabelka, Emilka, sie werden alle eine ordentliche Ausbildung bekommen, aber ein Mädchen ist ein Mädchen, und ein Junge ist ein Junge, und glaubst du, es ist eine ordentliche Ausbildung für ein Mädchen, sich mit Zöglingen gemein zu machen, und auf dem Gymnasium, ordentliche Ausbildung, für ein Mädchen, was glaubst du eigentlich?

Und meine Eltern waren mit ihr noch vor vier Tagen zusammengewesen, und es war ihr überhaupt nichts anzumerken gewesen, sie war so munter, wie sie immer gewesen war, und ihr Appetit, trotz ihrer vierundsiebzig Jahre, nein, es war alles in Ordnung gewesen, und sie hatte Fisch gegessen. Und dann war sie also tot. Und es war innerhalb von vierundzwanzig Stunden passiert, nein sechs Stunden. Plötzlich war sie unwohl geworden. Sie hatte sich übergeben müssen. Und es war braun, aber nicht eklig. Und dann wußte man ja. Es roch nicht so. Und dann war sie bewußtlos geworden, und einige Stunden später. Und dann war sie still eingeschlafen. Es war ein schöner Tod, sagt mein Vater. In einem Alter von vierundsiebzig und ohne Schmerzen. Es war ein schöner Tod, sagt meine Mutter. So zum Herrn heimgerufen zu werden. Aber sie hatte ja auch ein frommes Leben gelebt. Und es war ein schöner Tod, wiederholen alle, und Ludwisia und Izabelka und Emilka und Zuzia. Aber wie kann ein Tod schön sein?

◊ ◊ ◊

Die Burg Malbork erhebt ihre Zinnen hoch in den Himmel, und tief unter der Erde sind zehn gewölbte Verliese. Das nächtliche Dunkel füllt diese unterirdischen Kammern, die keine Fenster haben, um Sonne und Licht hereinzulassen; in dem tiefsten liegt der gefesselte Gefangene, eine Handvoll fauliges Stroh ist seine Lagerstatt. Ein Brocken trockenes Brot, von unsichtbarer Hand gereicht, erhält ihn am Leben, und er löscht den Durst, indem er Tautropfen sammelt, die an den Mauern des Verlieses herunterrieseln. Lange seufzt der unglückliche Gefangene, er seufzt ohne Trost und Hoffnung, und wenn er in seiner Not die Hände zum Himmel erheben möchte, vermag er sie nicht zu heben, denn schwere Ketten beschweren seine Hände; die Arme fallen, das Herz sinkt unter der Verzweiflung, die auf seinem Herzen lastet.

„Meine Götter, habt ihr mich verlassen, mich auf ewig verlassen“, so ruft er seufzend, „ich Armer, der unaufhörlich Opferfeuer für euch anzündete und Flammen ganzer Wälder zu den Wolken hochsandte, und ihr, ihr sendet mir in dieser schweren Stunde keinen einzigen Sonnenstrahl, keinen Stern, um meine Nacht zu erleuchten! Ach mein armes Litauen! Armes vaterloses Land, die Nacht der Trauer ruht auf dir. Ich bin dein Fürst, ich bin dein Vater, und der Feind hat mich in schmachvolles Eisen geschmiedet, und wie einen Bären halten sie mich in einem unterirdischen Loch.“

So ruft und klagt der litauische Fürst Kiejstut, aber kein menschliches Ohr hört sein Rufen und seine Seufzer, und kein Wind trägt sie nach Litauen. Seine Söhne und Töchter sind ohne Fürst, vaterlos ringen sie die Hände, sie bringen Schüsseln mit Met und Körbe mit Wachs und Früchten und frischgeschleudertem Honig und stellen sie ins Heiligtum der Götter. Die Hohenpriester opfern Tag und Nacht; sie rufen zu den Göttern: „Gebt uns unsern Herrn, den großen Kiejstut, zurück, befreit ihn von der Sklaverei der Kreuzritter; habt Barmherzigkeit mit dem vaterlosen Litauen, denn der Vaterlose leidet ohne den Vater, und es ist dem Vater schwer ums Herz, wenn er fern von seinen Kindern ist.“ Und die Hohenpriester rufen, sie stehen auf der Steinschwelle zum Heiligtum, die Hände gen Himmel gestreckt, sie rufen die litauische Jugend, auf daß sie an Bord gehe auf ihre Schiffe und zu den Ländern der Kreuzritter ziehe oder mit List den Herrn aus seiner Gefangenschaft befreie.

◇ ◇ ◇

Denn die Musik ist herrlich, aber betrachte sie als Interesse, es ist das schönste Interesse, das es gibt, wieviel Freude kannst du deinen Mitmenschen schenken, und wenn du einmal heiratest, und du bekommst Kinder, dann wirst du ihnen und deiner Frau Vergnügen durch dein Spiel bereiten, und vielleicht obendrein durch Werke, die du selbst komponiert hast, denk nur an deine Polonaise, und die Freude, die sie bei Herrn Żywny weckte, als du sie ihm geschenkt hast, und wenn du selbst eine Familie gründest, wie schön, einen Vater zu sehen, der am Instrument sitzt und spielt, der für seine Kinder spielt, und Stücke, die er selbst komponiert hat, und die Kinder scharen sich um das Klavier, und seine Frau steht an seiner Seite, und er erfreut sie mit seiner Kunst, kann man sich etwas Glücklicheres für einen Menschen vorstellen, die Musik, das höchste Interesse, die höchste Freude, und deine Frau, deine Kinder, aber als Broterwerb, nein, das wichtigste Interesse, das vornehmste, aber deine armen Kinder, deine arme Frau, wenn du die Musik als Broterwerb hättest, und du trägst ja nicht nur für dich selbst Verantwortung, sondern auch für deine Frau und deine Kinder, und denk daran, was dein Vater für euch getan hat, was dein Vater geopfert hat, und sein ganzes Leben, für seine Kinder, für seinen Sohn, und du willst ihn doch wohl nicht enttäuschen, nach all seinen Opfern, und deine Mutter.

In dunklen Höhlen, den dunkelsten, und man geht durch Gänge, Gänge aus Erde, und dort sind Männer und Frauen, und sie tragen Kostüme, als Ballett, ganz dünne, feinmaschige, und Männer und Frauen, und man geht durch Gänge, unendliche Gänge, und sie sind da, unendlich viele, und ich bin ihr Herr, ich herrsche über die Männer und Frauen in dem unterirdischen Reich, und sie stehen, und sie warten, und sie stehen gerade, und ich gehe an ihnen vorbei, und sie defilieren an mir vorbei, sie stehen, sie stehen aufrecht, in ihren Kostümen, ihren dünnen Kostümen, als Ballett, und ich betrachte sie, mustere sie, jeden für sich, jeden einzelnen, betrachte sie, und sie haben Blumen vor dem Schoß, große Sonnenblumen, und die Männer haben Blumen, große Sonnenblumen, und die Brüste der Frauen sind Sonnenblumen, große Sonnenblumen, und die Höhlen sind tief, aus Erde.

Sie sind alle um mich herum, und Zuzia und die Kinder und mein Vater und meine Mutter, und Baśka ist in der Küche, und es sind alle unsere Zöglinge und Jungen in deinem Alter. Es gibt also wirklich keinen Grund, daß du. Und es ist wahrhaftig kein Grund, daß ich. Und spiel doch ein bißchen mit den anderen. Es ist nicht gesund, sich so einzumauern. Und ich spiele ein bißchen mit den anderen. Und ich spiele mit den Kindern. Denn meine Mutter freut sich, wenn ich mit den Kindern spiele. Aber versteht ihr mich nicht? Warum versteht mich niemand? Und es ist ja nicht, weil ich keine Lust habe. Und ich verstehe mich selbst nicht. Wenn nun so viele da sind. Und mein Vater ist da und meine Mutter. Sogar Baśka ist da. Warum soll es dann so sein? Und mein Garten. Und es ist mein Garten. Und mein Klavier. Und es ist mein Klavier. Und ich selbst. Und ich bin es ja selbst. Und was ist es dann? Wo doch alle anderen da sind. Und um mich herum. Warum? Und so ist es doch immer gewesen. Und ich verspreche mir, aber kann man sich selbst versprechen, was man gar nicht begreift, und ich verspreche mir selbst, aber vielleicht wird es immer so weitergehen, und ich weiß ja, daß es immer so weitergehen wird. Im tiefsten Inneren. Ganz tief drinnen. Verlassen.

Ich bin Rekonvaleszent, und schon das Wort, denn ich bin Rekonvaleszent, denn Fryc ist krank gewesen, und ernsthaft, äußerst, das Fieber, hohes Fieber, es hat Fryc entkräftet, Fryc ist Rekonvaleszent, denn jetzt ist Fryc fieberfrei, aber er rekonvalesziert sich, und ihr müßt still sein, denn Fryc hat Mumps gehabt, und das ist etwas Gefährliches für einen Jungen, darum müßt ihr still sein, sehr still, und ihr dürft abends, wenn ihr ins Bett geht, nicht flüstern, denn Fryc braucht Ruhe, Fryc ist zwar gesund, und es gibt keine dauerhaften Schäden, soweit wir wissen, aber Fryc braucht Ruhe, Fryc ist Rekonvaleszent, und aus dem Schlafzimmer heraus, sobald ihr aufgestanden seid, und keiner darf hereinkommen und Fryc stören, denn er braucht Ruhe, und die Betten, die leeren Betten, vier leere Betten, Ludwisia und Izabelka und Emilka und Zuzia, vier leere Betten, und sie sagen Pst, wenn sie sich abends hinlegen, und beten still ihr Abendgebet, ernst, und ich bin allein, denn Fryc ist Rekonvaleszent, aber hintereinander, bitte, dürfen sie nicht, bloß hintereinander, denn ein Rekonvaleszent darf sich auch nicht langweilen, und ihr könnt hereinkommen, und ihr dürft Fryc laut vorlesen, und ihr könnt Rührdichnicht spielen, aber still, ihr müßt ihn schonen, denn Fryc ist Rekonvaleszent, und ein Rekonvaleszent muß sich schonen, und wenn ihr nicht tut, und was ein Rekonvaleszent befiehlt, und zwei Eigelb mit Zucker und warmem Bier, und eine brühheiße Bouillon, mit Eigelb drin.

Deine Hände, nie in ihrem Leben hat Mama solch schöne Hände gesehen, so weich, nein das ist wahrhaftig etwas anderes als gewöhnliche Jungenhände, rauh, wie die der Zöglinge oder wie die Zuzias, und zart, geschmeidig, elastisch, komm, laß Mama deine Hände anfassen, ihre Eleganz, wenn du Messer und Gabel bei Tisch hebst, die Hände, sie sind der Spiegel der Seele, dein reines Herz, steht es irgendwo schöner abgemalt als in deinen vornehmen Händen, wenn du auf das Klavier trommelst, deine Triller machst, energisch, wie sie sich bewegen können, so forsch und geschwind, so gebieterisch, wie du deine Hände auf die Tasten setzt, ein richtiger Mann, wenn du spielst, und doch so empfindsam, anders als dein Vater, so fest wie dein Vater nie, wenn Mama auf deine Hände sieht, dann weiß Mama schon, und die langen Finger, fein, zart, stark, die Halbmonde an den Nägeln, man darf Hände nicht messen, Mama weiß gut, das bringt Unglück, Mama will also nicht Hände messen, Mama legt bloß ihre Handfläche gegen deine, Mama fühlt deine Hände, deine Finger, weiche Finger, so geschmeidig, kräftig, mächtig, sie sollten in Gips gegossen werden, deine Hände, du und Mama.

Du kommst ins Gymnasium, und du mußt verstehen, es gibt andere Dinge, die dein Interesse erregen werden, und die Musik, sie ist doch nur eine Nebensache, und du hast vielleicht eine gewisse Bewunderung wecken können, bei Gräfinnen, bei Fürstinnen, aber was ist das, was sagt das schon, das ist nichts für einen jungen Mann, der sich im Leben einen Weg bahnen soll, was glaubst du, werden die Fürstin Czartoryska und die Fürstin Zamoyska und alle Gräfinnen meinen, sie sind an einem kleinen Jungen interessiert, der Klavier spielen kann, und basta, damit basta, und du willst doch nicht ein Damit-Basta werden, du bist schon elf Jahre, und gehst in dein zwölftes Jahr, nein, du mußt ins Gymnasium, und du wirst lernen, und du wirst Kameraden bekommen, und es wird nicht nur deine Schwestern geben, du wirst Jungen als Kameraden bekommen, neue Kameraden, du wirst entdecken, neue Welten, neue Dinge, die sich dir eröffnen, für den, der offen ist, und die Musik, ja, wenn du bloß von Fürstinnen bewundert werden willst und von Gräfinnen, ja, dann nur zu, aber wenn du vierzehn bist, was dann, denk nur daran, wenn du vierzehn bist und kein kleiner Junge mehr.

Das Leben ist gefährlich, sagt meine Mutter, man bekommt im Leben nichts geschenkt, das Leben ist gefährlich, ganz einfach gefährlich, und das Leben ist gefährlich, sagt mein Vater, denn man weiß nie, am Morgen rot, am Abend tot, es kann schnell gehen, sahen wir nicht, wer hätte gedacht, und ein ganz junger Mensch, und im vollsten Frühling seines Lebens, und dann liegt der junge Sierakowski da, und keine siebzehn Jahre alt, er liegt jetzt, wo seine Großeltern liegen, und seine Eltern müssen ihn beweinen, und nicht er seine Eltern, so ist das Leben, man muß sich in acht nehmen, es geht schneller, als man glaubt, auf einmal, das Licht des Lebens, und ein Hauch, und es ist aus, denn das Leben ist gefährlich, und darum seht zu, daß ihr nicht, und verantwortungsbewußte Eltern, und was sind eure Mutter und ich, wenn nicht verantwortungsbewußte Eltern, und verantwortungsbewußte Eltern müssen immer wieder ihren Kindern das eine vor Augen halten, dieses eine, das Leben ist gefährlich, und jeder Schritt, den ihr tut, und es kann ein Buch sein, nach dem ihr greift, denn die Früchte des Todes und des Verderbens können in einem einzigen Buch enthalten sein, wenn seine Seiten verdorben sind und eure Eltern es nicht gutgeheißen haben, vertraut euren Eltern, sie werden euch auf den rechten Weg zu leiten wissen, eure Eltern werden wissen, und sie werden euch bewahren vor dem Umgang mit dem Unreinen und dem Todbringenden, denn das Leben ist gefährlich, haltet euch also an eure Eltern, und es soll euch nicht so ergehen wie dem jungen Sierakowski, denn das Leben ist kurz, nur allzu kurz, und wenn ihr eure Eltern verlaßt, wen habt ihr dann, um euch zu beschützen, innerhalb der eigenen vier Wände, nein, bleibt dort, ihr könnt noch früh genug die Härte des Lebens kennenlernen, die Unbarmherzigkeit des Lebens, unerbittlich, denn nur ein gutes Elternhaus kann ein Kind beschützen, und das müßt ihr zu schätzen wissen, gegen die Härte des Lebens, gegen die Gefahren des Lebens, seid wachsam und verlaßt euch auf eure Eltern, ihre Hand wird euch beschirmen, gegen allerhand Gefahren, gegen das gefährliche Leben, immer, denn eure Eltern wissen, und sie kennen, und sie haben erfahren, aus eigener Erfahrung, die unerbittliche Gefährlichkeit des Lebens.

Ich werde spielen, ich werde für Könige und Kaiser spielen, und ich werde für den Zaren spielen. Ich werde in Sankt Petersburg spielen. Ich werde der Hofpianist des Zaren sein. Und ich werde empfangen und zum Klavier geleitet werden. Und dann werde ich spielen. Und statt miteinander zu sprechen, werden alle plötzlich still sein. Ganz still. Sie werden schweigen. Und ich spiele. Und ich spiele wieder. Und wenn ich fertig bin. Es ist ganz still im Saal. Und dann bricht der Beifall los. Und die Damen klatschen schallend mit ihren Fächern gegen die Handflächen. Und die Herren klatschen dröhnend in ihre Hände. Beifall, Beifall. Und der Zar wird mich ernennen. Ich werde Seiner Majestät einziger Pianist sein. Und ich werde ihn begleiten, wohin er auch reist. Im Osten und im Westen. Und jedesmal, wenn Fest ist, werde ich spielen, und jedesmal werden alle gleich still sein. Und abends, wenn der Zar allein ist. O Chopin, wird er sagen, kommen Sie gleich. Ruft Chopin, und ich werde kommen, und der Zar ist ganz allein, und ich spiele, und er hört nur mich, und er denkt und er regiert, während er mir zuhört, und er plant das Schicksal von Millionen, während er mir zuhört. Und mit meiner Musik werde ich ihn beeinflussen können, und unser kleines Kongreßkönigtum wird seine Grenzen erweitern, und es wird das große Polen werden, das es einmal war, vor fünfzig Jahren, Polen und Litauen, von Meer zu Meer, noch einmal, das soll meine Musik bewirken, wenn ich in der stillen Nachtstunde spiele, für den Zaren allein.

Und wenn Hummel nach Warschau kommt und es ist sicher daß er nach Warschau kommt denn Madame Catalani ist in Warschau gewesen und es ist sicher daß Paganini nach Warschau kommt er kommt einmal das ist abgesprochen aber wenn Hummel nach Warschau kommt und Herr Żywny und er wird in der ersten Reihe sitzen und er wird unter Fürsten und Fürstinnen sitzen und er wird sicher einen Platz bekommen und er wird der erste sein der applaudiert und später wird er Hummel treffen und es wird kein Haus geben das auf sich hält alle werden sie Hummel einladen aber Hummel wird keine Zeit haben alle Einladungen entgegenzunehmen aber Herr Żywny und Herr Żywny wird anwesend sein und er kann natürlich nicht Hummel einladen aber Hummel wird wissen wer er ist und Hummel wird zu ihm hinkommen und Hummel wird ihn erkennen und Hummel wird verstehen und Hummel wird ihn umarmen und es wird kein Fürst und keine Fürstin und Herr Żywny wird unter den ersten sein und Herr Żywny wird der erste sein wenn Hummel nach Warschau kommt.

Deine Kindheit, und jetzt ist die Zeit deiner Kindheit vorbei, sehr bald, du kommst ins Gymnasium, junger Mann, Kindheit, jetzt sind es andere Dinge, und deine Musik, die hat viele erfreut, und auch mich und deine Mutter und deine Schwestern, und du hast deiner Familie Ehre gebracht, glaub nicht, daß deine Eltern nicht stolz waren, als du deine beiden Polonaisen der Zaren-Mutter überreichtest, als dir Frau Catalani die Golduhr schenkte, und deine Konzerte im Wohltätigkeitsverein, und glaub nicht, es sei keine Ehre für eine Familie, daß ihr Sohn, ihr einziger Sohn, gebeten wird, dem Großfürsten vorzuspielen, und daß er mit dem Sohn des Großfürsten und der kleinen Alexandrine im Park spielen kann, und glaub nicht, Herr Żywny sei nicht erfreut und gerührt über die Polonaise gewesen, die du ihm gewidmet hast, alle waren glücklich und gerührt, alle, denen du deine kleinen Kompositionen gewidmet hast, die Albumblätter, deine Musik in Poesiebüchern, aber jetzt ist die Zeit der Kindheit, die Zeit der Musik, vorbei, jetzt kommt eine andere Zeit, die Zeit, in der du dich ertüchtigen sollst, und das was wirklich gilt, junger Mann, Aufnahmeprüfung, Gymnasium, in weniger als zwei Jahren, die wichtige Zeit, wo du etwas werden, die Zeit, in der du geformt werden sollst, und du hast viel gespielt, und deine eigenen kleinen Kompositionen, viele haben dir gerne zugehört, Fürsten und Fürstinnen, und ihre wohltätigen Zwecke, aber jetzt geht es um etwas anderes, etwas Wichtigeres, Ausbildung, bereit, den Kampf des Lebens aufzunehmen, und da ist die Musik, so begabt du auch bist, denn das ist etwas anderes, das Leben besteht nicht aus lauter Trillern und Fingerfertigkeit, das ist unwiderruflich vorbei, die Zeit der Kindheit, die Kinderspiele des Kindes, unwiderruflich, die Zeit der Musik, die Spiele der Musik, es kommt etwas anderes, etwas Neues, der Ernst des Lebens, und da muß die Musik weichen, dem weichen, worum es wirklich geht.

Ich sitze am Klavier, und ich komme bald ins Gymnasium, und in nicht allzulanger Zeit, und es regnet draußen, und zwei Jahre können schnell Beine kriegen, und sie fangen bald an, mit mir zu üben, Herr Maciejowski und Herr Gołuchowski und Herr Zybert und Herr Hilczyński, wenn wir nicht den jungen Barciński anstellen, denn ich soll ins Gymnasium, und dann ist es Schluß mit dem Spielen, denn wenn man ins Gymnasium geht, muß man sich ins Zeug legen, und es nützt nichts, denn die Schulaufgaben müssen gemacht werden, und das Komponieren, und ein paar Mazurken und Polonaisen, ein Rondo hier, ein Rondo da, Walzer, Variationen, Märsche, sogar die, die dem Großfürsten so gut gefallen, das ist vorbei, denn jetzt kommt das Gymnasium, und in kurzer Zeit, bald, bald, und ich sitze am Klavier, und draußen regnet es, und die Tropfen schlagen gegen die Scheibe, und sie rollen die Scheibe hinunter, und dicke Tropfen, schwere Tropfen, und ich sehe sie an, und sieh sie dir an, und ich folge ihnen, und ich folge einem Tropfen, wie er von oben herunterrinnt, langsam herunterrinnt, und er nimmt noch einen Tropfen auf, und er rinnt schneller, und noch ein Tropfen, und er rinnt entschiedener und gewichtiger, und zum Schluß kommt er unten an, und der Tropfen fließt in die Flüssigkeit der Tropfen, unten, auf der Scheibe, und wo ist mein Tropfen, und ich schließe einen Augenblick die Augen, und der erste Tropfen, wenn ich sie wieder aufmache, und das soll mein Tropfen sein, und das bin ich, und ich folge ihm, zwischen all den Tropfen, die gegen die Scheibe schlagen, ich habe ihn gewählt, meinen Tropfen, und mein Tropfen ist mein Leben, und ich will ihm folgen, und wenn er rinnt und direkt auf das Ende der Scheibe zu, und wenn er Tropfen aufnimmt, und entschlossen rinnt, wenn er ganz bis ans Ende rinnt, ganz herunterrinnt, dann werde ich Musiker, werde Pianist, Komponist und berühmt, und der Tropfen rinnt, und er rinnt, und ganz langsam, langsam, am Anfang, und dann sammelt er Kraft, er saugt auf und wird der stärkste Tropfen auf der ganzen Scheibe, es ist meiner, es ist mein Tropfen, und ich werde Pianist werden, ein berühmter Pianist werden, wenn er unten ankommt, trotz Gymnasium, und ich folge ihm, und er rinnt, und er nimmt Tropfen in sich auf, und er wird kräftiger und kräftiger, und dann bleibt er stehen, und plötzlich, er rinnt nicht mehr, er steht still, mein Tropfen, steht ganz still, kann nicht weiterkommen, er kommt nicht weiter, stehend, gespannt, gefüllt, ob er weiterkommen kann, und ob ich Pianist und Komponist werde, und er hält an, und er zerfließt, plötzlich, zerfließt, in mannigfaltige kleine Läufe, kleine Tropfenläufe, auf der Scheibe, und er verschwindet, versickert, in mannigfaltigen Läufen, und er ist weg, mein Tropfen, weg, ich kann ihm nicht mehr folgen, verschwunden, meine Kunst, Pianist, kommt nie unten an der Scheibe an.

PEER HULTBERG
REQUIEM

Aus dem Dänischen von Ursula Schmalbruch

Sie strömen in endloser Zahl durch die unwirkliche Stadt, seufzend, plappernd, frierend. Sie ziehen wie ein Windhauch vorüber, wie ein kalter Luftzug, der von Stimmen erfüllt ist. Sie sind die Auferstandenen, die gerettet oder für immer verdammt werden. Sie wandern durch die Totenstädte, durch Dantes Inferno und T. S. Eliots „Unreal City", durch Kopenhagen, London und Frankfurt am Main.

Dort, in der Stadt der Toten, der Banken und Bücher, schrieb der dänische Schriftsteller Peer Hultberg sein modernes „Requiem" (im Original 1985 erschienen). Das gewaltige Prosawerk – fast 700 Seiten lang, in 537 Abschnitte unterteilt – folgt der apokalyptischen Struktur der katholischen Totenmesse und ihren auf die Antike zurückgehenden Ideen des Totengerichts.

Die 537 Abschnitte von Hultbergs Apokalypse sind monologische Texte, in denen jeweils eine Gestalt, eine Stimme ihr Lebensmuster erklärt, und zwar immer nur in einem einzigen Satzgefüge, das sich über ein bis zwei Seiten hinzieht. Mehr ist zu diesen Schicksalen nicht zu sagen. Sie erschöpfen sich – wie im richtigen Leben – in einer einzigen Obsession, einer einzigen Fixierung, einem einzigen Konflikt, denen die jeweilige Figur nicht zu entrinnen vermag.

Die Figuren haben keine Namen, man erfährt nie, wie sie aussehen, und selten, was sie tun. Jegliche Distanz wird verweigert. Die wie eine Woge auf uns zustürzende, ungeheuer reiche und dabei bis zur Qual exakte Sprache – in der ausgezeichneten Übersetzung von Ursula Schmalbruch – rückt auf den Leib, bohrt sich ins Gemüt und zwingt zum Wiedererkennen.

Martin Hielscher, DIE ZEIT